Michelle Painchaud
Nichts davon ist wahr

Michelle Painchaud wurde in Seattle geboren, wuchs aber auf Hawaii auf, wo sie sich heimlich zu Partys auf den Zuckerrohrfeldern schlich. Der kleine Teil ihres Gehirns, der nicht von Geschichten über beeindruckende Teenager heimgesucht wird, ist für Katzen und Animes reserviert. Sie lebt in San Diego, Kalifornien. Zu finden ist sie auf Twitter als @michelleiswordy und auf Tumblr unter michellepainchaud.tumblr.com.

Dr. Stephanie Singh studierte in Tübingen, Straßburg und München Literaturwissenschaften und Philosophie und absolvierte nach der Promotion ein Volontariat zur Verlagsredakteurin. Heute ist sie freie Übersetzerin für Englisch und Französisch und lebt mit ihrer Familie in München.

Michelle Painchaud

NICHTS DAVON IST WAHR

Roman

Aus dem amerikanischen Englisch
von Stephanie Singh

dtv

Ausführliche Informationen über
unsere Autoren und Bücher
www.dtv.de

MIX
Papier aus verantwortungsvollen Quellen
FSC® C019821
FSC www.fsc.org

Deutsche Erstausgabe
2019 dtv Verlagsgesellschaft mbH & Co. KG, München

Titel der amerikanischen Originalausgabe: ›Pretending to be Erica‹,
2015 erschienen bei Viking Children's Books
This edition published by arrangement with Viking Children's Books,
a member division of Penguin Young Readers Group,
a division of Penguin Random House LLC.

Umschlaggestaltung: Carolin Liepins
Lektorat: Alexandra Rak
Gesetzt aus der Palatino LT Std 10/13˙
Gesamtherstellung: Druckerei C.H.Beck, Nördlingen
Gedruckt auf säurefreiem, chlorfrei gebleichtem Papier
Printed in Germany · ISBN 978-3-423-71834-9

Für PM.
Du brauchst keine Angst mehr zu haben.

»Las Vegas is the only place I know
where money really talks –
it says, ›Good-bye‹.«
Frank Sinatra, *Schicksalsmelodie*

1. TÄUSCHEN

Ich habe mich immer noch nicht daran gewöhnt, meinen neuen Namen zu schreiben.

Mit der Zeit wird es einfacher werden. Wie die meisten Dinge. Aber momentan ist es noch seltsam und ungewohnt, den Namen Erica an den Rand meines Mathe-Arbeitsblatts aufs Papier zu bringen. Der Name ist schön und er ist süß. Aber er passt nicht zu mir.

»Erica?« Mr Roth, der Mathelehrer im Opapulli, lächelt. »Möchtest du dich der Klasse vorstellen?«

Nein. Lieber würde ich mich auf der Stelle übergeben.

»Klar.« Ich stehe auf und gehe nach vorn. Das Whiteboard ist so geisterhaft weiß und leer, dass es mich einschüchtert. Ich will mich nicht umdrehen. Ich will die Klasse nicht ansehen. Ich drehe mich um.

»Hi. Mein Name ist Erica Silverman.«

Ein Raunen geht durch die Reihen. Augenpaare starren mich an. Meine Mitschüler haben schon von mir gehört. Ein schwarzhaariges Mädchen ganz vorne funkelt mich böse an, aber ich meide alle Blicke. Erica ist noch ein bisschen empfindlich. Roth räuspert sich.

»Das genügt. Vielleicht ist es am besten, wenn du uns nichts Persönliches erzählst, Erica.« Er wendet sich an die Klasse. »Bitte behandelt sie genauso respektvoll wie jeden anderen Schüler. Und denkt daran, wenn ihr mit den Journalisten da draußen über Erica sprecht, lasse ich euch nachsitzen. Je eher wir diese Leute ignorieren, umso eher werden sie abziehen.«

Zustimmendes Gemurmel erfüllt den Raum. Ich setze mich wieder. Durch das Fenster rechts von mir kann ich den Rasen vor der Schule sehen. Die Reporter gehen am Zaun hin und her und machen Fotos. Seit heute früh sind es noch mehr geworden, zwei weitere Sendewagen parken dort. Sie sind wegen mir hier. Vor den Kameras fällt mir das Verstellen leicht. Meine Mitschüler sind eine andere Nummer. Aber ich kann nicht zugeben, dass ich nervös bin. Lampenfieber ist was für Anfänger.

»Aasgeier.«

Eine leise Stimme von links. Neben mir fläzt ein Junge auf seinem Stuhl. Er sieht aus, als wäre er gerade aufgewacht: Die welligen blonden Haare stehen wild vom Kopf ab und seine blauen Augen fallen fast zu. Er ist nicht übermäßig attraktiv, hat aber ein ebenmäßiges, freundliches Gesicht, das man allerdings sofort wieder vergisst.

»Aasgeier? Wer, ich?«, flüstere ich.

Er zuckt zusammen. »Nein. Die da. Diese Arschlöcher von Paparazzi.«

Arschlöcher. Ich lasse mir das Wort auf der Zunge zergehen. Ich habe bestimmt einen Monat lang niemanden fluchen gehört und selbst die höfliche Ausdrucksweise imitiert. Ich schaue aus dem Fenster und setze ein Lächeln auf.

»Langsam gewöhne ich mich daran. Diese Woche hat nur aus Kameras und Polizisten bestanden. Wenn ich noch einmal mit Blitzlicht fotografiert werde, brauche ich einen Blindenhund.«

Ich meine es als Scherz, aber er runzelt die Stirn. »Du kannst ihnen doch sagen, dass sie sich verpissen sollen.«

Das wollte ich ja. Glaub mir, Junge, als sie sich heute früh um unser Auto drängten, hätte ich ihnen am liebsten Tausend üble Dinge an den Kopf geworfen. Doch das geht nicht. Ich versuche, überrascht auszusehen, so wie es die verletzte Erica wohl wäre. »Ich glaube, das wäre ziemlich unhöflich.«

»Haben deine Kidnapper-Eltern dir etwa beigebracht, dass man auf dir herumtrampeln darf?«

Mein Blick verfinstert sich. So reagiere ich immer, wenn die Sprache auf meine Eltern kommt. »Ich würde schon gern unhöflich zu denen sein, ich weiß nur nicht, ob sie es wert sind, dass ich überhaupt mit ihnen spreche.«

Er grinst. »Die Antwort gefällt mir schon besser.«

Aus den Lautsprechern tönt das Morgengebet. Wir senken die Köpfe. Das hier ist eine private christliche Schule. Das Kreuz auf dem Dach wirft seinen Schatten auf den Rasen. Der blonde Junge neben mir senkt den Kopf nicht. Das schwarzhaarige Mädchen schaut finster auf den Boden. Einige Schüler starren geradeaus. Jeder betet auf seine Art. Ich falte die Hände und lehne meine Stirn dagegen. Ich achte darauf, die empfindlichen Partien meines Gesichts nicht zu berühren. Die blauen Flecken von der Schönheitsoperation sind verschwunden, aber den Phantomschmerz in meinen Muskeln spüre ich noch.

Lieber Gott, vergib mir meine Sünden. Ich spiele ein Mädchen, das vor dreizehn Jahren verschwunden ist. Ein reiches Mädchen.

Ein totes Mädchen.

Im Alter von vier Jahren war Erica Silverman ein bezauberndes kleines Mädchen: hellblondes Haar, tiefbraune Augen mit langen Wimpern und ein strahlendes Milchzahnlächeln. Sie war der ganze Stolz der Familie Silverman, des Luftfahrtingenieurs Mr Silverman und seiner Frau, die aus einer alteingesessenen, reichen Familie aus Georgia stammte und in den besten Kreisen verkehrte. Die beiden ließen sich in Seven Hills nieder, wo die wilde Wüste um Las Vegas von künstlichen grünen Hügeln und majestätischen Villen zurückgedrängt wurde. Erica spielte gern Prinzessin und Drache und mochte Porzellanpuppen mit glänzenden Augen.

Eines Tages war Erica nirgends zu finden, als ihre Mutter sie vom Kindergarten abholen wollte. Das Sicherheitspersonal hatte gerade mal 30 Sekunden lang nicht aufgepasst. Mehr Zeit war nicht nötig, um die am Straßenrand auf ihre Mutter wartende Erica zu entführen.

Die Jagd nach dem Entführer dauerte Jahre, bis die Polizei die intensive Suche nicht mehr rechtfertigen konnte. Lösegeld wurde nie gefordert. Es gab keine Spur. Immer neue Privatdetektive kamen und gingen und jeder scheiterte aufs Neue. Für die weitere Suche bedurfte es eines konkreten Hinweises auf das Mädchen. Man vermutete, dass es in einen anderen Bundesstaat, vielleicht sogar über die Grenze gebracht worden war. Nach sieben Jahren brach Mr Silverman zusammen, was durchaus typisch für Eltern ist, deren Kinder sterben – er war verzweifelt und durcheinander, da war nichts mehr zu retten. An einem Dienstagmorgen zerschlug er jedes einzelne Möbelstück in seinem Büro im 15. Stock und zuletzt die Fensterscheibe. Sie erwischten ihn gerade noch rechtzeitig, bevor er hinausklettern konnte. Nach seinem psychotischen Zusammenbruch kam er in die beste Nervenklinik, die Mrs Silverman sich leisten konnte. Jetzt hing alles an ihr, allein litt und wartete sie auf ein Lebenszeichen ihrer Tochter.

Ab hier gibt es zwei Versionen der Geschichte:

Die Wahrheit: Erica ist tot. Ihr Entführer Gerald Brando tötete sie nach 48 Stunden. Der 36-jährige Computerverkäufer aus Boulder City war durch einen Zeitungsartikel über ihre Familie auf sie aufmerksam geworden und seitdem von ihr besessen. Ein Jahr lang beobachtete er sie, kannte ihren Tagesablauf und ihre Eigenheiten. Die Entführung hatte er minutiös geplant, deshalb war jeder Gedanke an Flucht oder Befreiung absolut sinnlos. Er hatte einen IQ von 120, war deswegen aber nicht übertrieben stolz oder gab damit an. Mein Vater Sal begegnete ihm im Gefängnis, wo er wegen Mordes an einem anderen Kind saß. Gerald hat der Polizei nie von Erica erzählt, aber beim Sport im Gefängnishof erzählte er Sal alles bis ins kleinste Detail.

Die Lüge: Ein Paar hatte Erica entführt und als ihr eigenes Kind aufgezogen. Dem mit Sal befreundeten Paar wurde ein Teil des Geldes versprochen, wenn der Schwindel klappte. Gerade flüchten sie ins Ausland und überlassen die jetzt 17-jährige Erica – mich – der Polizei.

Sal ist ein Trickbetrüger. Ich bin seine Tochter. Und das hier ist unser größter Coup.

Bis heute war ich noch nie auf einer Highschool. Oder einer Middleschool. Oder auf irgendeiner anderen Schule. Schule war einfach nicht drin, wenn man so viel umzog wie wir. Sal unterrichtete mich zu Hause. Vor einem Jahr lernte ich Differenzialrechnung, alles über die Klassiker und über Sals persönliches Lieblingsthema, taktische Militärphilosophie. Der Schulunterricht ist zu einfach. Das Zeug habe ich schon vor Jahren gelernt, aber ich lasse mir nichts anmerken. Ich melde mich nicht und beantworte manche Fragen absichtlich falsch. Nur ein paar. Erica ist ein kluges, aber nicht zu kluges Mädchen. Wenn jemand zu klug ist, fühlen die Leute sich nicht wohl. Ich will aber, dass sich in meiner Nähe alle wohlfühlen. Denn Leute, bei denen man sich wohlfühlt, haben nur selten etwas zu verbergen.

Meine Freistunden werden mir schnell zum liebsten Teil des Schultags. Man muss nicht gerade sitzen und tun, als passte man auf. Stattdessen: Freiheit. Die Freiheit, durch die Gänge zu laufen und die Umgebung und die Leute in Augenschein zu nehmen. Die Schüler auf den Fluren sehen mich flüchtig an. Den ganzen Monat lang war ich Thema in den Nachrichten. Sie wissen genau, wer ich bin, tun aber, als wäre nichts. Gruppen von Mädchen beobachten mich, lassen ihre Blicke über mein Gesicht und meine Uniform schweifen und sehen dann wieder weg, als wäre ich ihnen völlig egal. Und doch höre ich ihr Flüstern und ihr lautes Kichern. Die sprechen doch garantiert über mich. Ich atme tief ein, versuche, meine Verwirrung wegzuatmen. Denk an Sals Worte! An das, was er mir beigebracht hat. Die oberste Regel eines Trickbetrügers: Auch wenn du keinerlei Selbstvertrauen hast – tu so, als hättest du welches.

Bring sie dazu, an deine Illusion zu glauben.

Ich drücke die Schultern durch und werfe die Haare zurück. Selbstvertrauen. Ich gehe mit großen, gleichmäßigen Schritten. Starren einige Schüler mich zu lange an, lächle ich, woraufhin sie abrupt wegschauen. Selbstvertrauen. Bring sie dazu, alles und jedes zu glauben. Bring sie dazu, an dich zu glauben.

Die Mädchentoilette – ein Rückzugsort vor ihren Blicken.

Ich hatte es mir leichter vorgestellt, im Mittelpunkt zu stehen. Nicht so stressig. Sobald ich die Tür hinter mir zuziehe, fällt mir ein Stein vom Herzen. Die Spiegel sind sauber; in den Kabinen sind kaum Schmierereien. Wenn ich mein neues Gesicht im Spiegel sehe, bleibt mir immer noch das Herz stehen und mir gefriert das Blut in den Adern. Ich muss mich ansehen. Ein normales Mädchen meidet Spiegel nicht – sie sind ihre besten Freunde und schlimmsten Feinde, sie ist von ihnen besessen. Ich starre in den Spiegel und sage tonlos meinen richtigen Namen, als schlösse der Spiegel dieses Geheimnis in seiner silbrigen Tiefe ein.

Violet.

Mein richtiger Name ist Violet.

Meine Haare sind nicht so blond, wie sie sein müssten, aber wir haben beschlossen, das Aschblond zu lassen. Strähnchen hätten unnatürlich ausgesehen, so als wollte ich verzweifelt die Haarfarbe eines kleinen Mädchens nachahmen. Mit zunehmendem Alter dunkelt Blond oft nach, wodurch meine Farbe erklärt werden kann. Meine Wangenknochen treten deutlicher hervor als früher. Implantate waren keine Option, die würde man auf Röntgenbildern sofort sehen, aber der Knochen wurde für dieses Aussehen abgeschliffen. Meine Augen sind jetzt größer und runder. Sie haben sie an den Seiten aufgeschnitten (der Arzt hatte das mit dem Schälen von Trauben verglichen). Meine früher gekrümmte Nase zeigt jetzt leicht nach oben (man müsse den Knorpel abschleifen, hatte der Arzt gesagt). Drei Operationen in fünf Jahren. Ich bin schön, aber stolz darauf bin ich nicht. Ich fühle mich einfach nur verloren, klein, verschlungen. Erica hat mich in einem Stück hinuntergeschluckt. Je mehr ich mich auf ihr Leben einlasse, umso überzeugender werde ich sein. Ich muss aufpassen und mir meiner Umgebung bewusst sein, so wie Sal es mir beigebracht hat. Ich darf den Betrug nicht auffliegen lassen, schließlich soll er uns so viel Geld bringen, dass wir uns aus der Kleinkriminalität zurückzuziehen können. Aus jeder Art von Kriminalität. So viel Geld, dass wir uns kaufen können, was unser Herz begehrt: Häuser, Autos, kleine Inseln. 60 Millionen Dollar sind keine Peanuts. Und leicht kommt man an so eine Summe auch nicht heran. Vom Silverman-Gemälde wird selbst in den dunkelsten Ecken der Unterwelt von Las Vegas gemunkelt, es ist der Heilige Gral jedes gewieften Einbrechers. Keiner glaubt, dass dieser Coup gelingen kann – er ist eine Art Goldmedaille der Kriminellen. Sals Leute benutzen ihn sprichwörtlich: »Wenn du mich unter den Tisch trinken kannst, Kumpel, dann klaue ich das Silverman-Gemälde.« Es ist wie der Mount Everest für Bergsteiger, der Marianengraben für Taucher oder der Super Bowl für Footballmannschaften.

Und ich werde es im Alleingang stehlen.

Mein ganzes Training und alles, was Sal mir beigebracht hat, läuft hier und heute zusammen. In diesem Moment.

Ich lächle den Spiegel an. Es sieht zu warm und echt aus. Einstudiert. Ich ziehe meine Mundwinkel ein wenig nach unten. So. Schon besser. Ehrlicher – was auch immer das ist. Ich kann nicht mehr ehrlich sein. Damit ist es seit einem Monat vorbei, seitdem ich aus dem Polizeiauto stieg und die Welt der Privatschulen und schicken Uniformen betrat.

Ehe mein Undercover-Job begann, ließ Sal mich normale Schüler beobachten. Wir parkten gegenüber einer Schule und sahen zu, wie sie herumwuselten, lachten, stritten, einander küssten. Sie waren ehrlich. Ich dagegen lebte und arbeitete mit Menschen, die mit ihrem ganzen Körper logen. Mit meiner irreführenden Körpersprache trickste wiederum ich diese Menschen aus. Ich kann Menschen gut lesen, doch bei diesen Jugendlichen musste ich mich nicht wirklich anstrengen. Für mich waren sie offene Bücher voll unterschiedlichster Gefühle, wobei Liebe, Hass und alles dazwischen sich so schnell abwechselten, wie wenn ein ungeduldiges Kind mit der Fernbedienung in der Hand zwischen den Kanälen hin und her zappte.

Sal lächelte. »Siehst du? Es ist ganz leicht, ihnen die Normale zu vorzuspielen. Einfach indem du ihnen gar nichts vorspielst.«

Ich würde ihn gerne anrufen. Ich will seine Stimme und sein Lachen hören und ihn um Rat fragen. Aber ich kann nicht. Nicht in dieser entscheidenden Phase. Ich muss alle überzeugen, dass ich Erica bin. Mit jedem Anruf, jedem Wimpernschlag, jedem Lächeln und Winken. Es ist die Rolle meines Lebens.

Jemand betritt das Mädchenklo. Es ist das schwarzhaarige Mädchen, das mich vorhin so böse angefunkelt hat. Unsere Blicke treffen sich. Ihre tiefbraunen Augen sind dick mit Eyeliner umrandet, der ihrem Blick etwas Düsteres verleiht. Sie sieht weg, lehnt sich gegen das Waschbecken und steckt sich eine Zigarette an. Ich gehe in eine der Kabinen. Ich bin nervös. Plötzlich kommt mir das Geräusch beim Pinkeln besonders laut vor. Als ich aus der Kabine gehe, ist sie immer noch da und bewegt sich auch dann keinen Millimeter, als ich das Waschbecken hinter ihr benutzen will. Sie sieht mich durchdringend an und bläst mir den Rauch ins Gesicht. Ich trockne meine Hände ab. Anderen Leuten jagt sie vielleicht Angst ein, aber ich kenne diesen

Typ Mensch. Sie spielt die Starke, um ihre Verletzlichkeit zu verbergen. Jede von uns spielt ihre Rolle.

»Ich habe dich durchschaut.« Sie hustet.

Ich setze mein Pokerface auf und lege zugleich etwas Unsicherheit in meinen Blick, damit sie denkt, sie hätte die Oberhand. »Bestimmt hast du das.«

Lachend drückt sie die Zigarette auf dem Waschbeckenrand aus. »Du bist nicht die Erste, die diese Nummer abzieht. Das haben schon zwei andere Mädchen versucht. Du wirst auffliegen, wie die beiden auch.«

Sie hat recht. Ich habe viel über die beiden Mädchen gelesen, die vor drei beziehungsweise acht Jahren vorgaben, Erica zu sein. Sie hatten es auf das schöne Leben abgesehen – und genau das wurde ihnen zum Verhängnis. Man kann anderen nur eine bestimmte Zeit lang etwas vorspielen. Man muss sich auf die Beute konzentrieren, sie schnappen und abhauen, ehe man auffliegt. Die Beute dieser Mädchen bestand in einem Luxusleben. Meine ist einfacher und viel profitabler: das Silverman-Gemälde.

Die anderen Mädchen wurden geschnappt. Aber das waren eben die anderen. Ich habe sogar DNA – eine Haarsträhne der echten Erica, die Gerald im Gefängnis aufbewahrt hatte. Sal hat sie geklaut. Und ich habe einen Laborassistenten, der die Strähne für uns als frische DNA-Probe markierte, nachdem Sal ihn erpresst hat. Ich habe einen Bruch im rechten Wadenbein, den mir Sals Arzt zugefügt hat. Mein Bruch ist an genau derselben Stelle, in genau demselben Winkel verheilt wie der Bruch, den Erica sich bei einem Treppensturz zugezogen hatte.

Und ich habe Sal an meiner Seite.

Vor inzwischen fast einem Monat fand »Erica« heraus,

dass ihre Eltern nicht ihre richtigen Eltern waren und sie entführt wurde. Erica mag verletzt und etwas zu nachgiebig sein, aber sie lässt niemanden auf sich herumtrampeln. Sie ist frustriert und wütend, schließlich hat im vergangenen Monat jeder Polizist und jeder Reporter ihr unterstellt, nicht die echte Erica zu sein. Sie hat die Nase voll von all den Unterstellungen.

»Du bist nicht die Erste, die an mir zweifelt«, gebe ich zurück. »Und du wirst nicht die Letzte sein.«

Sie kichert wie eine Hyäne. »Das habe ich schon mal gehört.«

Sie wirft die Tür hinter sich zu, der Knall reißt mir ein Loch in die Brust. Es ist mein erster Schultag und schon ist mir jemand auf der Spur. Fantastisch. Aber sie ist nur ein Mensch.

Ich dagegen habe mein Leben lang trainiert.

Die einschüchternde Art dieses Mädchens hat wahrscheinlich gereicht, um die vorherigen »Ericas« zu entlarven. Ich bin anders. Sal hat mich aus dem Kinderheim geholt, weil ich aussah wie sie. Er zog mich groß, weil ich später zu Erica werden sollte. Er wusste, dass ich mich eines Tages ganz einfach in sie verwandeln könnte, so einfach wie andere Leute sich einen Handschuh überstreifen.

Und noch ehe ich Ericas Namen kannte, war sie ein Teil von mir.

In der Cafeteria hole ich mir ein Sandwich und zeige der Schülerin an der Kasse meine Essenskarte. Die Tasten der Kasse sehen alt und abgenutzt aus. Als die Schülerin die Kasse öffnet, steigt eine Erinnerung in mir auf.

Als Fünfjährige ist Violet die perfekte Ablenkung.

Benzingeruch verstopft ihre Nase und Zigarettenrauch lässt ihre Augen tränen. Die grell leuchtenden Markennamen der Biere im Schaufenster blenden sie. Sie tapst zur Kasse und quetscht die größtmöglichen Krokodilstränen hervor – was in einer ihr unbekannten Tankstelle, in der furchterregende Leute sie anstarren, ganz einfach ist. Der Kassierer sieht sich um und hofft, dass sich jemand um die Heulsuse kümmert, was aber nicht geschieht. Also kommt er hinter dem Tresen hervor und stellt Fragen. Wo sind die Eltern? Auf der Toilette? Bei der Tiefkühlware? Sie suchen gemeinsam; das Weinen wird lauter. Der Kassierer bittet das Mädchen, mit ihm hinter dem Tresen auf ihre Eltern zu warten. Zehn Minuten. 15. Erst nach einer halben Stunde kommt ein Mann mit zerzausten grauen Haaren hinein. Er ist groß, gut gebaut und hat die besten Jahre gerade erst hinter sich.

»Hat jemand meine Tochter gesehen? Meine Tochter, sie ist blond und hat braune Augen. O Gott, bitte, jemand muss sie doch gesehen haben!«

Der Kassierer kommt hinter dem Tresen hervor und beruhigt den Mann. Das Mädchen läuft nicht gleich auf ihn zu – irgendetwas stimmt hier nicht. Er will sichergehen, dass der Mann wirklich ihr Vater ist.

Der Kassierer steht mit dem Rücken zur Kasse. Violet ist gerade groß genug, um an den Knopf heranzukommen, der die alte Kasse aufspringen lässt. Aber sie ist auch klein genug, um nicht von der Sicherheitskamera erfasst zu werden. Sals panische Schreie übertönen das leise *Kling*, mit dem die Kasse sich öffnet. Kleine Finger tanzen über die Plastikfächer und greifen Zehner und Zwanziger. Sie nimmt, so viel sie kann, und stopft die Scheine unter ihren Overall. Dann schließt sie die Kasse leise wieder.

Sie ruft »Daddy!« und rennt mit fliegenden Zöpfen auf ihn zu. Das Wiedersehen ist nicht echt. Jedes Mal, wenn sie sich trennen und einander wiederbegegnen, tun sie nur so. Sie machen es gut und verdienen sich damit statt Fast Food ein ordentliches Essen und ein weiches Bett in einem Motel. Sal lächelt voller Stolz. Violet ist glücklich, weil er stolz ist, weil jemand, irgendjemand, stolz auf sie ist.

- - -

Heute habe ich das Haus seit einem Monat zum ersten Mal verlassen.

Haus trifft es nicht ganz. Mrs Silvermans Domizil gleicht eher einem Schloss oder einer großen Villa. Der Garten ist deutlich über einen Hektar groß und liegt in einer der besten Lagen in einem bewachten Wohngebiet von Las Vegas. Die Buntglasfenster heben sich wie ein Regenbogen von den schneeweißen Steinbalkons ab. Der Hausmeister schlendert zwischen Büschen umher, die gerade erst Knospen angesetzt haben. Der Garten wirkt übertrieben – er ist zu saftig und unnatürlich im Vergleich zur angrenzenden Wüste.

Mrs Silverman lässt mich an der langen Leine, damit ich zur Schule gehen kann. Ich habe fast Angst davor, wieder in den silbernen BMW zu steigen, mit dem sie vorfährt, doch ich unterdrücke das Gefühl und versuche, fröhlich auszusehen. Sie hat blondes, zu einem perfekten Bob frisiertes Haar. Ihr dunkelblauer Anzug bringt ihre blasse Haut und die roten Lippen zum Leuchten. Sie hat eine schmale Nase und hohe Wangenknochen. Inzwischen sehe ich ihr ähnlich. Zu ähnlich. Sie steigt mit einem breiten Lächeln aus dem Auto. Es ist zu gewollt. Zu herzlich.

Sie umarmt mich. Die Reporter am Zaun drängen auf uns zu, aber die Polizisten halten sie mit aller Macht zurück.

Spiele deine Rolle gut, Violet. Verliere dich im Schmerz dieser Frau, in ihrer tiefen Erleichterung, die so einfach nachzuahmen ist. Werde zu einer Strömung im Fluss ihres Lebens und im Meer ihres Kummers. Sie schluchzt in meine Haare.

»Tut mir leid, Schatz, tut mir leid. Ich habe dich vermisst. Es ist zwar nur Schule, aber ich habe dich so sehr vermisst …«

»Schon okay.« Ich schluchze; mir kommen die Tränen. Sie riecht nach Rosen und teurer Lotion. Die schiere Kraft ihrer Traurigkeit und ihrer Fröhlichkeit machen das Schauspielern leicht. Was auch immer man vortäuschen will – der Trick dabei ist, sich vorzustellen, es wäre echt. Keine Zweifel. Nur Vertrauen. Das helle Licht der Februarsonne fällt auf uns, auf mein Gesicht, auf ihr Gesicht und auf unsere verschlungenen Körper. Sie weint in meine Haare. Ich mache das Gleiche. Ich bin ein Spiegel.

In diesem Augenblick bin ich Erica Silverman.

2. ÜBERZEUGEN

Ericas Haus sieht nicht wie ein Gefängnis aus.

Die breite Treppe aus Eichenholz ist glänzend poliert. An den Wänden hängen Gemälde. Die Räume sind lichtdurchflutet; von den hohen Decken hängen Kristallkronleuchter – funkelnde Regenbögen im Haus eines toten Mädchens. Die Möbel sind teuer, die Böden aus hochwertigem Parkett. Alles hier zeugt von Wohlstand. In genau so ein Haus würden Sal und ich einbrechen. Wenn die Türen weit offen stehen und die Besitzer im Esszimmer zu Abend essen, kann man große Häuser leicht ausrauben. Man kleidet sich wie ein Dienstleister, betritt grüßend und lächelnd das Haus, und niemand schöpft auch nur den leisesten Verdacht. Sal ging gern als Klempner, während mir die rosa Poloshirts der Hausmädchen gefielen. Wir stahlen teures Parfüm und Elektronikartikel. Mit viel Glück manchmal auch Schmuck.

Doch heute bin ich ein ganz anderes Mädchen. Eines, das keine Ahnung hat, wie man fast jedes auf dem Markt befindliche Industrieschloss knackt. Eines, das den Charakter eines Menschen nicht exakt anhand dessen Kleidung bestimmen kann. Ich werfe meinen Rucksack aufs Bett und sehe mich in Ericas Zimmer um. In meinem Zimmer. In den Regalen sitzen Puppen, in deren Glasaugen sich mein neues Gesicht spiegelt. 13 Jahre lang haben sie darauf gewartet, dass Erica zurückkehrt und mit ihnen spielt. Sie wissen Bescheid. Mit jeder ihrer Puppenlocken und jedem Seidenkleidchen verhöhnen sie mich. Sie wissen, dass ich nicht Erica bin. Anders als Mrs Silverman verzweifeln Puppen nicht. Und die Verzweiflung macht sie gegenüber der Wahrheit auch nicht blind. Auf dem Schminktisch erinnern Nagellackfläschchen und Ponyaufkleber an eine lang vergangene Zeit. Am Spiegel klebt eine Bleistiftzeichnung: eine Strichmännchenfamilie.

Mrs Silverman konnte nicht loslassen.

Und diese Tatsache ist für den Erfolg unseres Coups von entscheidender Bedeutung. Als ich aus dem Auto stieg, sah Mrs Silverman mich an, brach zusammen und begann zu weinen. Ich half ihr wieder hoch. Eine volle Stunde lang hielt sie mich umklammert. Ihre Hände gruben sich wie Klauen in meinen Rücken. Sie betastete ihn – betastete mich. Es konnte nicht nur an meinem Gesicht liegen, das dem Phantombild der Polizei der nun 17-jährigen Erica auf unheimliche Weise ähnelte. Mütter haben ein Gespür für so etwas. Diesmal war da noch etwas. Verzweiflung wahrscheinlich. Mit zwei falschen Ericas hatte sie es schon zu tun gehabt, hatte Hoffnung geschöpft, die zerstört worden war, erneut Hoffnung geschöpft und erleben müssen, wie auch diese zerstört wurde. Mr Silverman zog sich in den Wahnsinn zurück. Und sie hatte ihre Tochter *und* ihren Ehemann verloren.

Verzweiflung.

Ich aber bin überzeugend. Das Gesicht, die DNA. Die DNA war letztlich entscheidend. Ich durfte Mrs Silverman nicht sehen, bis die Probe bestätigt wurde. Erica wurde mit vier Jahren entführt. Damit war sie alt genug, um geliebt zu werden, aber jung genug, um die Zeit zu meiner Verbündeten zu machen. Die Zeit verzerrt die kleinen Fehler, die Sal mit viel Mühe verstecken und ausmerzen wollte. Mrs Silverman lässt es zu, dass Zeit und Gefühle ihre Hoffnungen verzerren. Sie sieht mich als die wahre Erica. Ihr Herz sagt ihr, dass ich die echte bin.

Sie sagte alle Verabredungen, Wohltätigkeitsbälle und Abendessen ab und verbrachte einen Monat allein mit mir im Haus. Wir lackierten uns die Nägel. Wir redeten. Hauptsächlich redeten wir und machten Essen, als könnten Nahrungsmittel den klaffenden Schlund der verlorenen Zeit füllen. Sie stellte mir Fragen zu jedem Jahr, jedem Geburtstag und jedem Weihnachtsfest. Ich erfand eine Geschichte für sie, die uns beide zum Weinen brachte. Eine Geschichte, die Sal und ich uns in den Monaten vor meiner Ankunft hier bis ins kleinste Detail ausgedacht und eingeübt hatten. Ich kenne jede Einzelheit, jeden Fahrradunfall und jedes Haustier, als wäre es mein eigenes Leben.

Wäre ich in diesem Monat gefilmt worden, hätte ich einen Oscar bekommen. Oder sogar zwei. Das war nicht nur einfache Schauspielerei. Ich ließ die tote Erica lebendig werden, rief ihre Seele an und lud sie ein, durch mich zu leben. Violet hatte ich so stark verdrängt, dass ich schon Angst bekam, sie verloren zu haben. Aber die Schule brachte sie wieder zum Vorschein. Sie trat aus dem Schatten von Mrs Silvermans Leid ins Licht. Aber nur ein klein wenig. Ich darf nicht zu viel von Violet zeigen.

Es klopft.

»Herein.«

Mrs Silverman lächelt zögernd. »Wie geht es dir?«

»Die Schule war anstrengend.«

»Waren sie nett zu dir?«

»Ich weiß nicht.« Ich streiche über die kindische rosafarbene Bettwäsche. »Sie haben mich angestarrt. Als wollten sie mir etwas unterstellen oder an mir zweifeln.«

Mit gequältem Gesichtsausdruck setzt sie sich zu mir.

»Du weißt ja, dass es zwei andere Ericas gab. Deine Mitschüler sind einfach verwirrt.«

»Genau wie ich.«

Sie drückt mir die Hand. »Was verwirrt dich denn?«

»Ich weiß nicht!« Ich stehe auf. Wut. Verwirrung und Wut. »Wie konnten sie das tun? Wie konnten sie mich entführen und es mir 13 Jahre lang verschweigen? 13 Jahre! Ich habe sie geliebt, ihnen vertraut!«

»Ihnen.« Mrs Silverman beißt sich auf die Lippen. Sie weiß, dass ich meine Entführer-Eltern meine. »Ich weiß auch nicht, Erica. Es waren eben schlechte Menschen –«

»Waren sie nicht!«, schreie ich. Sie zuckt zusammen. »Sie waren keine schlechten Menschen. Sie waren meine Eltern. Und jedes Mal, wenn ich dich ansehe, oder wenn ich die Journalisten sehe, oder meine Eltern im Fernsehen sehe, dann –« Ich verschlucke mich. »Dann will ich etwas kaputt machen. So lange, bis mir endlich jemand einen Grund sagt.«

»Erica –«

»Einen Grund!« Ich trete gegen die Tür.

»Erica, bitte.« Sie umarmt mich. »Atme. Tief atmen, genau wie wir es geübt haben.«

»Die Reporter tun, als sei das alles eine große Unterhaltungsshow.« Jetzt habe ich Schluckauf. »Aber es ist mein Leben! *Mein Leben!*«

»Ich weiß, ich weiß«, summt sie und drückt mich fester an sich. »Ich hatte gehofft, sie würden dich allmählich in Ruhe lassen. Es tut mir leid. Sie sind so aufdringlich, weil wir noch kein offizielles Statement veröffentlicht haben.«

»Können wir das nicht einfach hinter uns bringen?« Ich wische mir Tränen aus den Augen.

»Willst du das wirklich?« Mrs Silverman sieht mich besorgt an. »Vielleicht stehst du das nicht durch.«

»Doch, tue ich«, beharre ich. »Ich habe einfach keine Lust mehr. Ich will einfach nur zurück.«

Mrs Silverman zuckt zusammen. Ich bin zu schnell zu weit gegangen.

»Nicht zu meinen früheren Eltern«, stottere ich. »Ich meine, so wie es vorher war. Ruhig und friedlich.«

Sie entspannt sich etwas, sieht aber immer noch aus, als könne sie jeden Moment zusammenbrechen. »Das wird dauern.«

»Entschuldige. Ich wollte dir keinen Schrecken einjagen.«

Sie streichelt meine Schulter. Die Berührung ist federleicht und wirkt auf unerklärliche Weise zögerlich. Ungläubig, dass ich wirklich hier bin. Und dankbar. Jeder ihrer Blicke, jede ihrer Berührungen ist noch genauso intensiv wie am Tag meiner Ankunft. Jeden Tag strahlt sie eine 13 Jahre währende Liebe aus, die ich aufsauge. Nie wurde ich so fest und mit einem so starken Beschützerinstinkt umarmt. Ihre Umarmungen dauern ewig. Ihre dünnen Arme zittern, als fürchte sie, ich würde mich in Luft und Lügen auflösen, sobald sie loslässt.

Sal war für mich Mutter und Vater in einem. Ein oder zwei Mal hat er mich auch umarmt. Eher, als ich jünger war. Bevor Sal mich adoptierte, hatte ich Pflegemütter, an die ich mich aber nicht erinnere.

Mrs Silverman ist meine erste richtige Mutter. Aber ich habe sie noch nicht »Mom« genannt. Die echte Erica würde an meiner Stelle auch zögern, Mrs Silverman Mom zu nennen – wenigstens im ersten Monat. Aber dieser Monat geht seinem Ende zu. Ich habe den seelischen Zustand eines entführten Mädchens überzeugend gespielt. Jetzt ist es Zeit für den nächsten Schritt.

»Mal sehen, was ich tun kann.« Endlich lässt sie los und geht zur Tür. »Einige Sender wollen Interviews mit uns. Wenn wir in einer Sendung auftreten, geben die anderen hoffentlich Ruhe. Und jetzt komm runter. Marie hat Croissants gebacken.«

»Okay.« Ich hole Luft. »Tief atmen.«

»Genau.« Sie atmet im gleichen Rhythmus. Sie lächelt wieder. »Tief atmen. Wir stehen das durch. Gemeinsam.«

Ihre Schritte hallen durch den Flur. Als ich nach unten komme, ist sie nicht in der Küche. Marie, Mrs Silvermans Haushaltshilfe, wirbelt zwischen den marmornen Arbeitsplatten hin und her. Sie stellt mir Fragen, ohne mich anzusehen.

»Wie war es in der Schule?«

»Langweilig.« Ich setze mich auf einen Barhocker.

Sie lacht, wie Leute lachen, die taktvoll über etwas hinweggehen möchten. Sie hat meinen Ausbruch vorhin mitbekommen. Sie ist mindestens 20 Jahre älter als Mrs Silverman und ihre von tiefen Falten durchzogene Haut zeugt von schweren Zeiten. Außer dem einen oder anderen Fast-Food-Lieferanten ist sie die Einzige, die im letzten Monat Zutritt zum Haus hatte.

Marie reicht mir ein noch warmes Croissant. »Bist du zur Schule gegangen, als du bei deinen anderen Eltern gelebt hast?«

»Ich wurde zu Hause unterrichtet. Wahrscheinlich sollte niemand herausfinden, dass ich nicht wirklich ihr Kind bin.

Sie hätten ja eine Geburtsurkunde und solches Zeug vorzeigen müssen. Und das hatten sie nicht.«

»Hast du je –« Marie hält inne. »Vergiss es. Diese Frage steht mir nicht zu.«

»Ob ich je geahnt habe, dass sie nicht meine richtigen Eltern sind?« Sie ist leicht zu durchschauen. »Nein. Ich sehe ihnen zwar überhaupt nicht ähnlich und habe mich auch manchmal darüber gewundert, aber sie sagten, ich sähe aus wie eine Tante, die ich nie kennengelernt habe. Als ich sie nach Babybildern von mir fragte, hatten sie keine. Es gab viele solcher Kleinigkeiten, aber bis vor Kurzem ergaben sie keinen Sinn.«

Marie schweigt taktvoll. Ich balle die Fäuste.

»Ich werde ihnen nie verzeihen.«

»Das würde ich auch nicht.« Energisch durchschneidet sie eine Tomate.

»Bist du so weit, Erica?«, dringt Mrs Silvermans Stimme vom Flur. »Die Klinik schließt bald.«

»Komme schon.« Ich schlinge das Croissant hinunter und mit ihm meinen Ärger. »Danke, Marie. Du bist eine wirklich gute Köchin.«

Mrs Silverman steht zögernd im Türrahmen, den glasigen Blick in die Ferne gerichtet. Hinter dem gesicherten, schmiedeeisernen Tor warten Reporter. Beruhigend nehme ich ihre Hand.

»Gemeinsam«, nicke ich.

»Gemeinsam.« Sie lächelt. Ihre Augen leuchten jetzt wieder in einem klaren Saphirblau.

– – –

Nach Ericas Entführung brach Mr Silverman wie ein Spielzeugsoldat entzwei.

Ich versetze mich in seine Lage: Sie war sein Engel. Sie war der Grund, warum er so hart arbeitete, erst im Dunklen nach Hause eilte und so viele Puppen kaufte. Sie war der Grund für seine gute Laune und seinen schnellen, wachen Geist. Als sie verschwunden war – als sie entführt wurde –, richtete sich seine rasiermesserscharfe Intelligenz gegen ihn selbst und zerstörte – gleich einem Hai, der seine Beute angreift – seine Vernunft. Danach war auch er verschwunden. Nur sein von Hoffnungslosigkeit ausgemergelter Körper blieb zurück. Mrs Silverman ließ ihn in das Rehabilitationszentrum Whiteriver bringen, wo er seit vier Jahren lebt. Im vergangenen Monat haben wir ihn jeden Mittwoch besucht. Er hat weder mit mir noch mit Mrs Silverman auch nur ein Wort gesprochen. Wahrscheinlich weiß er nicht, wer wir sind oder dass er sich noch in der Welt der Lebenden befindet. Er will immer nur Dame spielen. Aufrecht hält ihn allein der vordergründige Wille nach Vorwärtsbewegung, wie bei einer darwinschen Lebensform. Atmen, blinzeln, atmen, seufzen. Er ist zwar hier, aber irgendwie auch nicht. Sein Körper sitzt am Linoleumtisch im Besucherraum. Nur sein Körper.

»Dad«, sage ich leise. »Ich bin's.«

Er bekommt eine Glatze. Früher war er sehr attraktiv, aber durch das Alter und die emotionalen Schwierigkeiten ist er dünn und unterernährt. Bartstoppeln verleihen seinem Gesicht eine kränklich graue Färbung. Die dunklen Augen wirken apathisch und milchig. Er mustert mich, dann wendet er sich wieder seinem Damespiel zu. Er bewegt einen schwarzen Spielstein. Ich schlage ihn mit meinem roten.

In einen Fuchspelzmantel gehüllt beobachtet uns Mrs Silverman. Sie drückt in einiger Entfernung an einem Kaffeeautomaten herum und wirkt nervös. Sie hätte gerne, dass Mr Silverman die Stirn runzelt, grinst, *irgendetwas* tut. Ich soll die Zauberformel sein, die ihn zurück in die Realität holt. Dabei sehe selbst ich, dass er schon zu weit weg ist. Als ich zur Krankenschwester sagte, er werde sich bestimmt an mich erinnern, lächelte sie nur mitleidig. Keine seiner Aussagen haben Gewicht. Die Polizei wird niemandem glauben, der seit Jahren in der Irrenanstalt sitzt. Vielleicht kann ich ihm etwas Trost spenden. Ein bisschen Wahrheit geben. Sollte er etwas über mich erzählen, würde ihm ohnehin niemand glauben.

Ich nehme seine Hand.

»Ihre Tochter musste nicht lange leiden, Mr Silverman«, flüstere ich.

Gerald hatte ihr mit einem Messer die Pulsadern aufgeschnitten. Klinisch sauber, schnell und leise. Sie starb am Blutverlust und spürte wahrscheinlich nur eine zunehmende Kälte und Schläfrigkeit. Missbraucht wurde sie erst lange, nachdem sie gestorben war. Ihre Seele hat das nicht miterlebt.

Eine Krankenschwester bringt Wasser und Tabletten.

»Die sollen ihn, beruhigen«, versichert sie mir, als sie meinen fragenden Blick bemerkt.

Mr Silverman schluckt die Tabletten mechanisch, reflexartig. Sein Blick wandert wieder zum Damespiel – der einzigen Sache, die ihm wichtig zu sein scheint. Ich beneide ihn. Dieses Strategiespiel ist so viel einfacher als das, in dem ich mich gerade befinde. Und in dem ich die Hauptfigur bin. Alles hängt von mir ab.

Es wäre schön, zur Abwechslung mal eine einfache Spielfigur zu sein statt immer die Königin.

Mr Silverman lächelt sanft und bewegt einen Spielstein auf meine Grundlinie. Er schaut zu mir auf, feine Falten umspielen seine Augen.

»Ich habe gewonnen«, säuselt er.

»Hat er irgendetwas gesagt?«, drängt Mrs Silverman. Ich zögere und suche eine hübsche Lüge aus der in meinem Hirn abgespeicherten Sammlung heraus.

»Ich glaube, er hat etwas von Ballettunterricht gemurmelt?«

Hoffnung flackert in ihrem Blick auf. »Ja, als du jünger warst, hattest du Ballettunterricht. Vielleicht kommt er wieder zu sich. Wir sollten ihn weiter besuchen und aus seinem Panzer befreien.«

Ich bringe es nicht übers Herz, ihr die Wahrheit zu sagen oder zu widersprechen. Sie liebt ihn noch immer. Eltern, die einander lieben. Ob Erica wusste, wie viel Glück sie hatte?

Wieder zu Hause, bemerke ich, dass Marie mein Bett neu bezogen hat: blau mit weißen Blumen. Es riecht nach einem noblen Kaufhaus. Ich falle ihr um den Hals. Sie antwortet lachend auf Spanisch. Ich werfe mich aufs Bett, breite die Arme aus und spüre die weiche, gute Qualität. Die Laken sind so anders als die dünne Motelbettwäsche, in der ich einen Großteil meines Lebens geschlafen habe. Zum Abendessen gibt es Rippchen, die sich fast von allein vom Knochen lösen, und zum Nachtisch Sorbet. Ich schwebe auf Wolke sieben. Dieses Essen ist tausendmal besser als Sals verkohlte

Versuche oder Fast Food aus dem Supermarkt. Mrs Silverman schiebt mir mit leuchtenden Augen ein Glas Wein zu.

»Probier mal. Trink langsam. Das ist ein sehr guter Wein von einem sehr guten Winzer.«

Sal ließ mich oft an seinem Lieblingswhiskey nippen. Der Wein ist milder und fruchtiger. Er brennt nicht so stark wie Whiskey. Ich muss trotzdem etwas husten. Lachend nimmt Mrs Silverman einen Schluck.

»Jetzt, wo du offiziell auf die Highschool gehst, lass uns ein paar Regeln festlegen.«

»Regeln«, wiederhole ich.

»Zum Beispiel Alkohol.« Sie dreht das Weinglas am Stiel hin und her. »Ein paar Schlückchen hier und da sind harmlos. Aber du bist jung, und junge Leute in Gruppen trinken gern. Ich bin sicher, dass du bald Freunde finden wirst. Die Erica, die ich kenne, ist überall beliebt.«

Ich will das Gesicht verziehen, aber Erica zwingt mich zu einem geschmeichelten Lächeln.

»Glaub mir, für Alkohol wirst du in deinem Leben noch genug Zeit haben. Du musst ihn nicht auf einmal trinken. Das ist ungesund. Wenn du ab und zu etwas trinkst, stört mich das nicht, Hauptsache, du und deine Freunde seid hier und ich habe eure Autoschlüssel. Ist das klar?«

Ich hatte schon vorher hin und wieder eine Ahnung von ihrer strengen Seite bekommen, beispielsweise als sie nach Einzelheiten aus meinem Leben bei den Entführern fragte. Geht es um meine Sicherheit oder meine Vergangenheit, verwandelt sie sich in eine Löwenmutter. Ich nicke.

»Glasklar.«

»Wenn um dich herum jemals alle betrunken sind, du dich unwohl fühlst oder Angst hast, ins Auto zu steigen, dann ruf mich an. Ich hole dich auf jeden Fall ab und werde keine Fragen stellen.«

»Wirklich keine Fragen?«

»Nicht eine einzige. Wenn so etwas aber ein zweites Mal vorkommt, brauche ich vermutlich Antworten.«

Ich nicke. Das klingt fair. Sal setzte mir nie wirkliche Grenzen, außer dass ich rechtzeitig für einen Coup oder für den Bus/Zug/Flug zu unserem nächsten Unterschlupf zu Hause sein musste. Auf Partys gehen war langweilig, wenn man täglich irgendwelche Nummern in Nachtclubs durchzog: Taschendiebstahl auf der Tanzfläche. Typen mit übergroßer Libido, die dumm genug waren, eine Minderjährige wie mich anzumachen, und dadurch allzu leicht erpressbar waren. Mädchen aus Studentenverbindungen, die auf der Suche nach Koks waren und sich stattdessen Backpulver andrehen ließen. Es gab unendlich viele Möglichkeiten. Aber nur zum Spaß auf eine Party gehen? Nur um Alkohol zu trinken, und nicht, um Geld zu machen? Klingt nach Zeitverschwendung.

»Haben dir diese Leute alles erzählt?«, fragt Mrs Silverman weiter. »Ich meine, über das Älterwerden und über, äh, Begegnungen mit dem anderen Geschlecht?«

»Diese Unterhaltung haben wir geführt, ja. Ich denke, ich weiß Bescheid.«

»Du solltest wissen, dass immer ein Kondom im Spiel sein muss. Immer. Ich will nicht, dass du eine Geschlechtskrankheit bekommst oder schwanger wirst. Jetzt, wo du endlich zu Hause bist, möchte ich ein möglichst gutes Leben für dich.«

Violet verdreht die Augen. Erica wird rot. »Mir passiert nichts. Gesunder Menschenverstand, richtig?«

»Wenn du die Pille nehmen möchtest, vereinbaren wir einen Termin beim Arzt. Aber sag es mir. Sei ehrlich zu mir.«

So machen Eltern das. Es fühlt sich merkwürdig an. Während ich mit Sal unterwegs war, hatte ich keine Zeit für feste Freundschaften, von Jungs oder Liebe ganz zu schweigen. Ich hatte einfach nicht die Gelegenheit dazu, entweder planten wir den nächsten Coup oder wir flohen vom Schauplatz des letzten. Einmal habe ich so getan, als wäre ich verliebt, aber das war Teil des Plans gewesen. Die Leere klingt in meinen Worten nach.

»Ich glaube nicht, dass mich jemand genug lieben wird, um so etwas mit mir zu machen.«

Mrs Silverman runzelt die Stirn. »Natürlich wird dich jemand gernhaben – und umgekehrt. Das ist nur eine Frage der Zeit. Wenn es so weit ist, möchte ich, dass du richtig vorbereitet bist.«

Er wird nicht kommen. Aber ich lächle trotzdem. Die Menschen mögen blinden Optimismus. Er weckt ihren Beschützerinstinkt.

»Danke für das Abendessen. Und für alles.«

»Was hatten wir zum Thema Bedanken gesagt?«, fragt sie streng.

Ich seufze. »Ich soll mich nicht bedanken, weil Familienmitglieder füreinander da sind, ohne Dankbarkeit zu erwarten.«

Da lächelt sie wieder. »So sind Mütter eben.«

Während ich Zähne putze, meine Haare mit dem teuren Shampoo wasche und meinen Körper mit einem Luffaschwamm abreibe, der wahrscheinlich mehr gekostet hat als all meine frühere Secondhandkleidung zusammen, geht mir dieser Satz ständig durch den Kopf. Ich weiß nicht, wie

Mütter sind. Meine echte Mutter setzte mich nach der Geburt auf einer Kirchentreppe aus. Wahrscheinlich war sie zu jung, um ein Kind aufzuziehen. Die Kirche gab mich zu Pflegeeltern, und als ich fünf Jahre alt war, holte Sal mich ab. Ich weiß nicht einmal, was *Mutter* wirklich bedeutet. Ich glaube, Sal liebt mich, aber nicht so tief, nicht so krampfhaft. Natürlich habe ich Filme darüber gesehen, aber dieses Sehnen packt mich erst jetzt, wo ich davon gekostet habe.

Mein Bett ist kalt. Die Puppen starren vom Regal auf mich herab.

Der Plan ist einfach. Es geht nicht um so etwas Kompliziertes wie ein Testament oder darum, dass Mrs Silverman mir die Hälfte des Anwesens überschreibt. Das wäre zu schwierig. Dafür müsste ich jahrelang hierbleiben und dann womöglich bis zu ihrem Tod warten.

Ich gehe im Schlafanzug hinunter in die Küche, um mir ein Glas Wasser zu holen. Auf der letzten Stufe bleibe ich stehen und schaue in die dunkle Bibliothek. Mrs Silverman hat ein sehr altes Gemälde geerbt. Wie alle Trickbetrüger aus Las Vegas wusste Sal, dass es irgendwo in Mrs Silvermans Haus in einem Safe versteckt ist. Ein japanischer Sammler bietet demjenigen eine hohe Summe, der das Bild »erlangen« kann. Die Existenz eines Käufers bedeutet, dass wir nicht auf dem Schwarzmarkt nach einem Hehler suchen müssen, was im Fall von Kunst sehr wichtig ist. Der Diebstahl eines beinahe unbezahlbaren Originals lohnt sich nur, wenn man es schnell verkaufen kann. Wir haben einen Käufer. Jetzt muss ich das Ding nur noch stehlen.

Es heißt »La surprise« und wurde von Jean-Antoine Watteau 1718 in Öl auf Holz gemalt. Sal sagt, es sei während der Französischen Revolution gestohlen worden und dann viele Jahre lang im Besitz von Mrs Silvermans Familie gewesen. Vielleicht hatte ihre Familie Angst, es dem Staat zu übergeben, oder sie hat auf eine Gelegenheit gewartet, möglichst viel Geld damit zu verdienen. Wie auch immer – nachdem Mrs Silverman das Gemälde kurz vor Ericas Entführung geerbt hatte, tauchte es weder in ihrer Steuererklärung noch in sonstigen Dokumenten auf. Sie wollte, dass die Existenz des Bildes ein Geheimnis bleibt.

Das ist ihr nicht gelungen.

Jeder Gauner in Las Vegas weiß, dass Mrs Silverman das Bild besitzt, doch nur wenige wissen, wo sie es aufbewahrt. Die meisten vermuten es in einer Bank in der Schweiz oder in einem der mit viel Sicherheitstechnik ausgestatteten Ferienhäuser der Silvermans. Niemand vermutet, dass Mrs Silverman so ein Gemälde in ihrem Haupthaus aufbewahren würde – und genau deshalb hat es bis heute auch noch niemand entdeckt. Es war pures Glück, dass Sal dem Mann begegnete, der in die Bibliothek der Silvermans einen Safe eingebaut hatte. Sal bestach ihn. Die Bibliothek ist mit vier Kameras ausgestattet, die einen geschlossenen Stromkreis bilden und rund um die Uhr von Mrs Silvermans Sicherheitsleuten überwacht werden. Der Safe ist mit einem achtstelligen Code aus Ziffern und Buchstaben geschützt. Nur Mrs Silverman kennt den Code. Eigentlich kennt Mr Silverman ihn auch, aber sein Geist ist zu verwirrt, als dass man ihm die Kombination entlocken könnte. Mir bleibt nur ein Versuch, den Safe zu öffnen. Wenn ich mich in dessen Nähe aufhalte, mache ich mich verdächtig. Ein Fehler reicht und ich fliege auf. Wenn ich den richtigen Code herausbekommen habe und ihn benutze, muss ich sofort den Abflug machen. Ich habe noch nicht aktiv mit der Suche nach dem Code begonnen. Ich werde ihn durch Zuhören herausbekommen und nicht durch Fragenstellen. Fragen machen die Menschen misstrauisch. Während ich mich als die echte Erica Silverman etabliere, werde ich den Mund geschlossen und die Augen offen halten. Die Zeit ist meine Verbündete. Es fehlt nicht mehr viel und die Menschen in Ericas Leben werden mir vertrauen. Und wenn sie mir vertrauen, wird auch der Code Gestalt annehmen.

Die Zahlen der Mikrowellenuhr springen auf Mitternacht, und das Marionettenmädchen geht die Treppe hoch in ihr Puppenbett, das in einem Puppenhaus voller echter Menschen steht.

Die Menschen sind aus Fleisch und Blut – das Mädchen aus Lügen und Holz.

3. INSZENIEREN

Die kleine Stelle zwischen Magen und Herz, an der ich Violet in Ketten gelegt habe, ist in Bewegung. Scharfe Klingen durchdringen meine bislang eisernen Nerven. Wann bin ich so empfindlich geworden? Es ist doch nur das Fernsehen. Violet hat vor nichts Angst – weder vor Kameras noch vor den vielen Menschen im Haus oder vor dem Auftritt, den sie gleich hinlegen muss. Ericas Zittern und Unsicherheit machen Violet verletzlich – ein Rostfleck auf ihrer Rüstung. Mrs Silvermans PR-Berater schwirrt um die Couch herum. In seinen nach hinten gegelten Haaren spiegeln sich die elektrischen Lichter. Er wedelt mit einem Skript.

»Sei einfach natürlich. Katie wird nichts Verstörendes fragen. Normalerweise ist sie sehr feinfühlig. Wenn sie eine Frage stellt, die dir unangenehm ist, komme ich dir zu Hilfe. Nicke einfach kurz oder wirf mir einen Blick zu.«

Mrs Silverman spricht in der Küche mit dem Produzenten und ihrem Anwalt. Sie scheint sich genauso unwohl zu fühlen wie ich.

»Erica, hörst du mir zu?«, hakt der PR-Berater leicht ungehalten nach.

Ich weiß bereits, was ich tun muss. Lehrlinge sollten nicht versuchen, Meistern etwas beizubringen. Erica schubst Violet zur Seite und lächelt entschuldigend.

»Ja, tut mir leid. Ich bin einfach sehr nervös. Ich war noch nie im Fernsehen.«

Der Ton des PR-Beraters wird wieder sanfter. »Was immer du tust, konzentriere dich auf deine glückliche Heimkehr und wie du damit umgehst. Die Sendung ist nicht live. Wenn du ins Stocken gerätst, kann man das herausschneiden.«

Jemand ruft: »Noch fünf Minuten!«

Der PR-Berater wird nervös. »Sind Sie bereit, Mrs Silverman?«

Mrs Silverman setzt sich neben mich und nimmt meine Hand. »Niemand ist je wirklich fürs Fernsehen bereit.«

Anders als sonst trägt sie eine dicke Schicht Make-up. Genau wie ich. Wegen des Concealers und Puders müssen meine Muskeln doppelt so hart arbeiten, um Gefühle zu vermitteln. Wenigstens ist das Interview hier im Haus und wir können nebeneinandersitzen. Der PR-Berater setzt sich in einen Sessel knapp neben dem von der Kamera aufgezeichneten Bereich. Bei Bedarf kann er sofort eingreifen. Die Crew nimmt ihre Plätze hinter den Kameras, Scheinwerfern und Tonangel-Mikrofonen ein. Marie steht hinter dem PR-Berater und betrachtet das Ganze sorgenvoll.

Die Reporterin Katie betritt den Raum. Ihr roter Anzug passt zu den rot lackierten Fingernägeln. Mit ausgestreckter Hand und knappem Nicken geht sie auf uns zu. Mrs Silverman und ich stehen auf.

»Mrs Silverman, Erica. Schön, Sie kennenzulernen. Ich bin Katie Tims und werde Sie heute interviewen. Vielen Dank, dass Sie sich hierzu bereit erklärt haben.«

Ihr Händedruck ist ruhig und routiniert. Sie setzt sich uns gegenüber und wendet sich an den Kameramann.

»Hast du meine linke Seite, Jerry?«

Jerry grunzt hinter der Kamera hervor. Der PR-Berater rutscht auf seinem Sessel herum.

»Ich bin bereit, wann immer Sie es sind, Mrs Silverman.«

Mrs Silverman sieht mich an. Ich nicke. Sie flüstert *Bereit* und hält meine Hand noch fester. Katie räuspert sich.

»Auf fünf.«

Die Scheinwerfer werden noch heller. Das Mikrofon hängt über uns wie ein Flamingo. Ein Kranich. Oder ein *Geier*. Katie tauscht binnen einer Millisekunde ihr geschäftsmäßiges Stirnrunzeln gegen einen betroffenen, verzweifelten Gesichtsausdruck.

»Erica, zuallererst möchte ich dir dafür danken, dass du mit uns sprichst. Zu deinem Fall gibt es ja viele widerstreitende Meinungen.«

»Genau deswegen haben wir beschlossen, die Geschichte zu erzählen«, beginnt Mrs Silverman. »Wir wollen sie öffentlich machen, die Wahrheit erzählen und unser Leben in Ruhe weiterführen.«

»Du hast so viel durchgemacht.« Katies empathischer Ton ist trotzdem fest und bestimmt. »Wie fühlst du dich, Erica?«

Die dreibeinige Kamera schwenkt ruckartig auf mich. Hier geht es nicht darum, mich unauffällig zu verhalten, jemandem als Ablenkung eine Szene zu machen oder die Taschen des vielversprechendsten Opfers auszuräumen. Hier sieht mich die gesamte Nation, und ich soll nichts weiter tun, als ich selbst sein – nein, Erica sein. Statt menschlicher Gesichter, deren Reaktionen ich interpretieren kann, beobachten mich jetzt seelenlose schwarze Kameraaugen. Ich muss einfach so tun, als wären sie Menschen.

»Es geht mir gut.« Ich schlucke. Meine Nervosität ist nur zum Teil gespielt. »Ich bin immer noch durcheinander. Wahrscheinlich geht dieses Gefühl nie mehr weg.«

»Wie hast du herausgefunden, dass deine ›Eltern‹ nicht deine biologischen Eltern sind?«

Ich rutsche auf der Couch herum und werfe dem PR-Berater einen Blick zu. Als er etwas sagen will, ändere ich meine Meinung. Meine Unentschlossenheit, mein Zögern – ich spiele ihnen die perfekte Show vor. Ich hole Luft.

»Meine früheren Eltern hatten Streit; dabei wurde einer von ihnen verletzt. Normalerweise arteten Streitereien nicht so aus, aber …« Ich beiße mir auf die Lippe. Mrs Silverman legt mir den Arm um die Schultern. »Meine ehemalige Mom verletzte sich, weil sie in Glasscherben stürzte. Wir brachten sie in die Notaufnahme. Dort war auch eine Frau vom Jugendamt. Sie dachte, es handele sich um häusliche Gewalt. Man gab mich in eine Pflegefamilie. Als die Frage nach meiner Geburtsurkunde aufkam …«

Ich zucke zusammen. Mrs Silverman drückt mir die Hand und antwortet an meiner Stelle.

»Zu diesem Zeitpunkt waren ihre ehemaligen Eltern schon auf der Flucht.«

»Das muss *fürchterlich* für dich gewesen sein. Was geschah danach?«

»Die Polizei nahm eine DNA-Probe von mir, die zu Moms DNA passte.« Ich neige meinen Kopf zu ihr. Mrs Silverman ist erschüttert. So habe ich sie noch nie genannt. In ihren Augen spiegeln sich Dankbarkeit und Erleichterung.

»Und wie fühlen Sie sich, Mrs Silverman? Verzeihen Sie die Frage, aber wie können Sie sicher sein, dass dies Ihre richtige Tochter ist? Immerhin haben in der Vergangenheit schon Kara Smith und Bethany Richmond versucht, Sie zu täuschen.«

»Ich weiß.« Mrs Silverman drückt mich fester an sich.

»Ich fühle es tief in meinem Herzen – mein kleines Mädchen ist hier, sie sitzt direkt neben mir. DNA hin oder her: Als ich sie sah, wusste ich, dass sie es ist.«

»Hatten Sie diese Gefühle nicht auch gegenüber den vorherigen Ericas?«

»Nein. Nicht so stark und unverfälscht. Ich weiß, dass das Erica ist. Mag die Welt es bezweifeln, für mich ist sie meine schöne, liebe, freundliche Erica, und sie ist hier bei mir zu Hause. Das allein zählt.«

Ich? Lieb? Freundlich? Sie spricht nicht über Violet, sondern über mein falsches Ich. Ich schlucke etwas hinunter, das nach Enttäuschung schmeckt. Katie scheint Mrs Silvermans zur Schau gestellte Überzeugung zu überraschen, aber sie fährt fort.

»Erica, was empfindest du für deine früheren Eltern? Als du die Wahrheit herausgefunden hast, bist du doch bestimmt zusammengebrochen. Und die Polizei hat sie bislang nicht finden können.«

Ich balle die Fäuste. Mache ein ersticktes Geräusch. Mrs Silverman tätschelt mir den Kopf, was mich wohl entspannen soll.

»Einerseits will ich, dass sie gefasst werden und leiden müssen. Andererseits haben sie mich großgezogen und mein Leben war eigentlich ganz in Ordnung. Ich wünschte, sie hätten nicht lügen müssen. Ich wünschte –«

Lügen. Diese Welt, dieses Mädchen besteht aus Lügen. Die Tränen, die mir in die Augen steigen, sind aber nicht gespielt. Sie kommen von ganz allein und erschreckend schnell.

»T-ut mir leid«, stammele ich und wische mir die Tränen am Ärmel ab. Mrs Silverman zieht mich zu sich. Es ist nur eine kleine Bewegung, aber jetzt fließen meine Tränen umso heftiger. Ich bekomme Schluckauf. Warum? Warum weine ich?

Der PR-Berater räuspert sich. »Das reicht, Katie. Hören wir auf.«

»Die Wahrheit ist immer schwer.« Katie wirkt auch dann noch mitfühlend, als die Kameras ausgeschaltet sind.

Doch das hier ist nicht die Wahrheit. Keine Wahrheit wäre so schmerzhaft wie die Dornen, die sich Tag für Tag, die ich in den Armen dieser Frau verbringe, tiefer in mich bohren.

Das hier ist nur ein Coup, sage ich mir, wie ich schon Hunderte durchgezogen habe.

Warum also schmerzt dieser so sehr?

Ausnahmsweise schleicht Mrs Silverman sich heute mal nicht in mein Zimmer. Zwischen den Vorhängen hindurch beobachte ich, wie die Fernsehwagen wegfahren. Ich ziehe mir die neue, steife Decke über den Kopf und wickle mich darin ein wie in einen Kokon. Die werde ich schon weichkriegen. Und auch den Rest werde ich kleinkriegen. Ich werde alles in mundgerechte Stückchen zerlegen, die einfacher zu verdauen sind. Ich habe das alles nur gespielt. Die Tränen waren das i-Tüpfelchen. Ich hatte sie nicht geplant, aber in diesem Moment hatte Erica die Oberhand. Dieser Monat, in dem ich nur Erica war, hat die Waage zu ihren Gunsten geneigt. Ich brauche einen Ausgleich. Ich brauche Violet.

Violet schält sich aus dem Kokon und schaltet das Licht ein. Sie betrachtet die alte Bleistiftzeichnung, die am Spiegel klebt und vor 13 Jahren von der echten Erica gezeichnet wurde. Mrs Silverman hat sie bis heute dort hängen lassen. Violet nimmt sie herunter und reißt sie in winzige Fetzen, die auf den Teppich fallen und aussehen wie kleine Inseln im Meer.

»Erica?« Zögernd klopft es an meine Tür. »Geht es dir gut?«

»Ja.« Mit dem Fuß schiebe ich die Papierschnipsel unters Bett. »Ich brauche nur … ein bisschen Zeit für mich.«

Plötzlich ist da eine Pause. Eine Unterbrechung. Eine unheimliche Stille ohne die üblichen beruhigenden Wellen. Das Zusammenspiel, das sich im vergangenen Monat entwickelt hat, ist eingefroren. Etwas berührt die Tür. Eine Hand.

»Ich liebe dich.« Mein Versuch, sie zu trösten, zaubert winzige Wellen auf die Wasserfläche der Stille.

»Ich liebe dich, Erica. Immer.« Ihre Worte sind ein Tsunami aus Inbrunst und Entschlossenheit.

Und die Wellen auf dem Ozean kehren zurück.

Der zweite Schultag ist einfacher.

Mrs Silvermans Umarmung ist so fest wie immer. Danach drückt sie mir etwas in die Hand. Es ist glatt und eckig. Ein Smartphone, und zwar von der schicken Sorte, wie Sal sie einem Touristen stehlen würde.

»Tut mir leid, dass es so lange gedauert hat. Es ist erst gestern angekommen. Wenn du nach Hause willst oder dir alles zu viel wird, ruf mich an. Ich hole dich dann ab. Ich weiß, dass es auf der Highschool nicht leicht ist. Besonders wenn man vorher nie in der Schule war. Gib dein Bestes und betrachte das Telefon als Notausgang.«

»Danke. Es ist toll!« Mir bleibt tatsächlich fast der Mund offen stehen. Ich wollte schon immer so eins, aber das war unmöglich, Sal und ich brauchten unser Geld für die Miete oder um irgendwelche Typen in Sachen Erica zu bestechen.

»Und versuche ein paar Telefonnummern von Freunden einzusammeln.« Sie zwinkert mir zu.

»Ich probier's. Leichter gesagt als getan«, sage ich lachend.

Winkend fährt sie davon; als letzter Abschiedsgruß ertönt ein lautes Hupen. Das Ganze ist ein bisschen peinlich.

Die Reporter bestürmen mich von jenseits der Polizeibarrikade mit Fragen.

»Erica, fühlst du dich anders, seitdem du im Fernsehen warst?«

»Hier drüben, Erica! Stimmt es, dass du deine falschen Eltern nicht anzeigen willst, wenn die Polizei sie findet?«

Ich lehne meinen Rucksack an eine Akazie, breite meinen Pulli im Gras aus und mache es mir bequem. Ich blende die Stimmen aus, genau wie die Blicke der Jugendlichen, die um mich herum auf der Wiese sitzen. Ich lege den Arm über die Augen, als wollte ich schlafen. Es ist ein heißer Februarmorgen, aber es weht ein sanfter Wind.

»Du bist Erica, stimmt's?«

Ich schaue mich nach der Stimme um. Ein Mädchen mit leuchtend roten Haaren hat sich zu mir in den Schatten gesetzt.

»Ich heiße Merril. Schön, dich kennenzulernen.«

»Warum so direkt?«

»Findest du das etwa nicht gut?« Als sie den Kopf neigt, fallen mir ihre riesigen braunen Augen mit den dichten Wimpern auf. Rehaugen. Hübsche Mädchenaugen, für die ich mich einer Schönheitsoperation unterzogen habe. Trotzdem sind meine nicht so schön wie ihre.

»Ich bin das einfach nicht gewohnt.« Ich rolle mich auf den Bauch. Durch mein T-Shirt kitzelt mich das Gras.

»Du bist auf allen Kanälen. Also solltest du dich besser daran gewöhnen.« Merril zupft Grashalme aus. »Ich habe dein Interview mit Katie Tims im Frühstücksfernsehen gesehen.«

»Das war ätzend«, seufze ich.

»Du sahst so traurig aus«, murmelt sie. »Und ich habe mich richtig mies gefühlt, weil ich dich an deinem ersten Tag hier ignoriert habe.«

»Schon okay. Ich bekomme in letzter Zeit sowieso zu viel Aufmerksamkeit. Da ist es eine schöne Abwechslung, wenn man ignoriert wird.«

Sie nestelt an ihrem Rock. »Also, äh, meine Mom sagt, wir seien zusammen in die Vorschule gegangen.«

»Wirklich? Daran kann ich mich gar nicht erinnern.«

»Macht nichts.« Merril lächelt. »Ich erinnere mich selbst kaum, aber Mom erzählt pausenlos, wir hätten immer zusammen gespielt. Ich, du und Cassie. Ich erinnere mich nur verschwommen an einen Halloween-Abend. Cass war als Fee verkleidet, ich hatte eine Art Hundekostüm an und du warst –«

»Eine Ballerina.«

Sie nickt überrascht. Ich habe zwar geraten, aber schließlich hatte Erica schon als ganz kleines Mädchen Ballettstunden. Und auf dem von mir zerfetzten Bild wurde ziemlich deutlich, wie sehr sie die Farbe Rosa mochte. Ein Tutu wäre genau nach ihrem Geschmack gewesen.

»Du erinnerst dich ja doch«, freut sich Merril.

»Ein bisschen, aber nur schwach. Ach, es ist bescheuert,

mitten im Schuljahr anzufangen. Und noch bescheuerter, sich nicht an die Freunde von früher zu erinnern.«

»Cassie ist da drüben. Sie ist jetzt ziemlich beliebt. Ihr Freund geht schon aufs College. Vielleicht willst du ihr ja mal Hallo sagen. Und dort« – sie zeigt auf eine Bank – »sitzen die richtig guten Schüler. Die Hohlköpfe gehen zum Rauchen immer hinter das Gebäude, also wirst du sie nicht oft zu Gesicht kriegen. Die Toilette im zweiten Stock solltest du meiden. Die ist ihr Versteck oder so. Mr Harold ist ein Trottel und gibt viel zu viele Hausaufgaben. Und sag in Ms Andersons Stunde bloß nicht das Wort *fett*. Sonst flippt sie aus.«

»Alles klar.« Ich unterdrücke ein Lachen.

»Mittwochs ist Nacho-Tag. Der einzige Tag, an dem das Mittagessen schmeckt.«

»Gibt es keine guten Tacos?«

»Ich kenne ein Café um die Ecke, das super Tacos hat.« Mit leuchtenden Augen zieht sie ihr Telefon aus der Tasche. »Gibst du mir deine Nummer?«

Lächle viel, sei freundlich. Das mit dem Freundefinden scheint gar nicht so schwer zu sein. Es ist wie die Trickbetrügerei, allerdings ohne die Aussicht auf einen schönen Verdienst. Es läutet. Merril reicht mir ihre Hand und zieht mich hoch.

»Du hast die erste Stunde bei Roth, oder? Los, gehen wir.«

Merril lenkt mich durch das Gewimmel der anderen Schüler. Wir tragen alle die gleiche Uniform: Schottenkaros und Blazer. Im Foyer hängen Gemälde der Schüler; die polierten Holzböden glänzen. Merril wird wirklich von jedem gegrüßt und antwortet jedem mit einem kurzen Insider oder Scherz. Offensichtlich ist sie sehr beliebt. Ich unterdrücke mein Bedürfnis, die anderen anzulächeln. Mein wahres

Ich – Violet – brennt darauf, mit jemandem zu reden. In einer Gruppe Gleichaltriger werde ich leicht nervös. Aber ich bin nicht umsonst mit jeder Faser meines Körpers Sals Schützling. Also meide ich die Blicke der anderen. Je ausweichender und geheimnisvoller ich mich verhalte, umso gestörter wirke ich. Erica ist gestört.

Merril zieht mich in Mr Roths Klassenraum. Er nickt mir zu: »Guten Morgen, Erica. Hallo, Merril.«

»Mr Roth, kann Erica vielleicht neben mir sitzen? Taylor könnte doch Ericas Platz nehmen.«

»Ich würde womöglich darüber nachdenken, ach so beliebte Merril, aber nur, wenn du mich auf Knien um Erlaubnis bittest«, sagt das schwarzhaarige Mädchen. Heute ist ihr Eyeliner noch dicker. Sie legt die Füße auf den leeren Stuhl. Taylor heißt sie also. Merril lächelt herzallerliebst.

»Ich bitte dich ja nicht, von einer Klippe zu springen, Taylor. Aber wenn du das auch machen würdest, fänden das bestimmt alle gut.«

Mr Roth räuspert sich. »Taylor bleibt, wo sie ist. Erica, bitte setz dich auf den für dich vorgesehenen Platz.«

Merril sieht mich entschuldigend an. Mr Roth geht die Arbeitsblätter durch. Langeweile betäubt mein Gehirn. Für das Blatt, das wir als Hausaufgabe bekommen, brauche ich fünf Minuten, packe es aber ein, um es – wie alle anderen Schüler – morgen abzugeben. James Anders, der blonde Junge neben mir, verschläft die ganze Stunde, aber das Papier unter seinem Kopf ist zur Hälfte ausgefüllt, und zwar mit den richtigen Antworten. Offensichtlich war ihm genauso langweilig wie mir.

»Taylors Vater ist Anwalt, deshalb tut sie ständig, als wäre sie etwas Besseres.« Merril nippt an ihrer Limo. »Dein Nachbar heißt James Anders. Sein Vater ist Konzertpianist oder so. James ist total faul, verschläft jede Stunde und erfindet Ausreden, um dem Sportunterricht zu entgehen.«

»Er wirkt nett.« Ich stochere in meinem Salat herum. Erica ist dünn. Violet möchte gerne ein Steak. Ich stelle mir vor, der Salat wäre ein riesiger Cheeseburger.

»Bei dem kannst du dir deine Aufmerksamkeit echt schenken. Kerwin da drüben allerdings …« Sie gestikuliert in Richtung eines Tischs, an dem ein dunkelhaariger Junge mit seinen Freunden sitzt. Ich weiß sofort, wen Merril meint – er sieht so gut aus, dass man vom Hinschauen blind wird. »Englischer Austauschstudent. Eigentlich aus Wales, aber egal. Er ist Kapitän der Fußballmannschaft, ein super Schüler. Und habe ich schon erwähnt, dass er supersexy ist?«

»Das musst du nicht extra sagen, die Tatsache lässt sich nicht verbergen.« Mein Blick sucht trotzdem nach James. Isst er in der Cafeteria? Er ist so mager, dass er wahrscheinlich gar nicht isst.

Ein Mädchen mit sehr großem Busen tritt lächelnd an unseren Tisch. »Erica, bist du es wirklich?«

Braune Haare, rundes Gesicht, ungefähr 1,65 Meter groß. Ich denke an das Dossier, das Sal mir gegeben hat. Das muss Cassie sein. Ich strahle sie an: »Cass?«

»Oh Mann! Du erinnerst dich tatsächlich an mich!« Sie fällt mir um den Hals, ist dabei so aufgeregt wie ein Hamster auf Crack und redet entsprechend schnell. »Ich habe Merril ja gesagt, dass du dich an uns erinnern würdest. Oh mein Gott, das alles ist sooo lange her. Als du verschwunden bist, haben wir ganz viele Mahnwachen für dich gehalten und so. Nach der Grundschule dachten wir schließlich, dass du –« Sie hält inne. »Äh, na ja. Weg wärst. Endgültig. Ist das unsensibel? Und dann kamen diese anderen Mädchen – ach, egal, wen interessiert's, jetzt bist du hier und das ist verdammt noch mal alles, worauf es ankommt!« Sie umarmt mich erneut. »Lass uns was unternehmen. Wir müssen uns auf den neusten Stand bringen.«

»Unbedingt.« Ich lächle. »Woran hattest du gedacht?«

»Vielleicht können wir ja zusammen in euren riesigen Pool? Deine Mom hat den Pool doch noch, oder?« Kichernd bittet sie Merril, mir ihre Nummer zu schicken.

Merril tippt sofort los.

»Und dein Freund geht schon aufs College?«, frage ich Cassie.

Sie sieht Merril vorwurfsvoll an. »Du Schlampe, ich hatte doch gesagt, dass du es für dich behalten sollst.«

»'tschuldigung! Ist mir so rausgerutscht«, verteidigt sich Merril, während sie ohne hinzusehen schnell auf ihrem Smartphone tippt. Die Bezeichnung *Schlampe* scheint sie nicht zu stören. Es muss eine Art Kosename sein – allerdings kann ich nicht verstehen, inwiefern *Schlampe* nett gemeint sein kann. Ich gehe lieber auf Nummer sicher und werde den Ausdruck gar nicht benutzen, auch nicht um dazuzugehören.

Cass' Ärger verpufft. »Wer will schon über Freunde reden, wenn man bedenkt, was du hinter dir hast? Waren sie nett zu dir? Wie hast du es herausgefunden?«

Ich schweige. Merril sieht aus, als wollte sie etwas sagen. Cass beißt sich auf die Lippen. »Tut mir leid, ich wollte nichts ansprechen, worüber du nicht reden willst.«

»Schon okay. Es ist einfach schwer, weißt du?«

Sie umarmt mich schon wieder. Ein seltsames Gefühl. Ich wurde mein Leben lang noch nie so viel umarmt wie hier. »Bestimmt kümmert sich deine Mom Tag und Nacht um dich. Hast du schon deinen Dad besucht? Ich habe gehört, er ist im Krankenhaus oder so.«

»Ja, in der Psychiatrie. Wir besuchen ihn regelmäßig.«

»Gut«, nickt sie. »Hör mal, ich muss was essen, aber Merril gibt dir meine Nummer, dann kannst du mich anrufen, wenn du etwas unternehmen willst.«

»Klar«, sage ich lächelnd. Sie streicht mir eine Haarsträhne hinters Ohr.

»Du bist so hübsch, Erica. Ich hatte mir schon gedacht, dass du hübsch bist – aber ehrlich gesagt nicht, dass du so wunderschön aussiehst.«

Ich lache zurückhaltend. Als Cassie endlich zu ihrem Tisch zurückgeht, atmet Merril hörbar aus.

»Die ist viel zu aufgedreht.«

»War sie das nicht immer schon?«

Merril schüttelt den Kopf. »Nach der Grundschule war sie total ruhig. Erst als sie den großen Busen bekam und alle Aufmerksamkeit auf sich zog, wurde sie so gesprächig.«

Ich überspiele meinen Fehler, indem ich sie necke: »Bist du etwa eifersüchtig?«

»Natürlich. So einen Busen kriege ich höchstens durch eine Schönheits-OP.« Sie deutet auf ihren eher flachen Blazer.

»Du bist trotzdem hübsch.«

Sie wird rot und rempelt mich an. »So ein Quatsch.«

Nach Unterrichtsschluss warte ich auf der Bank vor der Schule. Mrs Silverman wird pünktlich sein, wie immer. Sie achtet sehr auf die Zeit und kommt immer genau drei Minuten nach dem Schlussgong hier an. Damals hatten 30 Sekunden genügt. Binnen 30 Sekunden wurde ihr Kind geraubt. Verständlich also, warum sie so auf Pünktlichkeit bedacht ist, aber das müsste sie nicht – hier sind viel zu viele Reporter. Sie kleben am Zaun, fotografieren mich und rufen mir Fragen zu.

Hinter dem Hauptgebäude sind zwei Schüler damit beschäftigt, Müll aufzusammeln. Sie haben Handschuhe an und lange Sammelzangen bei sich. Das Mädchen hat lange dunkle Haare, der Junge gewellte blonde. Ich setze mich auf eine Bank in ihrer Nähe, damit ich sie belauschen kann.

»Du redest doch sonst mit niemandem, Beethoven. Warum laberst du plötzlich die Neue voll?« Das ist Taylors Stimme.

James seufzt. »Geht dich nichts an, Gotherella.«

»Schaust du keine Nachrichten? Die Goths sind seit Jahren ausgestorben«, ätzt sie zurück.

»Genau wie Beethoven.«

Taylor entdeckt mich und schenkt mir ein breites Lächeln. »Fake-Erica! Was geht?«

James richtet sich auf.

Ich gehe zu den beiden hinüber. »Glaub, was du willst, Taylor.«

»Mache ich, danke. Beethoven, du hättest etwas Tiefgründiges sagen sollen. Sie beeindrucken«, gackert Taylor. Sie kniet sich hinter einen Busch und zündet sich eine Zigarette an. Dabei rutscht ihr Rock so hoch, dass man ihren Slip sehen kann. James lässt fast die Zange fallen. Er hält sich die Augen zu.

»Etwas mehr Schamgefühl, Weib!« Sein Gesicht ist feuerrot.

Taylor gackert wieder und droht ihm spielerisch. »Komm mir nicht zu nahe, du Jungfrau. Sonst siehst du vielleicht noch was, das dir gefällt.«

»Ihr beiden kennt euch anscheinend schon länger …«, bemerke ich.

James seufzt. »Sie ist die Einzige, die genauso oft nachsitzen muss wie ich.«

»Was soll ich sagen?« Taylor bläst Rauch in die Luft. »Die Lehrer sind neidisch auf mein gutes Aussehen und mein Riesentalent. Und meine Jugend. Die stehen total auf Jugend. Deshalb sind sie ja Lehrer.« Mit Dracula-Akzent fährt sie fort: »Sie vollen meine Jukent aussaugen.«

»Oder deine Unreife«, grummelt James und wirft eine Limodose in den Mülleimer.

Taylor nimmt einen tiefen Zug. »Heute bist du besonders eklig, Beethoven. Hast du deine Tage?«

Wäre da nicht plötzlich ein Kamerablitzlicht gewesen, hätte ich gelacht. Der Zaun um das Schulgrundstück ist nicht weit rechts von mir und die Reporter drücken ihre gierigen Gesichter an das Gitter.

»Erica! Erica, nur ein paar Fragen …«

»Hast du irgendwelche Erinnerungen an die Entführung?«

»Warum macht du und deine Mutter den Anwälten und der Polizei nicht mehr Druck, die Entführer zu finden?«

Es sind nur wenige, aber sie haben Kamera- und Tonleute dabei. Violet, mein wahres Ich, fühlt sich in deren Gegenwart sehr wohl. Die Rufe, die Scheinwerfer. Erica nicht. Ich zucke unter dem Blitzlichtgewitter zusammen und tue, als geriete ich ins Stottern:

»Ich w-weiß w-wirklich –«

Doch noch ehe ich einen kompletten Satz herausbringe, kracht eine Zange gegen den Zaun und verfehlt nur knapp die Finger eines Reporters. Die Meute macht einen Satz nach hinten. Das war Taylor!

»Haut ab, ihr Pisser.«

»Wer bist du? Eine Freundin?« Einer der Reporter kommt wieder näher.

»Erica, hast du dich gut in der Schule eingelebt?«

»Deine Kidnapper sind höchstwahrscheinlich davongekommen. Wie geht es dir damit?«

Taylor tritt heftig gegen den Zaun. Es sieht geübt aus – vielleicht Karate?

»Ich sagte, haut ab, ihr Pisser!« Ein Reporter pfeift angesichts ihres hochgerutschten Rocks. Sie schubst ihn weg und dreht sich zu James. »Hilf mir, du Feigling!«

Seufzend, beinahe knurrend richtet James sich zu seiner vollen Größe auf – mindestens 1,83 Meter – und lässt die Zange am Zaun entlangrattern.

»Habt ihr nichts Besseres zu tun, als Schüler zu nerven? Das hier ist eine Privatschule. Ihr wisst bestimmt, was das heißt, oder? Die Eltern dieser Schüler sind meistens sehr wohlhabend. Vergessen wir nicht, dass Erica« – er legt mir die Hand auf die Schulter – »eine Mutter hat, die auf der sozialen Leiter sehr weit oben steht. Und ihre Anwälte sind auch nicht schlecht. Was würden die wohl mit euren Billigblättern machen, wenn Erica wegen eurer Nachstellungen, hm, *psychischen Stress* erleiden würde?«

Einige Reporter ziehen sich zurück. Andere wirken verunsichert. Sie kleben immer noch am Zaun, stellen ihre Fragen aber leiser. Ich sehe Mrs Silvermans BMW durch die Einfahrt kommen und atme erleichtert auf. Taylor bespuckt ein letztes Mal die Reporter, drückt ihre Zigarette aus und scheucht mich fort.

»Bis später, du Schauspielerin.«

James nickt mir zu. »Bis dann.«

Ich will gehen, drehe mich aber noch einmal nach den beiden um.

»Danke. Alle beide.« Ich weiß nicht, warum Taylor mich verteidigt hat. Mein Trickbetrügerinstinkt sagt mir, dass sie zu der Art Mensch gehört, die an das Richtige glaubt. Sie verdächtigt mich zwar, ist aber auch der Meinung, dass niemand derartig belästigt werden soll. Vielleicht ist ihr so was Ähnliches ja selbst schon mal passiert. Für James gilt wohl das Gleiche.

»Danke wofür? Dass ich ich selbst war? Wenn dir das so gut gefällt, kannst du mich ja bezahlen«, prustet es aus Taylor heraus.

»Sie hat recht. Ein bisschen Wechselgeld könnte ich gut gebrauchen«, überlegt James.

»Da findest du bestimmt bessere Einnahmequellen.« Ich verschränke die Arme über der Brust. »Ich habe dein Mathe-Arbeitsblatt gesehen. Du bist gut.«

»Das sagst du garantiert zu allen Jungs.« Er tut verbittert. Taylor gackert wie eine Hyäne.

Sie machen sich über mich lustig, aber ich bin nicht sauer. Im Gegenteil, ich freue mich darüber. Sie sind keine Schwindler. Sie tun nicht so, als wären sie jemand anders. Das hier ist ausnahmsweise mal die Wahrheit – sie sind gemein, ich aber genauso, und wir schleudern einander in aller Ehrlichkeit Gemeinheiten entgegen.

Ehrlichkeit.

Ich steige in den BMW. Mrs Silverman schaut aus dem

Fenster: »Und ich hatte gehofft, das Interview im Frühstücksfernsehen würde dem ein Ende bereiten. Haben dir die Reporter Probleme gemacht?«

»Nein.« Im Rückspiegel beobachte ich die beiden Gestalten beim Müllsammeln. »Jemand hat sie auf Abstand gehalten.«

4. GEWINNEN

Drei Leute wissen, dass ich eine Psychotherapie mache: Mrs Silverman, Marie und der Mann, der bei meiner Psychologin putzt.

Mrs Silverman achtet darauf, dass ich pünktlich dort bin. Aber genau wie vor der Schule zögert sie den Abschied hinaus.

»Ruf mich an, sobald es vorbei ist«, sagt sie besorgt.

»Ganz bestimmt.« Ich steige aus und lächle ihr durchs Autofenster noch einmal zu. Sie betrachtet meine verknitterte Schuluniform und mein leicht zerzaustes Haar, lächelt aber, als trüge ich ein Ballkleid oder einen Businessanzug – irgendetwas, das sie stolz macht.

Sie ist schlicht stolz darauf, dass ich *lebe*.

Durch die Glastür gehe ich hinein. Rechts und links sind Büros. Ich nehme zwei Treppenstufen auf einmal und erreiche das Büro der Psychologin. Das Metallschild glänzt in der Sonne: Dr. Millicent Harris – Psychologin. Die Holztür ist ziemlich verkratzt.

Bei meinem ersten Besuch stand ich 20 Minuten lang vor dieser Tür und versuchte, mich zu sammeln. Bestimmt hat Millicent das irgendwie gedeutet. Als Zögern. Ich hatte mich an Sals Ratschläge zum Umgang mit Psychologen erinnert: Man darf ihnen nichts vorspielen. Man muss seine Rolle ablegen, sie mit Füßen treten, sie loswerden – sonst wird man ganz leicht entlarvt. Halbwegs gute Psychologen demaskieren jeden Trickbetrüger. Sie erkennen alle Merkmale und die Besten von ihnen brauchen dafür gerade mal ein paar Minuten. Sal wurde nur zweimal entlarvt, und zwar von international renommierten Profilern.

Ich bin nicht so gut wie Sal. Es wäre ein Wunder, würde ich je so gut wie er. Aber so weit im Voraus kann ich nicht denken. Vielleicht möchte ich ja gar nicht so lange als Trickbetrügerin arbeiten. Sals sicheres Auftreten fußt auf fünfzig Jahren Berufserfahrung. Ich habe nur zwölf. Millicent residiert zwar in einem heruntergekommenen Gebäude, aber sie ist eine der besten Psychologinnen des Staates. Das verschweigt sie aber lieber.

Die Tür ist nicht verschlossen, was bedeutet, dass gerade kein Klient bei ihr ist. Die Vorhänge sind zurückgezogen; blasses Licht fällt auf die Ledersofas und Bücherregale. Millicent kocht Tee. Der Dampf vom Wasserkocher umhüllt sie. Sie trägt einen grauen Anzug mit kupferfarbenen Knöpfen. Ihr Haar ist rotbraun, wie verbranntes Karamell. Sie ist ein wenig pummelig, birnenförmig, aber ihr Äußeres dient nur als Tarnung – sie ist nicht lustig. Sie mag gemütlich und langsam wirken, aber ihr Verstand arbeitet messerscharf und blitzschnell.

»Erica, komm doch herein«, sagt sie, ohne sich umzudrehen. Sie sagt gerne etwas, ohne einen anzusehen – als bekäme sie durch mein so entstehendes Unbehagen die Oberhand. Ich setze mich in den Ledersessel und stelle meinen Rucksack auf den Boden. Jetzt dreht sie sich um. Sie hat zwei Tassen in den Händen.

»Ich dachte, wir trinken einen Tee. Magst du Pfefferminz?«

»Ich hasse Tee«, ätzt Violet.

Millicent lächelt weiter. Ihre Augen verschwinden fast hinter ihren dicken Backen. »Wie du willst.«

Es hat keinen Sinn, hier Erica zu sein. Sie hat die Zügel jetzt an Violet übergeben. Violets Direktheit ist die perfekte Maske, denn Millicent glaubt, es handle sich um Ericas wahres Ich: das wütende, gequälte Ich, das betrogen und in eine ganz neue Welt versetzt wurde. Sie hat keinen Grund für den Verdacht, Violet wäre mein wahres Ich hinter Erica. Für sie sind beide einfach zwei Aspekte einer Person.

Damit ist sie der Wahrheit näher, als sie ahnt.

Millicent setzt sich mit Tee und Laptop in den Sessel mir gegenüber. Auf ihrem Kugelschreiber steckt ein bescheuerter Plastikpanda.

Die erste Frage ist immer dieselbe.

»Wie fühlst du dich heute?«

»Gut.« Ich lehne mich zurück. »Müde. Aber das ist nichts Neues.«

»Was hat dich so müde gemacht?«

»Die Leute. Die Reporter. Sie werden nie aufgeben, oder?«

»In der letzten Sitzung hast du gesagt, dass die Reporter dich nicht stören. Warum hat sich das geändert?«

»Ich weiß nicht«, zischt Violet. »Vielleicht weil sie mich seit einem Monat mit ihren Fragen bombardieren und Bilder von jedem einzelnen meiner Pickel machen.«

»Du hast also das Gefühl, dass sie in deine Privatsphäre eindringen.« Sie kritzelt etwas in ihren Block.

»Eine Privatsphäre hatte ich sowieso noch keine. Zum einen will Mom ständig mit mir zusammen sein. Das gefällt mir ja auch; sie ist viel netter als meine vorherige Mom –« Ich halte inne. »Oh Mann, hören Sie mir bloß mal zu. ›Vorherige Mom‹. Es ist nicht normal, zwei Elternpaare zu haben.«

Sie ist viel schwerer zu durchschauen als die meisten Menschen. Aber das Flattern ihrer Augenlider zeigt mir, dass sie über das nachdenkt, was ich gesagt habe. Zwei Elternpaare. Natürlich gibt es Leute mit zwei Elternpaaren, nämlich Scheidungskinder. Sie ist schließlich in erster Linie Familientherapeutin.

»Ich weiß schon, was Sie jetzt sagen werden.«

»Es geht hier um dich, Erica. Darauf sollten wir uns konzentrieren.«

»Und wenn ich mich nicht konzentrieren möchte? Wenn ich gerne einmal für eine halbe Stunde ganz und gar unkonzentriert wäre?«

Sie verzieht keine Miene. Das passiert immer, wenn ich etwas Interessantes sage, in das sie sich vertiefen kann. Sie macht sich Notizen, dann lehnt sie sich zurück.

»Na gut. Wenn du möchtest, darfst du mir gerne Fragen stellen.«

»Nein, ich will Ihnen keine Fragen stellen. Ich will nur für ein paar Sekunden über etwas anderes als die Entführung sprechen. Ist das okay?«

»Absolut.«

»Und lassen Sie das.«

»Was denn?«

»Stimmen Sie mir nicht immer zu.«

Sie schreibt wieder etwas auf. Garantiert spricht sie nicht einmal ein Drittel von dem aus, was sie eigentlich sagen will.

»Sein Geld damit zu verdienen, sich das Gelaber anderer Leute anzuhören, muss ziemlich langweilig sein.«

»Gar nicht so langweilig, wie du denkst.« Sie dreht den Pandastift hin und her. »Mit der Zeit wird es mehr als bloßes Zuhören. Es wird zu einer Möglichkeit, sich in einen anderen Menschen hineinzuversetzen, sich dessen Leben vorzustellen und dessen Gefühle wirklich zu verstehen. Zu sagen, man verstehe, ist das eine. Wirklich Verständnis zu spüren, ist etwas ganz anderes.«

Ihre Worte berühren mich. Ich weiß genau, was sie meint.

»Man spürt kein Verständnis«, korrigiere ich sie. »Es verändert einen. Wenn man etwas wirklich versteht, wird man selbst dazu.«

»Nach dieser Logik versteht man also erst etwas, wenn man dazu wird?«, kontert sie und nippt an ihrem Tee.

»Nein. Man kann auch zu etwas werden, ohne es zu verstehen.«

»Das glaube ich nicht.« Millicent lächelt mich über den Rand der Tasse an.

»Ich schon«, bekräftige ich. Ich weiß es. Ich bin zu etwas geworden, ohne es wirklich zu verstehen. Ich bin zu ihr geworden. Zu Erica. »Wenn ich mich richtig anstrenge, kann ich ein fröhliches, hübsches, beliebtes Mädchen werden. Ich muss nur viel lächeln und lachen, und schon bin ich jemand anders und keiner merkt es.«

Der Pandastift kratzt über den Block.

»Hast du das Gefühl, gegenüber deinen Mitmenschen nicht du selbst sein zu können?«

»Ich kann beide Ichs sein. Aber nicht gleichzeitig.«

Ich habe keine Ahnung, was sie daraus macht. Es bringt sie wohl zum Nachdenken, sie stellt keine weiteren Fragen, sondern kritzelt wie verrückt in ihren Block. In solchen bedeutungsschwangeren Pausen soll ich eigentlich weitersprechen, aber heute habe ich nichts zu sagen.

Endlich durchbrechen Millicents sanfte Worte die Stille:

»Wer hat dich geschlagen, Erica?«

Ich starre sie an. Ihr Blick ist wachsam und vorsichtig.

»Wer hat dich als kleines Mädchen geschlagen? Deine frühere Mutter? Dein früherer Vater?«

Meine Finger zucken. Ich zwinge mich, sie ruhig zu halten. »Niemand hat mich geschlagen.«

Sie beobachtet mich gute 30 Sekunden lang, ohne zu blinzeln. Dieser Blick sagt alles. Violets Magen verkrampft sich.

»Entschuldige. Hören wir für heute auf.« Lächelnd verstaut Millicent den Notizblock. »Bist du sicher, dass du keinen Tee möchtest?«

Ich raffe meine Sachen zusammen und haste nach draußen. Das Herz schlägt mir bis zum Hals. Zwei Stufen auf einmal, dann Freiheit und frische Luft und endlich kein Geruch nach widerlich süßem Tee mehr. Die Bank ist kalt und hart. Gegenüber ist ein gut besuchtes Restaurant. Autos halten, Familien steigen aus. Die Fenster leuchten hell und einladend.

An Violets achtem Geburtstag führt Sal sie in ein hübsches Restaurant aus.

Sie trägt ein rot kariertes Kleid im Fifties-Stil. Die Bedienung fragt Sal, ob sie seine Tochter sei. Er nickt stolz und lächelt heuchlerisch, als die Bedienung Violets Schönheit lobt.

»Ich *bin* hübsch, oder, Sal?« Violet stopft sich Brot in den Mund. Sie weiß nicht, wann sie wieder so eine Mahlzeit bekommen wird, also steckt sie ein Stück Brot in die Tasche, nur für alle Fälle.

Sal lacht in sich hinein. »Das hübscheste Mädchen, das ich kenne.«

Mit dieser Antwort ist sie zufrieden. Sal klaut ein paar Päckchen Zucker vom Tisch.

»Aber du weißt, dass du nicht lange so aussehen wirst.«

»Stimmt.« Das Mädchen steckt sich eine Serviette in den Kragen. »Weil ich verändert werde. Ich werde hübscher.«

»Genau. Noch hübscher.«

»Noch mehr wie Erica.«

Sal wollte sich gerade die Serviette auf den Schoß legen. Er hält mitten in der Bewegung inne. Der Blick aus seinen blauen Augen wird hart. »Was haben wir über diesen Namen gesagt, Vi?«

Violet lässt die Schultern hängen. »Sprich ihn niemals aus.«

In diesem Moment kommt ihre Limonade. Sie nimmt einen Schluck und starrt niedergeschlagen auf die Tischdecke. Sal trinkt in einem Zug die Hälfte seines Eistees und seufzt.

»Ich bin dir nicht böse. Aber du darfst diese Dinge nicht vergessen. Denk dran, jedes –«

»Jedes Wort ist ein Werkzeug. Wenn man es zu oft benutzt, wird es stumpf.«

»Genau.« Sal nickt. »Dieser Name darf nicht stumpf werden. Er muss scharf bleiben. Neu und frisch, damit du ihn in ein paar Jahren richtig benutzen kannst.«

»Es tut mir leid.«

»Hey, mach dir keine Sorgen, Kleine. Besser, du machst den Fehler jetzt als später, weißt du? Trink aus. Nimmst du deine Fingernägel oder Haare?«

»Haare.«

»Gute Wahl.«

Die Bedienung kommt mit zwei Tellern Steak. Sal beginnt hungrig zu essen. Violet wartet 47 Sekunden, dann beginnt sie zu schreien.

»Iiiih! Iiiih! Mach es weg!«

»Violet, Liebling, was ist denn?« Sal täuscht Besorgnis vor.

»Es klebt an meiner Gabel!« Sie rutscht auf ihrem Sitz herum. Von einem Zinken hängen ein paar fettige Haare.

Die Bedienung kommt eilig an den Tisch. »Ist alles in Ordnung?«

»Meine Tochter hat ein Haar auf ihrem Steak gefunden«, bemerkt Sal unwirsch. »Das ist inakzeptabel.«

»Entschuldigen Sie, Sir.« Die Bedienung räumt den Teller ab. »Ich bringe ihnen sofort ein neues, das natürlich aufs Haus geht.«

Violet schmeckt das kostenlose Steak um ein Vielfaches besser. Aber es geht nichts über Sals Stolz.

In der Schule beten wir jeden Morgen. Das heißt: Die anderen beten. Ich senke den Kopf und bewege den Mund, aber ich fühle nichts. Ich spüre Ericas Bedürfnis, zu beten und als braves Mädchen wahrgenommen zu werden. Hätte sie mein Alter erreicht, wäre sie eine Streberin geworden, die es ihren Eltern recht machen und zugleich von ihnen in Ruhe gelassen werden will. Ein reiches, verwöhntes, hübsches Mädchen mit einem beliebten Freund, beide total verliebt und für renommierte Colleges vorgesehen. Wenn ich diesen Coup durchziehe, werde ich mehr als genug Geld haben, um selbst aufs College zu gehen – falls ich das möchte. Ich könnte auch um die Welt reisen. Oder das Geld investieren. Alles ist möglich. Das Gemälde ist mein Weg in die Freiheit.

Heute werde ich nicht beten.

Die Reporter warten darauf, dass Mrs Silverman auf den Schulparkplatz fährt. Dann drängen sie sich um mich. Gebrüllte Fragen, Blitzlichtgewitter. Mrs Silverman steigt aus. Ihre Coach-Handtasche hält sie so, als wollte sie die Reporter damit verprügeln, aber ein Polizist überredet sie, wieder einzusteigen. Die Polizisten führen mich durch den Wald aus Kameras und Mikrofonen. Ich lasse meine Haare ins Gesicht hängen, bis wir den Zaun des Schulgeländes erreicht haben. Merril legt den Arm um mich.

»Wann geben die endlich auf?«

»Für eine gute Story tun die alles.« Ich zucke die Schultern. »Hinter Gerüchten und Tragödien herzuhecheln ist hart.« *Geier* hat James sie genannt. »Sie sind wie Geier.«

Merril schaudert. »Geier sind eklig.«

Mein Beruf ist noch viel ekliger, Merril. Ich bin ein noch viel seltsamerer Vogel.

»Oh mein Gott.« Merril kichert. »Kerwin im Anmarsch.«

Der dunkelhaarige Junge, den sie mir gestern gezeigt hatte, kommt auf uns zu. Bestimmte Details verraten mir, wer er ist, ehe er es mir selbst sagen kann: Er trägt das Hemd zu weit aufgeknöpft, sein halber Brustkorb ist sichtbar. Ein Knopf bedeutet Selbstvertrauen. Mehr als drei bedeuten, dass jemand dämlich und eingebildet ist. Er trägt Silberschmuck: eine Kette mit einem Kreuz und Silberringe. Er ist also eingebildet und kommt aus einer religiösen Familie. Er stammt aus Wales, wahrscheinlich römisch-katholisch. Die Arme schwingen entspannt zu beiden Seiten, die Hände sind leicht geöffnet. Er ist ein offener, interessierter Typ. Er rechnet nicht damit, dass jemand ihn verletzen könnte.

»Hey, Merril«, sagt er lächelnd. Sein Akzent ist klar und melodiös. Er rollt das R. Merril windet sich regelrecht.

»Kerwin! Wie geht's?«

»Ich wollte nur Hallo sagen. Wer ist deine Freundin?«

»Ich bin Erica.« Ich lächle ihn an. »Aber das wusstest du bereits.«

»Nicht wirklich.« Er lächelt immer noch.

»Tja … ich bin ja auch bloß auf allen Kanälen zu sehen.«

»Meine Gastfamilie sieht nicht viel fern.« Er blinzelt und sieht nach links. Er lügt.

»Dein Akzent ist sooo süß!«, quiekt Merril und hält sich sofort die Hand vor den Mund. »Tut mir leid. Aber er ist einfach süß.«

Sie lacht. Nervös stimme ich ein. Sie hätte genauso gut laut schreien können: »Ich stehe total auf Kerwin!« Aber irgendetwas stimmt mit diesem Typen nicht. Ich werde einen auf nett machen, bis er sich sicher fühlt. Dann wird sich zeigen, was hinter der Fassade steckt.

Ich reiche ihm die Hand: »Schön, dich kennenzulernen, Kerwin.«

Merril und er starren meine Hand an, als gehöre sie einem Außerirdischen. Geben Teenager einander die Hand? Mir steht beinahe das Herz still. Ich habe einen Fehler gemacht und ihn wie einen von Sals alten Kontaktmännern begrüßt anstatt wie einen Jugendlichen. Ich lächle dümmlich. Schnell, lass dir etwas einfallen. Irgendeine Ausrede. Er kommt aus Europa. Mach was draus.

»Oh, ich dachte, ihr Leute aus Wales hättet bessere Umgangsformen als wir Amerikaner.«

»Umgangsformen sind meistens zu steif.« Er kichert. »Nenn mich einfach Ker. Das machen alle so.«

»Ker!«, fällt Merril ein. »Wenn du willst, kannst du mich Mer nennen. Unsere Namen reimen sich!«

»Und dann kann ich Erica wahrscheinlich Er nennen?« Er zwinkert mir zu. »Warum, wenn ich fragen darf, wirst du von diesen Reportern verfolgt?«

Er spielt nicht besonders gut. Er kennt die Antwort bereits – seine Haltung und sein Tonfall sind zu entspannt. Aus irgendeinem Grund stellt er sich dumm.

»Als Erica klein war –« Merril sieht mich an. »Ich glaube, das musst du selbst erzählen.«

»Ich wurde entführt. Aber jetzt bin ich zurück. Und die Nachrichtensender spielen verrückt.«

»Entführt?« Er mustert mich. »Du siehst aus, als ginge es dir gut.«

»Es geht mir auch gut.«

»Natürlich.« Er kichert. Merril stimmt ein.

»Was ist daran so lustig?«, will ich wissen.

Kerwins Lächeln verschwindet. »Nein. Entschuldige. Ich bin ein richtiges Arschloch, oder? Jedenfalls war es schön, dich kennenzulernen. Ich wollte mich nur richtig vorstellen. Wir sehen uns, okay?«

»Okay!«, säuselt Merril. Als er weg ist, klammert sie sich an meinen Arm. »Habe ich Müsli zwischen den Zähnen oder so? Er hat mich gar nicht angeschaut.«

Sie bleckt die Zähne, damit ich nachsehe. Ich schüttele den Kopf: »Deine Zähne sind in Ordnung.«

»Komisch.« Sie fährt mit der Zunge darüber.

Als ich ins Klassenzimmer komme, grinst Taylor mich fies an. Sie will mich daran erinnern, dass sie mir auf der Spur ist. Ich ignoriere sie und setze mich. James hat den Kopf auf den Tisch gelegt und atmet flach, aber regelmäßig. Schläft er wirklich schon wieder? Für das Morgengebet richtet er sich schlaftrunken auf, dann schlummert er weiter. Mr Roth scheint zu sehr in seinen Vortrag über ganze Zahlen versunken zu sein und bemerkt nichts. Ich pikse James mit einem Bleistift in den Arm.

»Pst.«

Er rührt sich nicht. Ich pikse weiter. Jetzt öffnet er die Augen.

»Wenn du mich schon piksen musst, dann nimm wenigstens das Stiftende mit dem Radiergummi.«

»Ist das deine besondere Begabung oder so? Zu möglichst inopportunen Zeiten einzuschlafen?«

Er gähnt. »Mädchen, die so aussehen wie du, sollten nicht solche komplizierten Wörter benutzen.«

»Was soll das denn heißen?«

»Die meisten Menschen reagieren auf schöne und zugleich intelligente Menschen eifersüchtig. Man darf ein bisschen von einem und viel von dem anderen sein. Aber beides gemeinsam macht nur Schwierigkeiten. Aber hey, es ist schließlich dein Leben. Wenn du es dir unnötig schwer machen willst, bitte schön.« Er legt den Kopf wieder auf den Tisch.

Hat er mich gerade als hübsch bezeichnet? Schwer zu sagen, ob es ein Kompliment oder eine Beleidigung war.

Mr Roth bereitet unserer Unterhaltung ein Ende. »Mr Anders, könnten Sie bitte wiederholen, was ich eben gesagt habe?«

Seufzend hebt James den Kopf. »Sie haben darüber gesprochen, die Aufgabe zu analysieren und vom Ergebnis her zu rekonstruieren?«

»Nein. Ich möchte, dass du nach dem Unterricht hierbleibst.«

James lässt seinen Kopf wieder auf den Tisch sinken. Die Schüler tuscheln, bis Mr Roth laut an die Tafel klopft.

James' Arbeitsblatt ist nur zu einem Bruchteil ausgefüllt. Ich muss zweimal hinschauen: Er hat keine Rechenschritte aufgeschrieben, aber die Ergebnisse stehen trotzdem da. 72. Ich rechne die Aufgabe selbst und schreibe meine Rechenschritte an den Rand. Genau 72. Unter die nächste Aufgabe hat er 13 geschrieben. Ich rechne sie durch. Es ist eine lange Rechnung, ich schreibe eine Zeit lang und das Ergebnis ist 13. Ist James wirklich so gut?

Beim Mittagessen halte ich nach ihm Ausschau, aber ich kann ihn nirgends entdecken. Stattdessen kommt Cassie mit wogendem Busen an unseren Tisch. Den Jungs gefällt, was sie sehen. Sie stoßen sich an und lachen. Cassie scheint es nicht zu merken – vielleicht hat sie sich aber auch daran gewöhnt.

Sie setzt sich zu uns. »Was habt ihr zwei am Samstag vor?«

»Morgens muss ich Dads Auto von der Werkstatt abholen, aber danach habe ich Zeit«, sagt Merril.

»Was ist mit dir, Erica?«, fragt Cassie freundlich.

»Ich habe nichts vor.«

»Großartig. Wir gehen zum Bowling ins Lucky Nine Lanes. Das ist die dritte Ausfahrt von der Autobahn. Der Laden ist total abgewanzt und kitschig, aber absolut perfekt. Ich bringe meinen Freund Alex mit.« Sie zwinkert mir zu. »Dann könnt ihr ihn kennenlernen. Wenn ihr auch Jungs mitbringen wollt – kein Problem.«

Merril packt mich am Arm. Inzwischen habe ich dort einen blauen Fleck in Form ihrer Hand. »Du musst Kerwin einladen!«

»Was? Wieso ich?«

»Er steht auf dich.« Cass lächelt mich an. »In der ersten Stunde hat er mich ständig nach dir ausgefragt.«

Merril schmollt. Ich tätschele ihre Schulter. »Wenn du willst, lade ich ihn für dich ein.«

Sie strahlt. Ihre Püppchenaugen können nichts verbergen.

Kerwin zu finden ist nicht schwer. Er ist immer von ein paar Leuten umringt. Zweifelsohne ist er sehr beliebt. Jetzt lehnt er lässig an seinem Schließfach. Als ich auf ihn zugehe, stoßen seine Fußballkumpel einander an und lachen.

»Äh, hi, Kerwin.«

Mit seinem ansteckenden Lächeln dreht er sich zu mir. Aber ich gehöre nicht zu der Sorte Mädchen, die darauf hereinfallen. Sein Lächeln ist so was von falsch, aber gerade ehrlich genug, um die meisten Leute hinters Licht zu führen.

»Hey. Wie geht's?«

»Cass trifft sich mit ein paar Leuten im Lucky Nine Lanes. Ich wollte bloß fragen, ob du auch kommen möchtest.«

Einer von Kerwins Kumpeln pfeift vielsagend. Kerwin schlägt ihm auf den Hinterkopf.

»Gehst du auch hin?« Er lächelt wieder. Ich nicke. »Dann komme ich auf jeden Fall. Um wie viel Uhr?«

»Wir treffen uns um zwölf.«

»Okay.« Mit seinem Akzent zieht er das Wort in die Länge. »Ich kenne mich in der Gegend nicht so gut aus. Gibst du mir deine Nummer? Nur falls ich mich verfahre.«

»Ich kenne mich in der Gegend auch nicht aus. Ich bin auch neu hier.«

»Stimmt.« Er lacht. »Ich bin Austauschschüler und du wurdest entführt.«

»Genau. Hier, das ist –«, ich schreibe Merrils Nummer auf seine Hand, »Merrils Nummer. Sie kommt auch und kennt die Stadt wie ihre Westentasche.«

Ich sehe ihn an. Sein Blick klebt an meinem Dekolleté. Ich trete einen Schritt zurück und räuspere mich.

»Dann sehen wir uns dort?«

»Ja. Toll.« Er sucht nach Worten. »Danke für die Einladung.«

Als ich gehe, pfeifen seine Freunde wieder. Violet würde sie am liebsten anblaffen, damit aufzuhören. Erica würde sie gerne ignorieren. Ich finde einen guten Kompromiss, indem ich Verwünschungen vor mich hin murmele.

Als ich Mrs Silverman von dem geplanten Bowling erzähle, strahlt sie. In ihren Augen schimmern Tränen.

»Ich freue mich so für dich, Erica. Du schließt so schnell Freundschaften.«

»Ich hatte früher auch Freunde.« Das ist gelogen. Violet hatte nie Freunde – welcher Trickbetrüger hat schon Freunde? »Ich weiß also, wie das geht.«

»Natürlich«, sagt sie lächelnd. »Ich freue mich einfach, dass du hier auch Freunde findest. Und dass ich dir dabei zusehen darf.«

Ich stochere in meinem Brokkoli.

»Vermisst du deine alten Freunde?«, fragt sie leise.

Du meinst die Freunde, die ich nie hatte? »Ja, ich vermisse alles. Aber das alles war eine einzige große Lüge. Also sollte ich es nicht vermissen.«

Mrs Silverman sagt nichts. Marie bringt Tee und einen Obstteller als Nachtisch. Ich knabbere an einer Scheibe Pfirsich herum.

»Du wirst immer zweigeteilt sein, Erica«, sagt Mrs Silverman schließlich. »Ein Teil von dir hatte das Leben mit den Entführern – wie gut oder schlecht es auch war. Der andere Teil besteht aus deinem Leben mit mir – und ich will dein Leben so schön machen, wie ich nur kann. Diese zwei Seiten in dir müssen nicht in Konflikt miteinander stehen. Beide sind wichtig. Beide zusammen ergeben das Ganze, das du bist.«

Violet grinst höhnisch. Erica kaut schweigend ihren Pfirsich. Die Kluft zwischen den beiden wird durch Mrs Silvermans Worte nur noch größer.

Über dem Abgrund hängt eine Blume, die sich mit ihren Wurzeln verzweifelt an beiden Seiten der Schlucht festklammert, während der Riss immer tiefer wird.

Sal schreibt unter dem Pseudonym Ms Maple eine Kolumne – eine Art Kummerkasten für Leser – in einem Schwulenmagazin. So kommunizieren wir. Es ist kein Pornoheft oder so, darin sind hauptsächlich Artikel über schwules Leben und Veranstaltungshinweise. Sals Antwort auf den jeweils dritten abgedruckten Leserbrief verbirgt in der Regel eine codierte Nachricht für mich. Er hat mir einen

Satz mitgegeben, mit dessen Hilfe ich die Nachricht dechiffrieren kann: ROT UND BLAU SEHEN. Dadurch fallen die unnötigen Buchstaben weg und ich kann Sals Botschaft entziffern. Im Gegenzug schicke ich Ms Maple über das Internet scheinbar harmlose Fragen zum Thema Liebeskummer. Meine Fragen sind mit demselben Satz codiert. Das System stammt aus dem Kalten Krieg. Es ist zwar etwas kompliziert, aber dafür kommt uns auch niemand auf die Schliche.

Gerade kaufe ich das Magazin in einer Buchhandlung. Mrs Silverman hat mir 200 Dollar gegeben und mich zum Einkaufszentrum gefahren, damit ich mir etwas Hübsches zum Anziehen für Cassies Bowlingparty kaufe. Wahnsinn! 200 Dollar nur für mich! Nicht für Lebensmittel, Miete oder Schweigegeld, sondern für nutzlose hübsche Kleidung.

Das Einkaufszentrum. Für Violet ist es ein Ort der unbegrenzten Möglichkeiten. Ich muss sie davon abhalten, ahnungslosen Familien die Geldbeutel aus den Taschen zu fischen oder die Unaufmerksamkeit des Wachmanns auszunutzen und Dinge in meiner riesigen Handtasche verschwinden zu lassen. Für Erica ist das Einkaufszentrum ein Ort der unbegrenzten Versuchungen: Brezeln, Zimtschnecken und fettiges Fast Food, das genauso gut aussieht, wie es riecht. Ihr knurrt der Magen. Sie betrachtet die Kleider, würde am liebsten alle auf der Haut spüren. Sie würde am liebsten alle überstreifen und alles essen, weil sie tot ist und seit 13 Jahren weder Kleidung getragen noch etwas gegessen hat. Ich kaufe Sals Zeitschrift und setze mich mit einem Softdrink in den Food-Court.

Ich falte die Zeitschrift auf und zücke meinen Notizblock. Als Erstes schreibe ich die komplette Antwort auf den Leserbrief umgekehrt auf – jedes einzelne Wort rückwärts. Dann dechiffriere ich den Code und bringe Sals eigentliche Botschaft zum Vorschein. Ich kann beinahe hören, wie er sie mit seiner von Zigarren rauen Stimme vorliest.

Violet,

ich hoffe, es geht dir gut. Ich habe dich im Fernsehen gesehen und kann gar nicht ausdrücken, wie stolz ich auf dich bin. Du gehst wie sie und redest wie sie. Ich glaube, du bist ihr sogar im Herzen ein wenig ähnlich.

Werde hier nichts Konkretes sagen, falls der Code geknackt wird. Die Schale Reis ist voll, wie immer.

Typisch Sal, sich auch noch in der decodierten Nachricht halb codiert auszudrücken. »Die Schale Reis« ist der japanische Geschäftsmann, der das Kunstwerk kaufen will. Er wartet immer noch ungeduldig – er ist noch »voll«, voller Heißhunger.

Silvermans Code basiert auf einem wichtigen Erlebnis mit Erica kurz vor deren Entführung. Wenn du etwas herausfindest, lass es mich wissen.

PS: Mama Silverman hat einen Privatdetektiv angeheuert. Er hat herumgeschnüffelt. Aber ich habe eine Reihe überzeugender Hinweise in deiner »Heimatstadt« platziert. Damit wird er eine Weile beschäftigt sein. Silverman wird ihn nur auf dich ansetzen, wenn du es verbockst. Hat sie so auch bei den anderen Mädchen gemacht. Der Detektiv hat sie hochgehen lassen. Er nennt sich Mr White. Glatze, ehemaliger Militär, du kennst diese Typen ja.

Fortuna ist dir hold, Schätzchen.

»Ich hätte nicht gedacht, dass du dich für kreatives Schreiben interessierst.«

Die dunkle Stimme schreckt mich auf. James steht vor mir, die Hände tief in den Taschen vergraben, die blonden Haare so verstrubbelt wie immer. Er hat eine Baggyjeans und ein dunkles Hemd mit hochgekrempelten Ärmeln an.

Stell dich bloß nicht noch einmal hinter mich. Und untersteh dich, meine Notizen zu lesen, würde ich ihn am liebsten anschreien. Aber ich beiße mir auf die Zunge, unterdrücke Violet und hole Erica hervor, als überzöge ich meine Oberfläche mit einem hübschen Lack.

»Ich mache mir Notizen.« Demonstrativ halte ich die Zeitschrift hoch. »Für Sozialkunde.«

»Du beschäftigst dich mit Homosexualität?«, fragt er. »Das hätte ich nicht von dir gedacht.«

»Magst du das weiter ausführen, ehe ich es falsch interpretiere?« Mein Lächeln wird breiter.

»Du bist überraschend offen. Das sieht man an christlichen Privatschulen nicht so häufig. Womöglich bekommst du dafür nicht die Note, die du dir erhoffst.«

»Ich bekomme die Note, die meine Arbeit verdient.« Ich klappe die Zeitschrift zu. »Ich will ja nicht angeben, aber es wird eine Eins.«

»So gut bist du also?« Er lacht in sich hinein.

»Englisch ist einfach. Schule ist einfach. Nur die Menschen sind kompliziert.«

Mit einem Mal wirkt er angespannt; der Blick aus seinen blauen Augen wird härter. Mein letzter Satz hat ihn getroffen. Aber warum?

»Wenn du möchtest, dann setz dich doch.«

»Nein, danke.« Sein Räuspern klingt wie ein kaputter Motor, der plötzlich wieder anspringt. »Ich muss los.«

In der Tasche zu seinen Füßen sehe ich Gitarrensaiten, Batterien, ein seltsames Gerät, das wie ein Synthesizer aussieht, und ein Verlängerungskabel.

»Willst du einen Terminator bauen?«

»Ich habe bald einen Auftritt.«

»Stimmt, dein Dad ist ja ein berühmter Musiker oder so.«

Sein Blick wird noch finsterer. »Pianist. Musik ist sein Leben.«

»Deines anscheinend auch.«

Damit habe ich ihn wieder getroffen. Bleiernes Schweigen hängt zwischen uns. James ballt die Faust, lacht verächtlich und greift nach der Tasche. »Viel Glück mit deinem Projekt.«

»Dein Auftritt ist nicht zufällig morgen?«

»Nächsten Monat.«

»Dann hast du morgen also nichts vor?«

Er wirkt wieder angespannt. Die Ticks der Menschen zu bemerken ist mein Beruf. James verspannt sich, wenn er etwas sagen will und es sich doch verkneift.

»Nein«, antwortet er vorsichtig. »Warum?«

»Ein paar Freunde von mir gehen zum Bowling. Aber das sind alles keine interessanten Gesprächspartner. Deshalb wäre es schön, wenn du mich unterhältst.«

»Warum bist du dann mit ihnen befreundet?« Er klingt beinahe vorwurfsvoll.

»Wir sind wohl als Kinder befreundet gewesen.«

»Aber jetzt langweilen sie dich. Warum hängst du mit denen rum?«

»Mann, ich weiß es nicht und werde es vielleicht nie herausfinden. Hier geht es nicht um ein tiefergehendes Menschenbild. Ich wollte dich einfach nur einladen.«

»Warum ausgerechnet mich?«

»Warum nicht?«, gebe ich lächelnd zurück.

»Du wirst es bereuen.«

»Das glaube ich nicht.«

Er schaut mich intensiv an, als versuche er, mich zu ergründen. »Lucky Nine Lanes, stimmt's?«, sagt er schließlich.

»Woher weißt du das?«

»Da habe ich einfach die richtige Schlussfolgerung gezogen. Es ist die günstigste und die nächstgelegene Bowlingbahn.«

»Werde bloß nicht schlauer als ich. Das verletzt meinen Stolz.«

Er verschwindet kopfschüttelnd, aber mit einem Lächeln. Ich gehe in eines der Geschäfte und sehe mir ein paar T-Shirts an. Endlich einmal keine Kleider aus dem Wohlfahrtskaufhaus, sondern ein nagelneues Outfit, das ich nicht einmal stehlen muss. Ich suche mir ein Tanktop und einen schwarzen Rock aus. Er ist kurz, aber ich werde ihn mit Strumpfhosen tragen. Er könnte James gefallen.

Als ich nach dem Kleiderbügel greifen will, halte ich inne. Den letzten Gedanken versuche ich mit aller Gewalt zu tilgen. Der Rock darf James nicht gefallen. Ich darf nicht wollen, dass ihm etwas an mir gefällt. Warum habe ich ihn bloß eingeladen? Wenn ich Mrs Silverman überzeugen will, dass ich ihre Tochter bin, muss ich nur zum Schein Freundschaften schließen. Ich bin nicht Erica. Ich werde mitten in der Nacht mit *La surprise* verschwinden und nie wieder zurückkehren. Ich bin nicht echt.

Ich bin der Schatten eines toten Mädchens. Ein Schatten hat keine Freunde.

Und ein totes Mädchen hat kein schlechtes Gewissen.

5. ETWAS RISKIEREN

Vor dem Bowlingcenter dreht sich langsam eine rostige Neonleuchte in Form eines Kegels. Mrs Silverman hält an. Ich steige aus und streiche meine Haare zurecht.

»Viel Spaß.«

»Danke.« Ich zupfe an meinem Outfit herum. »Danke für die Kleider.«

»Es wäre schön, wenn du dich nicht ständig bei mir bedanken würdest.« Sie lächelt traurig.

»Entschuldige. Das ist nur eine Angewohnheit, und –«

»Ich weiß.« Trotz der Hitze sieht ihr Make-up perfekt aus. Ihre Haare sind sehr blond, die Haut sehr blass. Sie sieht aus wie aus Porzellan, Glas und Platin. Wie eine der engelsgleichen Puppen in Ericas Regal. Wenn sie lächelt, sieht man die feinen Risse nicht so sehr.

»Merril bringt mich nach Hause, also –« Ich lasse den Satz unvollendet.

Sie überlegt, zögert, mein Atem wird flach. Dann drückt sie ihre weichen Lippen auf meine Stirn. Als sie die Umarmung löst, hat sie Tränen in den Augen. Sie wischt mir den Lippenstift von der Stirn.

»Oje, ich bin wirklich nah am Wasser gebaut. Ich bin dir bestimmt peinlich. Ich fahre jetzt.«

Ich lächle. »Mir ist so schnell nichts peinlich.«

»Das hast du von deinem Vater«, sagt sie lachend. »Dann sehen wir uns zum Abendessen.«

Ich winke, bis sie den Parkplatz verlassen hat. Sie winkt so lange zurück, dass sie fast über den Gehweg fährt. Als sie gegensteuert und mir durchs Fenster signalisiert, dass alles okay ist, lache ich.

Im Bowlingcenter werde ich von lauter Musik, dem Krachen fallender Kegel und dem Geruch von Zigaretten, Wachs und Schweiß empfangen. Im Dunkeln flackern die Lichter der Getränke- und Spielautomaten. Ich blicke mich suchend um. James ist nicht da. Leider. Warum sollte er auch hier sein?

»Erica!« Cass kommt in einem bunten Kleid auf mich zu. Als sie mich umarmt, fühlt es sich an, als würde ich in ihr monströses Dekolleté eingesaugt. Hinter ihr taucht ein rothaariger, älterer Typ auf.

»Erica, das ist Alex. Alex, Erica.«

Wir nicken uns zu. Er sieht nicht so gut aus wie Kerwin, der sich gerade an der Kasse mit Merril unterhält, aber er ist süß. Cass nimmt mich an der Hand.

»Los, mieten wir uns eine Bahn und holen die Schuhe. Welche Größe hast du?«

»38,5.«

»Wow, Bigfoot«, grinst Alex. Die amerikanische Durchschnittsfrau hat zwar Schuhgröße 39, aber ich lache trotzdem und lege mein Geld auf den Tresen. Kerwin begrüßt mich mit einem Lächeln.

»Erica! Schön, dass du hier bist.«

»Wer wirft nicht gerne mit Bällen nach Sachen?« Alle lachen.

»Haha. Das war ja zum Brüllen«, schnaubt die Kassiererin. Ich betrachte sie genauer. Lange dunkle Haare, dicker Lidstrich.

»O Gott! Du arbeitest hier?«, zischt Merril.

Taylor legt unser Geld in die Kasse. »Ja. Was dagegen?«

»Sei etwas höflicher zu den Kunden. Sonst beschweren wir uns«, sagt Cass herablassend.

»Schon okay, Cass«, beschwichtige ich. »Jeder hat mal einen schlechten Tag.«

»Außer dir, Miss Perfect«, ätzt Taylor und verschwindet zwischen den Schuhregalen. Kerwin und Alex scheint ihr Verhalten viel weniger auszumachen als den Mädchen. Vor ein paar Tagen war sie noch nett zu mir. Sie will mich verunsichern.

»Ziemlich verdächtig, dass sie hier arbeitet«, seufzt Merril.

»Warum denn?«, will Alex wissen.

Merril spricht so leise, dass wir alle nahe an sie heranrücken. »Ihr Vater ist Anwalt und vertritt die Mafia. Wahrscheinlich hat er seine Kontakte spielen lassen und wahrscheinlich gehört denen der Laden hier.«

Cass verzieht das Gesicht.

»Die amerikanische Mafia? Die mit den Maschinengewehren und dem geschmuggelten Rum?«, vergewissert sich Kerwin begeistert.

»Nein«, erklärt Alex geduldig. »Die Mafia, der jedes Casino in Las Vegas gehört und die anderen die Finger abschneidet.«

Kerwin sieht immer noch begeistert aus.

Merril gibt ihm einen Schubs. »Darüber macht man keine Witze, Ker. Das ist eine ernste Sache.«

»Ich weiß, ich weiß«, sagt er lachend. Meine Augen verengen sich zu schmalen Schlitzen, und ich muss mich zwingen, sie weit aufzureißen, schließlich will ich freundlich aussehen. Taylor bringt unsere Schuhe. Die anderen sind schneller als ich, aber Kerwin stellt sich absichtlich ungeschickt an. Was für ein Anfänger. Er macht das viel zu offensichtlich.

»Du brauchst nicht auf mich zu warten«, sage ich.

Er sieht mich grinsend an. »Ich will aber.«

Hinter dem Tresen macht Taylor Würgegeräusche.

»Die Schuhe sind mir zu klein.«

»Bringst du ihr bitte größere?«, fragt Kerwin Taylor.

»Ich komme allein zurecht. Geh ruhig schon zu den anderen«, sage ich so zuckersüß wie möglich. Violet würde ihn am liebsten anknurren, damit er sich verpisst. Ich fühle mich unwohl mit all der Aufmerksamkeit, die er mir schenkt. Offensichtlich ist er in mich verknallt. Vielleicht ganz ohne Hintergedanken, aber vielleicht steckt auch eine ganz andere Absicht dahinter. Er hat seinen großen Jochbeinmuskel nur schlecht unter Kontrolle – wenn er sein Lächeln unterdrücken will, sprechen die Falten um seinen Mund Bände. Ich habe noch nicht herausgefunden, was genau, aber es ist unübersehbar. Ein Zeichen. Ein Hinweis darauf, dass etwas nicht stimmt.

Er ignoriert mich. »Versuchen wir es mit Größe 39.«

»Geh ruhig schon zu den anderen«, sage ich unbeeindruckt. »Bitte.«

»Du hörst doch, was sie sagt«, zischt Taylor. »Sie kann ihre Prinzessinnenschühchen selbst anziehen.«

Kerwin wirft Taylor noch einen bösen Blick zu und verschwindet.

»Weißt du …« Sie lächelt. »Es gibt Gerüchte, dass irgendein Glatzkopf vor dem Schulgelände rumhängt und die Reporter beobachtet, die dich beobachten. Hast du eine Ahnung, wer das sein könnte?«

»Sieht er gut aus?«

»Ja. Ist er dein Partner? Soll ich der Polizei von euch beiden erzählen?«

Grinsend verschwindet sie wieder zwischen den Schuhregalen. Mir rutscht das Herz in die Hose. Sal hatte gesagt, der Privatdetektiv sei ein militärischer Typ mit Glatze. Ist Mrs Silverman mir schon auf der Spur? Wodurch ist sie misstrauisch geworden?

Taylor reicht mir die 39er. Während ich sie anziehe, wirft sie einen Blick nach draußen.

»Scheiße!«, flucht sie. »Was zur Hölle macht der denn hier?«

Im Eingang steht James. Er trägt Jeans, ein kariertes Hemd und wirkt nervös. Schließlich holt er tief Luft und betritt das Bowlingcenter. »He! Hier drüben!«, ruft Taylor.

Ich richte mich auf. Als er mich sieht, hellt sich sein Blick ein kleines bisschen auf.

»Hi«, begrüße ich ihn.

»An solchen Orten fühle ich mich einfach nicht wohl …«, sagt er.

»Jede Art von Musik, die nicht perfekt ist, schmerzt seine empfindlichen Öhrchen«, stichelt Taylor und deutet auf die Lautsprecher, aus denen Rockmusik dröhnt.

Er sieht sie genervt an. »Ich kann einfach nicht gut bowlen.«

»Ich auch nicht«, versichere ich ihm. »Lass uns doch einfach zusammen spielen.«

Taylor lässt einen vieldeutigen Pfiff los. James verdreht die Augen und wird rot.

»Halt die Klappe, Taylor.«

»Hast du das gehört?« Während sie Schuhe für James holt, lacht sie vor sich hin. *»Zusammen spielen!«*

Wir gehen zur Bahn. Cass wirft den Ball und trifft einen einzigen Kegel, was Merril und Alex mit Buhrufen quittieren.

»Also, wer ist wer in dieser Tragödie?«, will James von mir wissen. »Ich kenne mich mit beliebten Schauspielern nicht so gut aus.«

»Alex ist der Pädophile, Cass ist die mit dem großen Busen, Merril ist die gute Freundin, und Kerwin –«

»Den kenne ich. Müsste man sich auch echt anstrengen, wo jeder in der Schule mit zwei X-Chromosomen pausenlos von ihm spricht.«

Ich zucke die Schultern. »Er hat schöne dunkle Haare, die Frisur ist stylish, er hat die richtige Größe und Figur, ist sehr charmant und man kann sich gut mit ihm unterhalten.«

»Vergiss nicht seinen Akzent. Erstaunlich, dass du nicht auch auf ihn stehst.«

»Er ist nicht mein Typ. Ich weiß nicht einmal, ob ich überhaupt einen Typ habe.«

»Jedes Mädchen hat einen bestimmten Typ. Meistens erfüllt er die Merkmale ›groß‹ und ›attraktiv‹. Warum hast du also keinen?«

Ich muss das Gespräch unbedingt von meinen nicht vorhandenen romantischen Idealen wegführen. Er darf nicht herausfinden, dass ich wirklich auf keinen speziellen Typ stehe – und dass ich noch nie eine Beziehung hatte. Über Dates habe ich nie nachgedacht. In meinem Leben mit Sal war kein Platz für dauerhafte Beziehungen. Ich habe nie danach gefragt, aber eine unausgesprochene Regel lautete, dass ich machen konnte, was ich wollte, solange ich immer für den nächsten Umzug und den nächsten Coup bereit war und sofort alles tat, was Sal von mir wollte. Normale Teenie-Mädchen haben Beziehungen und … Typen. Und ich muss so normal wie möglich wirken. »Wie bist du hergekommen?«, lenke ich ab.

»Ich habe mein Auto betankt, bin eingestiegen, habe die Tür geschlossen, den Schlüssel im Zündschloss gedreht und bin hergefahren – wie alle anderen auch.« Er grinst.

Merril winkt uns zu. Ich erwidere den Gruß. Während James und ich Bowlingkugeln aussuchen, beobachtet Kerwin uns immer noch. James streicht über den grünen Bowlingball und prüft das Gewicht.

»Danke.« Ich nehme einen lilafarbenen Ball.

»Wofür?«

»Dass du gekommen bist.« Ich stecke die Finger in die Löcher des Balls und tue, als würde ich werfen. »Ich dachte, du würdest nicht kommen.«

James drückt seinen Rücken durch, seine Oberarmmuskeln zucken. Er will etwas sagen, was ihm schwerfällt, entscheidet sich dann aber für die einfachere Lösung:

»Danke für die Einladung.«

»Erica! James! Kommt endlich, ihr seid dran!«, ruft Cass freundlich.

Merril nickt James zu.

Kerwin begrüßt ihn mit einem Schulterklopfen. »Du bist an der Reihe, John.«

Niemand verbessert ihn. Als James zum Beginn der Bahn geht, flüstert Merril mir zu: »*Den* hast du eingeladen? Warum?«

»Stimmt etwas nicht mit ihm?«

»Nein. Er unterhält sich nur nie mit den Leuten in seinen

Kursen. Er ist schon in Ordnung, aber wie soll man mit jemandem befreundet sein, der nichts sagt?«

»Mit mir unterhält er sich.«

»Glaub mir, er ist komisch. Aber das ist deine Entscheidung«, seufzt sie. Ich würde gerne erwidern, dass Kerwin viel komischer ist, stattdessen jubele ich mit Alex, als James alle zehn Kegel abräumt. Ich laufe zu ihm und wir klatschen uns ab. Er lächelt. Seine Hand ist warm und weich.

Wenn ich hierbliebe, würde ich James bitten, öfter zu sagen, was er denkt. Ich würde Kerwin fragen, was er im Schilde führt. Ich würde Taylor bitten, mich nicht mehr zu verdächtigen. Aber ich werde nicht lange hier sein. Erica ist ein sympathisches, unkompliziertes Mädchen. Sie weist niemanden zurecht, lässt sich aber auch nicht zu sehr auf jemanden ein. Sie kann nicht riskieren, dass die Menschen sie nicht oder zu sehr mögen, weil sie nicht echt ist.

Erica muss aufhören, James anzulächeln.

Violet muss aufhören, ihn unbedingt berühren zu wollen, oder Merril, oder jemand anderen, einfach irgendjemanden, um sich zu vergewissern, dass sie wirklich hier sind.

Weil sie es nicht ist.

»Ich habe gewonnen.« Nach der letzten Runde lasse ich mich neben James auf den Stuhl fallen.

»Ach ja?« Er lächelt leicht. Ich deute auf den Bildschirm mit dem Punktestand: 148. Er hat 122 Punkte. »Bowling ist schwer«, seufzt er.

»Jammere nicht rum.« Ich schlage ihm aufs Knie. »Au. Du bist total knochig.«

»Das ist ein Selbstverteidigungsmechanismus. Darwin ist ein grausamer Lehrer.« Er lehnt sich zurück.

»Wow, John.« Kerwin klopft ihm wieder auf die Schulter. »Das ist wohl nicht dein Spiel.«

»Deins offensichtlich schon«, sagt James gelassen.

Kerwin hat sieben Mal alle Kegel abgeräumt. »Was soll ich sagen?«, antwortet er seufzend. »Manche Leute haben einfach ein besonderes Talent für bestimmte Dinge. Aber *damit* kennst du dich ja bestens aus.«

James schweigt. Merril nutzt ihre Chance und greift nach Kerwins Arm.

»Lasst uns was trinken! Was wollt ihr denn?«

»Limonade.« Cass fächelt sich Luft zu. Es ist stickig hier.

James steht auf: »Ich glaube, ich gehe jetzt.«

»Nach Hause?« Ich stehe auch auf.

»Ja.« Er starrt Kerwin an. »Ich bin ziemlich müde. Danke, dass ich dabei sein durfte, Leute.«

Alex streckt den Daumen hoch – und ist damit der Einzige, der überhaupt auf James reagiert. Cass und Kerwin sehen ihn nicht einmal an.

»Ich gehe auch.«

»Was? Erica! Warum denn?«

»Ich muss nach Hause. Meine Mom will, dass wir noch was zusammen machen. So läuft das schon, seit ich zurück bin.«

Merril seufzt. »Okay, aber ruf uns heute Abend an, ja?«

»Klar.« Ich drehe mich um. James ist schon beim Ausgang. Ich beeile mich, um ihn einzuholen. Taylor beugt sich über den Tresen und hält James am Ärmel fest.

»Was haben die zu dir gesagt? Du siehst richtig wütend aus.«

»Nichts, alles okay«, murmelt er und verschwindet nach draußen.

Jetzt hat Taylor mich entdeckt. »Du hättest es besser wissen müssen. Ihn mit den Angesagten zusammenbringen, also echt. Das ist, als würde man von einem Fisch verlangen, an Land zu gehen.«

»Ich wollte nur –«

»Ja, nur. Über James' Gefühle hast du nicht eine Sekunde nachgedacht, oder? Egoistische Kuh.«

Ich laufe nach draußen und atme die kalte Luft ein. »James! Warte auf mich!«

Er wird langsamer. »Was?«

»Es tut mir leid. Was auch immer Kerwin gesagt hat, es tut mir leid.«

Ich folge ihm zu einem verbeulten Cadillac. Der ist mindestens zehn Jahre alt, der braune Lack ist schon ganz stumpf. Im Inneren des Wagens liegen eine Gitarre, leere Plektron-Packungen und Musikbücher. James holt eine angebrochene Limoflasche aus dem Auto, nimmt einen Schluck und verzieht das Gesicht.

»Warm. Ekelhaft.«

»Es tut mir leid«, sage ich wieder.

Er schüttelt den Kopf. »Du kannst nichts dafür. Es liegt an mir. Du bist die Einzige, die nicht Bescheid weiß. Sogar der Austauschschüler hat es herausgefunden. War eigentlich nicht anders zu erwarten.«

»Was hat er herausgefunden?«

Er schüttet den Rest auf den Boden. »Wenn ich es dir erzähle, mache ich mich lächerlich. Und das will ich auf keinen Fall. Schließlich findest du mich irgendwie cool, oder? Wenigstens zu einem Prozent?«, fragt er beinahe flehentlich. Ich nicke. »Ein Prozent ist nicht schlecht. Belassen wir es dabei.«

»Egal, was du mir erzählst –«

»Du hast doch auch Geheimnisse, oder?«, unterbricht er mich.

Ich erstarre, spüre ein Stechen in meiner Brust. Ja. Ein richtig großes, fettes Geheimnis. Und ich habe noch andere Geheimnisse, damit mein großes Geheimnis nicht so sehr nach Geheimnis aussieht. Ich bestehe aus Geheimnissen.

»Ich habe auch ein Geheimnis«, fährt er fort. »Na ja, in der Stadt wissen alle Bescheid, also ist es nicht besonders geheim, aber es wäre schön, wenn du mich noch vier, fünf Tage, vielleicht sogar eine Woche lang für einen ziemlich coolen Typen hältst. Irgendwann wirst du es herausfinden, und dann wirst du mich für einen Idioten halten. Aber im Moment ist es mir lieber, dass du keine Ahnung hast, okay?«

Irgendwann wirst du mein Geheimnis auch herausfinden, James. Doch dann wird es zu spät sein.

»Soll ich dich nach Hause fahren?«

»Wenn es dir nichts ausmacht. Ich wohne in Jefferson's Creek.«

»Das ist nicht so weit von hier. Bitte nimm in meiner Luxuskutsche Platz«, sagt er grinsend und hält mir die Tür auf. Der Motor erwacht grollend zum Leben wie ein riesiger Bär aus dem Winterschlaf.

»Entschuldige den Geruch.« Er fährt aus der Parklücke. »Ich habe mir gestern was beim Chinesen geholt.«

Ich schnuppere. »Ich rieche nichts.«

»Wenn ich einatme, habe ich das Gefühl, als würde ich noch einmal Rindfleisch mit Brokkoli essen.«

Ich muss lachen. Als wir die Autobahn erreichen, macht er Musik an, die unser Schweigen allerdings nicht überdeckt, sondern eher noch betont. Es ist Elektro – alternativ mit wenig Text.

»Ich dachte, du spielst Klavier? Warum hast du eine Gitarre auf dem Rücksitz?«

Sofort ist er angespannt.

»Man sieht es dir echt an, wenn du etwas nur ungern sagen willst.« Er antwortet nicht. »Du ziehst die Schultern hoch, drückst irgendwie die Arme durch und ziehst die Mundwinkel nach unten. Ungefähr so.« Ich verziehe das Gesicht. Er sieht zu mir rüber und lacht leise. Die Musik füllt die Stille.

»Das Klavier ist für meinen Vater das ultimative Instrument. Alle anderen zählen nicht«, sagt James schließlich.

»Aber du spielst gern Gitarre.«

»Ich bin in einer Band. Irgendwie.« Er schüttelt den Kopf. »Dad weiß nichts davon.«

»Tretet ihr auf?«

»Ich arbeite mit einem Typen zusammen, den ich im Internet kennengelernt habe. Ich spiele Gitarre und Klavier, er macht die elektronischen Sachen.«

»Lass mich raten: Deine Band heißt *James und der Riesenpfirsich.*«

»Fast«, grinst er.

»Riesenfeige?«

»Ich habe gelogen. Wir haben noch keinen Namen. Aber Riesenfeige gefällt mir ziemlich gut.«

»Hast du es deinem Vater schon erzählt?«

James seufzt. »Der bekäme einen Herzinfarkt. Und ich will meinen alten Herrn ja nicht umbringen. Wenn ich ihm sage, was ich wirklich will, ist er verletzt. Das habe ich inzwischen gelernt.«

Er klingt so niedergeschlagen, fast schicksalsergeben. Er will nicht machen, was sein Vater von ihm verlangt. Violet wollte immer machen, was Sal von ihr verlangte. Coups durchziehen. Sie mag das. Aber sie mag auch dieses ganz normale Leben. Wenn sie das Sal erzählen würde, wäre er auch verletzt.

»Ich weiß, das Thema ist heikel«, unterbricht James meine Gedanken. »Aber welche Musik hörst du gern?«

Jetzt muss ich mir schnell etwas ausdenken. Sal hat im Auto immer viel Elvis und andere alte Musik gehört.

»Du wirst mich sowieso nur auslachen.«

»Werde ich nicht. Ich schwöre.«

»Oder mich hassen?«

»Ich bin kein Musiknazi.«

»The Ink Spots. Billie Holiday.« Ich seufze. »Elvis. Janis Joplin. Bob Dylan. Mein Vater – der Typ, der mein Vater war – liebte diese alten Bands.«

»Wow, das sind ja mindestens drei verschiedene Jahrzehnte Musikgeschichte.«

»Für mich sind sie alle alt.«

Er lacht. »Okay. Was ist dein Lieblingssong?«

»Der schönste Song aller Zeiten?«

Er nickt. Vor dem Autofenster ziehen Bäume vorbei. Sie setzen gerade erst Knospen an.

»Den habe ich noch nicht entdeckt.«

Jetzt lächelt er auf eine Art, die mir neu ist. Und ich kenne jede Art zu lächeln.

»Das war die richtige Antwort.«

6. BETRÜGEN

Die Wüste zieht sich endlos hin. Die Lichter des Las Vegas Strip verschmelzen mit der Dämmerung. Schwache Lichtpunkte am Horizont sind alles, was vom glücklichsten Ort der Welt übrig bleibt. Die Wüste besteht hauptsächlich aus blassem Sand und ist knochentrocken. Bleiche Tierschädel und stachelige Kakteen, Retter für Durstige und Masochisten, zeichnen sich gegen den Himmel ab.

Die zehnjährige Violet steht am Straßenrand und hält den Daumen hoch. Sie hat lange hellblonde Zöpfe. Vor zwei Wochen hat sie das letzte Mal in einem richtigen Bett geschlafen, vor fünf Tagen das letzte Mal gebadet und vor sieben Stunden das letzte Mal etwas gegessen. Sal geht die Straße auf und ab. Ihr gestohlenes Auto ist vor lauter Qualm kaum zu sehen. Sie waren so lange gefahren, bis die Polizei sie zwischen den Dünen und Schlaglöchern der Feldwege Nevadas aus den Augen verloren hat und ihnen das Benzin ausging. Die Bodenwellen haben Spaß gemacht, aber jetzt ist Violet müde. Allerdings darf sie das nicht zeigen, sonst könnte Sal wütend werden. Sie blinzelt die Müdigkeit weg und streckt den Daumen noch höher.

»Mit dem Nächsten, der uns mitnimmt, spielen wir das Gesichtsspiel, Vi«, ordnet Sal an.

Sie nickt. Die Scheinwerfer eines Trucks strahlen auf den abkühlenden Asphalt. Aus der Entfernung sehen sie aus wie zwei Glühwürmchen, die immer wieder kurz schüchtern aufleuchten. Je näher sie kommen, umso selbstbewusster werden sie. Violets Pupillen sind nur noch stecknadelkopfgroß. Die Lichter werden langsamer. Sal nimmt Violet auf den Arm und öffnet die Tür des Trucks.

»Fahren Sie zufällig Richtung Dallas?«

Der Fahrer lächelt. »Ja, steigen Sie ein. Autopanne?«

»Das verdammte Ding hat einfach den Geist aufgegeben. Es pfeift schon seit Jahren aus dem letzten Loch.« Sal seufzt. »Ich bin übrigens George und das ist meine Tochter Abigail.«

Sie fahren los. Was das Gespräch betrifft, ist Sal ein Naturtalent – er lenkt die Leute nicht ab und bringt sie in genau dem richtigen Maß zum Reden. Er fragt den Fahrer nach dessen Fracht (Möbel), Herkunftsort (Salt Lake City) und dessen bisher längster Fahrzeit am Stück (27 Stunden, obwohl nur 15 erlaubt sind).

»Wir kommen gerade von einer Beerdigung«, erzählt Sal. Violet beobachtet sein Gesicht ganz genau. Sie prägt sich ein, welche Muskeln er benutzt, um seine Lügen oder Wahrheiten überzeugend rüberzubringen.

»Du hast mit deinem Corrugator supercilii gezuckt«, flüstert sie. Sal drückt ihre Hand – *gut gemacht*.

»Wir hatten nicht erwartet, dass das Auto gleich einen Totalschaden hat«, fährt er fort.

»Depressor anguli oris«, flüstert das Mädchen. Ein weiterer Händedruck.

Der Fahrer betrachtet sie. »Ist mit ihr alles in Ordnung?«

»Sie hat Tourette. Sie nimmt Medikamente, aber manchmal sagt sie trotzdem seltsame Dinge«, lügt Sal lächelnd.

Violet beobachtet ihn auch dabei. »Du hast dich durch deinen Zygomaticus major verraten. Zu verkniffen.«

»Große Worte für ein junges Mädchen wie dich.« Der Fahrer lacht nervös.

»Wie viele Kinder haben Sie?«, fragt Violet. Der Fahrer kratzt sich lächelnd am Kopf und schaltet einen Gang hoch. Der neunachsige Truck stottert leicht.

»Keine.«

Um seine Augen bilden sich keine Lachfalten.

»Ein flacher Orbicularis oculi. Sie haben ein Kind. Vielleicht eines, das sie nicht haben wollen. Oder sie haben es verloren. Ist es gestorben?«

»Das reicht, Abigail«, flüstert Sal. »Übertreib es nicht.«

Der Fahrer schweigt. Sal entschuldigt sich und drückt Violets Hand ganz fest, um ihr zu signalisieren, dass sie still sein soll.

Aber sie ist neugierig. »Haben Sie Ihr Kind geliebt?«

Dem Fahrer ist das so unangenehm, dass er sich die Krempe seines Huts ins Gesicht zieht.

»Haben Sie es umarmt? Haben Sie ihm jemals einen Kuss gegeben? War es ein Junge oder ein Mädchen?«

»Abigail, ich warne dich!«, mahnt Sal.

»Wie ist es gestorben?«

Der Lastwagen kommt quietschend zum Stehen. Der eben noch so freundliche Fahrer verbirgt sein Gesicht in den Händen.

»Steigen Sie aus.«

»Es tut uns leid.« Sal ringt nach Worten. »Manchmal ist sie einfach nicht zu bändigen –«

»Ich habe gesagt, Sie sollen aussteigen.«

»Aber wir haben keine andere Möglichkeit, um nach –«

»Dallas ist nicht mehr weit. Jemand wird Sie mitnehmen. Raus jetzt.«

Violet betrachtet das Gesicht des Fahrers. Seine Muskeln sind angespannt. Er ist ehrlich. Völlig fertig und ehrlich. Sein Kind war ihm so wichtig, dass er unter ihrer Neugierde zusammenbrach.

Würde Sal auch zusammenbrechen, wenn sie stürbe? Sal zerrt Violet aus dem Truck. Beide schauen dem davonbrausenden Lkw hinterher. Mit der kalten Nachtluft ergreift auch die Realität wieder von ihnen Besitz. Das Licht der Straßenlaternen ist schwach; die Dunkelheit wiegt schwer. Ganz ruhig krempelt Sal die Ärmel hoch.

»Sal, ich wollte nicht –«

Angst. Nackte Angst macht sich in ihr breit. Sal krempelt immer noch ganz langsam die Ärmel bis zum Ellbogen hoch. Dann geht er einen Schritt auf sie zu.

»Nein! Es tut mir leid! Es wird nicht mehr vorkommen! Ich wollte nur sehen –«

Schmerz. Eine Handfläche auf ihrem Gesicht. Alles, was sie spürt, sind diese fünf Punkte auf der Haut, die brennen wie heiße Säure. Vor ihren Augen tanzen Sterne.

Einmal. Es ist immer nur ein Schlag. Eine harte, unerbittliche Warnung.

»Wenn ich Stopp sage, hörst du auf.«

Am Arm zerrt er sie in die Stadt. Kilometer um Kilometer beißt die kalte Luft an der roten Stelle auf ihrer Wange. Irgendwann verschwindet der Fleck. Keine dauerhaften Spuren. Derart unkontrolliert ist Sal nicht. An der erstbesten Tankstelle stiehlt er ein Prepaid-Handy.

Das kleine Mädchen beobachtet ihn bei der Arbeit. Das blasse Licht der Tankstelle lässt Sals Knochen hervortreten: Weiß auf Schwarz auf Muskeln auf Sommersprossen auf Tod. Sal bekommt nie ein wütendes Gesicht. Selbst in der

Dunkelheit, wenn er sie schlägt, zeigt er nie seine wahren Gefühle. Das Gesichtsspiel geht bei ihm nicht. Er verbirgt alles zu gut. Vielleicht hat er aber auch nichts zu verbergen.

Auf die Disziplinierung folgt die Entschuldigung. Das Schlimmste ist nicht der Schmerz, sondern die Tatsache, dass er immer versucht, es wiedergutzumachen. Dass er vorgibt, es täte ihm leid.

Strahlend verlässt er die Tankstelle und bietet Violet einen Schokoriegel an.

Violet und Sal spielen Poker. Sie gewinnt nur, wenn er sie gewinnen lässt.

Rote und blaue Chips landen im Topf.

In einer anderen Welt wäre Violet vielleicht ein Mädchen wie Erica. Wahrscheinlich nicht so reich wie sie, aber bestimmt genauso geliebt.

Ihre Mom und ihr Dad würden sich um sie kümmern, gingen arbeiten und ihnen gehörte ein kleines, aber ordentliches Haus. Vielleicht hätte Violet schon ein paar feste Freunde gehabt. Inklusive Rotwerden, Herzschmerz, heißen Nachmittagen auf einem sonnenbeschienenen Bett, gegenseitigen Entdeckens, Händen, Mündern, weicher Stellen am Hals, Lächeln.

Dieses Mädchen aber hat nur romantische Groschenromane gelesen – aus Langeweile, aus Verzweiflung. Mehr gibt es auf einem Wohnmobilplatz auch nicht zu tun. Sie liest auf einer Bank, um sie herum liegen leere Bierdosen, und erntet skeptische Blicke. Eine Nachbarin hängt rauchend Dessous zum Trocknen auf und singt dabei ein Lied von Bob Dylan: »Get born, keep warm.«

7. GEBEN

Michael Anders, 40 Jahre alt. Mit sieben Jahren galt er als Wunderkind. Tourte im Alter von zehn Jahren als Konzertpianist mit verschiedenen Orchestern durch die Welt. Wurde mit 17 (als er so alt war, wie James jetzt ist) in der Juillard School of Music aufgenommen und erhielt diverse wichtige Auszeichnungen für seine Kompositionen. Heiratete eine Ballerina und bekam James.

So weit Google. Ich drehe mich auf meinem Schreibtischstuhl hin und her. Der große, schicke Computer, den Mrs Silverman mir geschenkt hat, ist ungewohnt. Sal hatte nur einen uralten Laptop. Mit angehaltenem Atem tippe ich James' Namen ein. Im Alter von sechs Jahren galt James auch als Wunderkind. Bei seinem ersten großen Konzert war er acht. Er saß am Klavier, rührte sich nicht und starrte auf die Tasten. Er zitterte so sehr, dass er nicht die richtigen Tasten traf. Sein Vater hielt ihn ab diesem Zeitpunkt von der Konzertpianistenszene fern. Für die Medien war die Sache ein gefundenes Fressen: Der Sohn eines berühmten jungen Komponisten, der natürlich ebenso erfolgreich zu sein hatte, versagte beim Konzert.

Kein Wunder, dass James Reporter hasst. Es gibt Dutzende Artikel über sein »Scheitern«. Manchen Autoren diente seine Geschichte als Ausgangspunkt für die These, Eltern sollten ihre Kinder nicht unter Druck setzen. Andere benutzten sie als Beispiel dafür, dass Vitamin B im Musikbusiness auch nicht alles ist. Allerdings waren sich alle darin einig, dass James zu etwas gezwungen worden war, wofür er noch nicht reif war.

Seine Familie muss ziemlich enttäuscht gewesen sein. Jeder muss enttäuscht gewesen sein. Er lernte, damit umzugehen, indem er zum Einzelgänger wurde. Aber nach dem ganzen Mist wäre James bestimmt nicht dabeigeblieben, würde er Musik nicht lieben. Es besteht kein Zweifel, dass er die Musik liebt. Vielleicht ist er nur nicht die Art von Musiker, die sein Dad von ihm erwartet.

Ich muss aufhören, diese Sachen zu lesen und Merril, Taylor und jeden, der sich mit mir unterhalten hat, zu googeln. Ich tue gerade das, was ein Trickbetrüger mit potenziellen Kontaktpersonen macht: Er recherchiert alles über sie und überlegt, was für ihn in irgendeiner Form nützlich sein könnte. Aber diese Leute sind keine Ressourcen. Es sind Menschen. Potenzielle Freunde. Freunde, die ich nicht behalten darf.

Leise klopft es an der Tür.

»Herein.«

Marie lugt ins Zimmer. Sie bringt ein Sandwich und ein Glas Milch. »Lust auf einen Snack?«

Ich nicke.

Sie stellt die Sachen auf meinen Tisch und betrachtet die überall verteilten Schulbücher. »Was lernst du gerade?«

Ich muss nicht lernen, aber die Notizen, die ich absichtlich auf dem Schreibtisch liegen gelassen habe, erwecken den Eindruck, als würde ich fleißig lernen.

»Algebra.« Ich zeige ihr das Buch. »Es ist ganz schön schwierig.«

»Deine Mutter hat ständig erzählt, wie gut du in Mathe

warst. Obwohl du noch so klein warst, ist dir das Addieren und Subtrahieren zugeflogen. Da bist du ein Naturtalent, genau wie dein Vater.«

Das wusste selbstverständlich auch Sal. Er hatte sich mit Ericas ehemaligen Lehrern unterhalten, die sie natürlich schon kurz nach der Geburt hatte. Deshalb war es ihm so wichtig gewesen, dass ich besonders gut in Mathe bin.

Marie deutet auf das Tablett.

»Das ist ein Truthahnsandwich.«

»Danke.«

Sie scheint noch etwas sagen zu wollen.

Ich räuspere mich. »Ist noch etwas?«

Marie schluckt. »Ach nein, es ist nur … das Kind meiner Cousine ist gestorben.«

»Das tut mir leid.«

»›Ein Unfall in der U-Bahn, Marie‹, habe ich mir gesagt, ›es gibt nichts Schlimmeres, als ein Kind zu verlieren.‹ Ich selbst habe zwei erwachsene Kinder. Vor drei Jahren begann ich für deine Mutter zu arbeiten. Und mir war sofort alles klar. Der Verlust eines Kindes wiegt schwer. Aber noch schwerer ist er für den, der keinen Leichnam begraben kann. Die Ungewissheit macht einen verrückt.«

»Jeder sollte die Möglichkeit haben, mit so etwas abzuschließen«, stimme ich ihr leise zu.

Marie nickt. »Abschließen. Genau. Das konnte deine Mutter nicht. Zum Glück bist du noch am Leben.« Sie tätschelt meine Hand. »Aber wenn du es nicht wärst, würde ich dafür beten, dass die Polizei deinen Leichnam findet und dem Leid deiner Mutter ein Ende setzt. Eine Mutter sollte ihr Kind im Leben wie im Tod in den Armen halten können.«

Betroffen starre ich auf mein Sandwich.

»Abschließen«, flüstert Marie. Lächelnd steht sie auf. »Hast du Wäsche?«

»Nur ein paar T-Shirts. Ich lege sie in den Korb.«

»Ich wasche nachher eine Ladung. Lern schön fleißig.«

»Mache ich. Danke für den Snack.«

Sie schließt die Tür hinter sich. Als sie das Ende des Flurs erreicht hat, reiße ich meine Badezimmertür auf und würge über der Toilette. Bei Maries Worten hätte ich am liebsten alles herausgeschrien: dass ich eine Fälschung bin. Dass der Leichnam immer noch irgendwo dort draußen verwest. Der Leichnam ist noch immer dort draußen. Erica ist irgendwo da draußen. Ihre Mutter glaubt nur, dass sie damit abgeschlossen hat.

In dieser Nacht schleiche ich durch die dunkle Diele. Die Gemälde leuchten im schwachen Schein der Nachtlichter. Mrs Silvermans Tür steht einen Spalt weit auf. Ich stelle mich an ihr Bett. Auf dem Boden liegen Kissen. Ihr Schminktisch ist voller Kosmetikfläschchen. Unter der Decke zeichnet sich ihr Umriss ab. Sie trägt einen Seidenpyjama; ihr Gesicht ist glatt. Ihre dünnen Handgelenke ragen zerbrechlich unter der Decke hervor.

Wach auf. Ich muss dir etwas sagen.

Niemand mag die Wahrheit, Schätzchen. Das ist Sals Stimme. *Jeder mag nur seine eigene Version davon.*

»Erica?« Gähnend sieht sie mich an. »Stimmt etwas nicht?«

Erica ist noch irgendwo da draußen.

»Ich konnte nicht schlafen. Mein Zimmer fühlt sich zu groß an.«

»Wenn du magst, kannst du hier bei mir schlafen.«

Ich zögere. Sal und ich haben nie im selben Bett geschlafen, nicht einmal, als ich klein war. Aber Mrs Silverman scheint nichts dabei zu finden. Schlafen Familien im selben Bett, ohne dass etwas geschieht? Hätte ein normales Mädchen, wie ich es spiele, das von einer normalen Familie großgezogen wurde, keine Angst, mit anderen im selben Bett zu schlafen? Ich gleite unter die warme Decke und betrachte Mrs Silvermans Rücken. Ich muss ganz ruhig atmen. Ein und aus. Sie wird mir nicht wehtun.

Sie dreht sich zu mir um. Ihr schlankes Bein streift mich. Mir stellen sich die Nackenhaare auf. Ich muss mich zusammenreißen, damit ich nicht aus dem Bett springe.

Mrs Silverman sieht mich alarmiert an. »Alles in Ordnung? Entschuldige, ich wollte nicht –«

Sei normal. Denk dir etwas Normales aus. »Kein Problem. Deine Füße sind einfach nur kalt.«

»Als du klein warst, hast du ständig zwischen deinem Vater und mir geschlafen.«

»Hatte ich Albträume?«

»Ziemlich üble. Von Clowns.«

Mir schaudert.

Sie spürt es und lacht. »Versuch zu schlafen, Liebling.«

Die Laken sind so weich. Nach einer Weile empfinde ich Mrs Silvermans regelmäßiges Atmen als beruhigend. Mir ist so warm.

Erica ist da draußen in der Kälte. Allein.

Selbst als Cassie mir den Sadie Hawkins Day erklärt, verstehe ich das Ganze trotzdem nicht. Ein eigener Tag, damit Mädchen Jungs zum Tanzen auffordern können? Warum machen sie das nicht einfach jeden Tag?

»In der freien Natur wählen die Männchen schließlich auch nicht die Weibchen aus.« Wir sitzen in der Cafeteria und ich stochere in meinem Hackbraten herum, der – wenig überraschend – eher nach verbrannter Ratte aussieht. »Bei fast allen Tierarten entscheiden die Weibchen, mit wem sie sich paaren wollen. Und wenn man genauer darüber nachdenkt, ist es beim Menschen auch nicht anders. Wir Frauen entscheiden, wer uns küssen darf –«

»Erica, ich habe dich lieb, aber ich habe jetzt echt keine Lust auf einen wissenschaftlichen Vortrag. So funktioniert Sadie Hawkins eben und so wird es bis in alle Ewigkeit funktionieren. Eigentlich ist dieser Tag sowieso allen egal, weil kurz danach der Schulabschlussball ist.« Cass holt eine Packung Schmerztabletten aus der Tasche und spült zwei Tabletten mit Kakao hinunter.

»Krämpfe?«, fragt Merril.

»Wenn du damit die apokalyptischen Tornados in meinen Eierstöcken meinst, dann ja«, stöhnt Cass und legt den Kopf auf den Tisch. Sofort richtet sie sich wieder auf: »Eklig.«

Es läutet zum Ende der Pause. Beim Aufstehen stützt sich Cass an mir ab. »Kommt ihr mit zum Auto?«

»Wir dürfen nicht zu spät in Grays Stunde kommen«, warnt Merril. »Wir schreiben heute einen Test.«

»Es dauert nur ein paar Sekunden. Mann, Merril, denk zur Abwechslung auch mal an andere«, motzt Cass.

»Das geht bestimmt ganz schnell«, beruhige ich Merril.

Sie verdreht die Augen, folgt uns aber zum Parkplatz. Die Schüler, die außerhalb des Campus zu Mittag gegessen haben, kommen gerade zurück. Wir nutzen das Gedränge und steigen unbemerkt in Cassies schwarzen Buick. Cassie fischt einen silbernen Flachmann aus dem Handschuhfach. Sie nimmt einen Schluck; dann hält sie Merril das Fläschchen hin.

»Was ist? Mach schon«, drängt sie.

Merril nippt und verzieht das Gesicht. »Was zur Hölle ist das? Kuhpisse?«

»Brandy.« Cass nimmt noch einen Schluck, ehe sie mir den Flachmann anbietet. »Mein Vater hat die ganz edlen Tropfen. Und ihm fällt nie auf, wenn ich mich bediene.«

Ich nehme einen kleinen Schluck. Sofort spüre ich ein starkes Brennen in Nase und Hals. »Nicht so gut wie Whiskey«, rutscht es mir heraus. Merril starrt mich an. Cass lacht nur.

»Und mit Whiskey kennst du dich aus, ja?«

»In Gesundheitslehre haben sie gesagt, wir sollen das Zeug nicht mit Tabletten zusammen einnehmen –«, fängt Merril an.

»Egal«, unterbricht Cass sie, während wir aus dem Auto steigen.

Merril schmollt. »Cass geht es gerade einfach nicht so gut«, tröste ich sie. »Mach dir nichts draus.«

»Sie ist so eine Diva.«

»Du etwa nicht?«

Wider Willen muss Merril lächeln. »Sie ist zu 100 Prozent eine Diva. Ich zu weniger als 50.«

»75.« Ich grinse.

»61, und ich gehe keinen einzigen Prozentpunkt höher.«

Schweigend laufen wir durch das Schulgebäude. Cass grüßt die Schüler aus den höheren Jahrgängen, die sie kennt. Sie bewegt sich wieder ganz beschwingt und ihre Brüste schwingen mit. Immer, wenn ein Zehntklässler mit großen Augen mitten auf dem belebten Flur stehen bleibt und ihr hinterherstarrt, muss ich ein Lachen unterdrücken. Schüler, die ich nicht zuordnen kann, sagen Hallo. Nervös grüße ich zurück. Sie kennen mich alle, wegen mir wird ihre Schule schließlich von diesen Geiern belagert. In einiger Entfernung entdecke ich lange schwarze Haare: Taylor. Sie war heute zu spät und ungewöhnlich stark geschminkt zur Schule gekommen. Merril hat gelästert, wem sie was vormachen wolle, aber ich bezweifle, dass sie nur eine Show abzieht.

»Wie war die Heimfahrt vom Bowlingcenter?«, fragt Merril und rammt mir ihren spitzen Ellbogen in die Rippen.

»Gut. James ist ein sehr vorsichtiger Fahrer.«

»Das meine ich nicht!«, seufzt sie. »Manchmal glaube ich fast, dass du gewisse Anspielungen einfach nicht verstehst.«

Ich überlege. Sie hat eine Anspielung gemacht? Worauf? Autos, ein Junge und ich in einem Auto – oh.

»Wir haben nichts gemacht, falls du das meinst.«

»Ich meine nicht, ich frage.«

»Die Antwort lautet nein.«

»Ich glaube, er mag dich wirklich.«

Ich kämpfe gegen die sich ausbreitenden roten Flecken auf meinen Wangen an. »So ein Quatsch.«

»Sonst schläft er ständig im Unterricht. Ich habe immer gedacht, der will uns einfach alle ignorieren oder so. Er antwortet zwar auf Fragen, aber er selbst beginnt nie ein Gespräch. Jedenfalls ist er nicht mein Typ. Bei dir war er aber vom ersten Tag an sehr gesprächig.«

»Er hatte einfach etwas gegen die Reporter vor der Schule.«

»Was auch immer –« Sie unterbricht sich selbst. »Dass er jemanden von sich aus anspricht, ist jedenfalls echt ungewöhnlich. Er muss also wirklich auf dich stehen. Er ist zwar ein Loser oder so, aber wenn du dich mit ihm verabreden willst, nur zu.«

Sie blickt zu Kerwin hinüber. Er lächelt uns zu, bevor er in seinem Klassenzimmer verschwindet. »Hi, Erica!«

»Kerwin«, grüße ich zurück.

Merril winkt. »Hi, Ker! Ich bin's, Mer!«

Er hebt die Hand und schon ist er weg. Sie mag ihn. Diese ganzen Liebesverwicklungen hier an der Schule verwirren mich. Sie auseinanderzuhalten macht mich verrückt – wer steht auf wen, wer hasst wen? Zu betrügen ist so viel einfacher, da kommt es nur darauf an, wer wen bezahlt. Das war's. Da geht es nicht um Zu- oder Abneigung; nur darum, wer wann und warum das Geld bekommt. Verglichen mit dem emotionalen Minenfeld, in dem ich mich gerade bewege und in dem ich jeden Moment hochgehen könnte, ist das lächerlich einfach.

»Merril, wenn du auf Kerwin stehst, ist das okay für mich.«

Sie wird rot bis in die Haarspitzen. »Wovon redest du? Ich stehe nicht auf ihn –«

»*Ich* stehe nicht auf ihn. Er gehört dir ganz allein.«

Ihre Augen werden noch größer. »Oh. Das brauchst du nicht für mich zu tun.«

»Der Typ macht mir echt Angst.« Ihr Blick verfinstert sich. Schnell versuche ich, meinen Fehler auszubügeln. »Ich bin es einfach nicht gewohnt, dass ein Junge mir so viel Aufmerksamkeit schenkt. Das fühlt sich ganz komisch an. Wahrscheinlich wäre er ein wirklich süßer und aufmerksamer Freund.«

Sie seufzt. »Ja. Aber er weiß nicht mal, wer ich bin.«

»Aber wir waren doch zusammen beim Bowling.«

»Erica, er hat die ganze Zeit nur dich angesehen. Als wäre ich eine Wand oder so.«

Ich klopfe ihr auf die Schulter. »Ich werde ihm sagen, dass ich nicht auf ihn stehe. Vielleicht bemerkt er dich dann.«

Mit einem unterdrückten Quietscher fällt sie mir um den Hals. »Du bist echt die allerbeste Freundin.«

Macht Ehrlichkeit die Menschen zu besten Freunden? Oder punktet man bei Mädchen eher, wenn man ihnen in Liebesdingen hilft? Wahrscheinlich könnte mir diese Erkenntnis später noch sehr nützen. Gerade bin ich einfach nur froh, dass sie mich mag. Punkt. Sie lässt mich los und öffnet die Tür zum Klassenzimmer.

»Nach Ihnen, Madame.«

Lachend mache ich einen Knicks und gehe hinein.

- - -

Vom Fenster des Klassenzimmers aus ist er nicht zu übersehen.

Mr White, der Privatdetektiv, sitzt in einem Café gegenüber der Schule. Er liest Zeitung, lässt sie aber bei jedem Läuten des Schulgongs sinken. Durch die großen bodentiefen Fenster des Cafés kann er den Campus ganz genau beobachten. Und ich kann ihn beobachten.

Mit jedem Tag sind weniger Reporter da. Wenn er sich zu ihnen an den Zaun stellen würde, würde er auffallen wie ein bunter Vogel. Er würde sich verdächtig machen. Vielleicht sitzt er deshalb im Café. Sal hat recht: Der Typ war früher ganz sicher beim Militär. Er ist durchtrainiert; sein Gang ist geschmeidig. Aber er geht auch wie Menschen, die viel Zeit im Wasser verbringen. Vielleicht war er in einer Spezialeinheit der Navy? Bloß, warum sollte jemand aus der Navy Privatdetektiv werden? Wahrscheinlich hat eine Verletzung ihn zum Zivilistendasein gezwungen.

Ein Trickbetrüger ist der hartnäckigste Schauspieler der Welt.

Ein Privatdetektiv ist der hartnäckigste Wahrheitssucher der Welt.

Er beobachtet mich sogar, während ich darauf warte, dass Mrs Silverman mich abholt. Ich stehe auf dem Gehweg vor der Schule und verlagere mein Gewicht von einem Fuß auf den anderen, fummele an meiner Tasche herum, drehe den Kopf und betrachte ihn aus den Augenwinkeln, ohne die Augen zu bewegen. Das ist der erste Trick, den Sal mir beigebracht hat. Der Glatzkopf beobachtet mich sehr intensiv – zu intensiv, da steckt garantiert mehr als nur Geld dahinter. Leute, die für das Ausspähen bezahlt werden, schauen normalerweise immer wieder mal weg, nippen an einem Getränk oder blinzeln. Er tut nichts davon. Er will mich beobachten, er hat einen persönlichen Grund. Ich bezweifle, dass er von Mrs Silverman beauftragt wurde. Natürlich kann ich mich wie jeder Mensch täuschen, aber normalerweise liege ich richtig.

»Hey, Fake-Erica!« Taylor kommt auf mich zu. »Wen beobachtest du denn da?«

»Den Glatzkopf, von dem du mir erzählt hast.«

»Den sollte man wohl besser ernst nehmen. Der könnte Schwierigkeiten machen.«

»Ich habe ihn im Griff.«

»Er ist also nicht dein Partner«, überlegt sie. »Dann muss er dein Informant sein.«

»Ich kenne ihn nicht, kapiert? Er ist ein Stalker.«

»Könnte es zufällig etwas damit zu tun haben, dass du eine Betrügerin bist und er deine beiden Vorgängerinnen auffliegen ließ?«

»Was interessiert es dich?«, fahre ich sie an.

»Es interessiert mich nicht. Ich bin einfach neugierig, wie weit du kommst, ehe du auffliegst. Ich habe auf einen Monat gewettet.«

»Da muss ich dich wohl enttäuschen«, zische ich. »Ich werde noch viele Jahre hier sein. Hol dir dein Geld zurück, solange du noch kannst.«

Meine scharfe Antwort stößt mir sofort auf. Nicht Jahre. Das ist gelogen. Wenn ich *Jahre* sage, fühle ich mich noch schlechter. Noch bleierner.

Taylor ist verdattert. Plötzlich wirkt sie fast sanft, amüsiert. »Und ich dachte, du wärst bloß eine rückgratlose, weinerliche reiche Göre.«

»Wir reichen Gören können durchaus auch wütend werden.«

Diesmal ist ihr Lachen weder hyänenartig noch höhnisch. Es ist ein ganz normales Lachen. Mr White starrt uns abwechselnd an. Er versucht herauszufinden, wie Taylor und ich zueinander stehen.

»Du bist gar nicht so übel, wenn du nicht …« Ich beende den Satz nicht.

»Na los, sag schon«, fordert mich Taylor heraus.

»Zickig bist.«

»Zickig, lesbisch, Emo … irgendetwas muss ich mir ständig anhören. Selbstbewusste Mädchen müssen wohl immer damit rechnen, beschimpft zu werden.«

»Die Wut ist ein Feuer. Eine Leidenschaft. Nicht unbedingt was Schlechtes.« *Violet ist wie du, Taylor. Ziemlich genau wie du.*

»Erica Silverman – Königin der Massen, verlorenes und wiedergekehrtes Kind – erzählt mir, dass es in Ordnung ist, ich selbst zu sein. Gut, dass du es mir gesagt hast, sonst hätte ich es nie erfahren.«

In diesem Moment kommt die Sonne hinter einer Wolke hervor. Jetzt glänzen Taylors Haare noch stärker. Sie ist stolz auf ihre Haare und pflegt sie. Sie mag zickig sein, aber sie achtet auf ihr Äußeres, und es ist ihr nicht egal, wie die Menschen sie sehen. Unter dem dicken Make-up, das sie heute aufgetragen hat, verbirgt sie ihre blasse Haut. Leider. Denn im Gegensatz zu mir braucht sie keine Operationen, um schön zu sein. Sie ist es von Natur aus.

»Hey, kannst du mir einen Gefallen tun? Frag doch den Glatzkopf, ob er das für meine Mom macht.«

»Was springt dabei für mich raus?«, gibt sie zurück.

»Ruhm. Liebe. Bonbons. Was du willst.«

»Ich will die Wahrheit.«

Ich zucke gleichgültig die Schultern.

»Dann vergiss es, Fake-Mädchen.«

Einen Moment lang herrscht Stille. Dann geht sie über die Straße.

»Wohin gehst du?«, rufe ich ihr hinterher.

Sie antwortet, ohne sich umzudrehen. »Ich tue dir deinen beschissenen kleinen Gefallen.«

Sie betritt das Café, geht zu Glatzkopf und stellt die Frage. Ich beobachte sein Gesicht. Seine Mundwinkel zucken. Jetzt sieht er zu mir. Wir starren einander in Grund und Boden. Irgendwann lächle ich ihn einfach an und winke. Das verunsichert ihn stärker als das Starren und er bricht den Augenkontakt ab. Taylor kommt zurück.

»Was hat er gesagt?« Eigentlich brauche ich ihre Antwort gar nicht, denn sein Blick hat mir schon alles verraten. Er macht das definitiv für Mrs Silverman.

»Dass ich mich verpissen soll. So, Fake-Mädchen, jetzt bist du mir einen Gefallen schuldig.«

»Kann's gar nicht abwarten.«

»Wenn niemand zusieht, bist du gar nicht dieser beliebte fröhliche Sonnenschein. Als wärst du ein anderer Mensch.«

Mein Herzschlag setzt für eine Sekunde aus.

Sie lacht. »Aber das gilt für alle an dieser Schule. Auf dieser Welt.« Sie hält die Hände vors Gesicht und klappt eine auf wie eine Tür. »Ein Gesicht.« Dann klappt sie die andere Hand auf. »Zwei Gesichter.«

Ich hole einen Stift aus der Tasche und packe ihren Arm.

Sie zuckt zurück. »He! Was machst du da?«

»Halt still.« Ich schreibe meine Nummer auf ihren Handrücken. »Ich hasse es, jemandem etwas schuldig zu sein. Ruf mich an, wenn du weißt, wie ich mich revanchieren kann.«

In diesem Moment hält Mrs Silvermans Auto neben mir. Ich steige ein.

»Wer ist das Mädchen?«, will sie wissen.

»Taylor. Ich habe ihr gerade meine Nummer gegeben.«

»Sie sieht schrecklich wütend aus. Hast du irgendetwas Gemeines gesagt?«

»Nein, so schaut sie immer«, sage ich kichernd und schnalle mich an. »Sag mal, ich will ja nicht, dass du dir Sorgen machst, aber kennst du den Typen?«

Ich zeige zum Café. Sie sieht den Glatzkopf. Ihre Blicke treffen sich – wenigstens glaube ich das. Der Glatzkopf steht abrupt auf und geht vom Fenster weg. Sie wird bleich. Ihre Hände umklammern das Steuer. Schachmatt.

»Er verfolgt mich. Ich finde ihn ein bisschen unheimlich. Wahrscheinlich ein Reporter«, sage ich leichthin. »Mom? Alles okay?«

»Ja.« Sie lächelt, sagt aber erst wieder etwas, als wir auf der Autobahn sind. »Ich will nicht, dass wir Geheimnisse voreinander haben, Erica. Ich will, dass wir ehrlich zueinander sind. Der Mann ist Privatdetektiv.«

Ich blicke von meinem Handy auf.

»Ich hatte ihn angeheuert, um etwas über die beiden Ericas vor dir herauszufinden.«

»Mom –«

»Aber diesmal habe ich ihn nicht beauftragt, Liebling. Beziehungsweise habe ich ihn nur darum gebeten, deine früheren Eltern zu suchen. Es ging nicht um dich. Das musst du mir glauben. Ich weiß nicht, warum er hier ist. Vielleicht fühlt er sich dazu verpflichtet. Er ist der Typ Mensch, der so etwas für seine Pflicht hält.«

»Du solltest mit ihm reden.«

»Oh, das werde ich. Das werde ich ganz sicher.«

Wir halten vor der psychosomatischen Klinik. Mrs Silverman wickelt sich eng in ihren Mantel.

»Er ist heute etwas gereizt, aber als ich ihm sagte, dass du zu Besuch kommst, sah er sehr glücklich aus.«

»Wahrscheinlich will er wieder Dame spielen.«

»Wahrscheinlich.« Ihre zarten Finger suchen nach meiner Hand. Ich drücke sie ganz fest.

Die Krankenschwester stellt das Damebrett auf. Ich setze mich Mr Silverman gegenüber. Er hat sich frisch rasiert – das ist ein Fortschritt. Heute hat er die roten und ich die schwarzen Steine. Er kaut auf seinen Nägeln, klopft mit den Fingern auf die Tischplatte und schweigt. Mrs Silverman hält Abstand. Vielleicht glaubt sie ja, ich wäre so eine Art Wundermittel, das nur wirkt, wenn Mr Silverman und ich allein sind.

»Ich glaube, ich habe mich in jemanden verknallt, Dad.« Wortlos macht er einen Zug. »In einen Jungen.«

Normalerweise hassen Väter den Gedanken, dass ihre Töchter mit Jungen zusammen sind. Aber Mr Silvermans Beschützerinstinkt ist ebenso wenig vorhanden wie sein Geist. Seufzend gibt er mir wortlos zu verstehen, dass ich mich beeilen und endlich meinen Zug machen soll. Ich springe über einen Stein und nehme ihn vom Brett.

»Er ist nicht besonders gesellig. Aber das bin ich ja auch nicht. Ich tue nur so. Erica ist gesellig. Violet nicht.«

Ich spreche so leise, dass nur Mr Silverman mich hört.

»Der Junge weiß nicht, wer ich bin. Er glaubt, er wüsste es. Ich kann mich gut mit ihm unterhalten; er bringt mich zum Nachdenken. Ich habe den Eindruck, als wollte er die ganze Zeit in mich hineinschauen. Es ist schön, wenn jemand dich ganz verstehen will. Was er nie schaffen wird, aber es ist schön, dass er es versucht.«

Wir spielen so lange, bis ich seinen letzten Stein schlage.

»Du hast gewonnen«, murmelt er enttäuscht.

»Noch nicht.« Ich tätschele seine Hand.

8. VERDRÄNGEN

Sal,

ich habe noch keine Neuigkeiten zum Thema Überraschung. Ich werde versuchen, unauffällig die Sprache darauf zu bringen. Der Tresor ist in der Bibliothek hinter dem rechten Bücherregal. Am Boden sieht man, wo die Tresortür schleift. Ich verstehe nicht, warum sie keinen Teppich darüberlegen.

Sie geben mir zu viel zu essen. Ich werde fett. Es ist kein Körperfett, sondern Glücksfett. Ich weiß schon gar nicht mehr, wie es ist, zu hungern. Bin benommen. Nicht bei klarem Verstand. Aber ich brauche meinen klaren Verstand.

Allein kann ich nicht gut arbeiten. Aber ich werde mein Bestes geben. Das ist die Abschlussprüfung. Ich werde dich nicht hängen lassen. Hier gibt es so viele Regeln. Nicht lächeln, lächeln, tu so, als fändest du diesen Typ gut, hilf diesem Mädchen, mit jenem Jungen zusammenzukommen. Einen Coup durchzuziehen ist leichter als ein Tag auf der Highschool.

Ich werde den Code herausfinden.

Violet

Zwischen der Chemiestunde und der Hausaufgabenbetreuung passe ich Kerwin ab. Er lehnt an einem Schließfach und unterhält sich mit einem Mädchen.

»Tut mir leid, dass ich unterbreche.« Ich lächle Kerwin an. Er richtet sich auf. Das Mädchen wirft mir einen bösen Blick zu.

»Erica? Was ist los? Entschuldige, Ruby, wir reden später weiter, okay?«

Das Mädchen dreht sich verschnupft um und verschwindet. Ich lächle noch breiter. »Eine Freundin von dir?«

»So ähnlich.« Er grinst nervös. »Was ist?«

»Du stehst auf mich.«

Kurz sieht es so aus, als wäre er ins Koma gefallen, doch dann blinzelt er. Seine Augen werden dunkler. Sein Depressor anguli oris entspannt sich und spannt sich sofort wieder an – ein untrügliches Zeichen dafür, dass meine Worte ihn überrascht haben. Das hat er nicht erwartet. Es wirkt echt, aber ein Teil seines Gesichts verbirgt etwas. Irgendetwas stimmt hier nicht. Er legt mir die Hand auf die Schulter.

»Und wenn es so wäre? Wäre das ein Problem?«

»Ich stehe aber nicht auf dich.«

»Und ich kann nichts tun, um deine Meinung zu ändern?«

»Nein. Ich mag schon jemand anderen. Aber ich kenne jemanden, der dich mag.«

»Meinst du vielleicht deine Freundin Merril?«

»Sie ist sehr durchschaubar«, sage ich lachend.

»Aber ich will sie nicht.« Er beugt sich noch näher zu mir hinunter, bis seine Nase meine Wange berührt und ich sein Eau de Cologne riechen kann. Er klingt nicht aufrichtig. So verhält sich kein Highschool-Playboy, sondern eher ein welterfahrener junger Mann. »Ich will dich.«

Du willst eine Lüge, Lügner.

»Woher kommst du, Kerwin?«

»Ich dachte, das hört man. Aus Wales.«

»Wo genau in Wales?«

Er verzieht die Mundwinkel. »Swansea.«

»Wissen die Leute in Swansea, was *Nein* bedeutet?« Lächelnd ducke ich mich zur Seite weg. »Merril mag dich wirklich. Vielleicht versuchst du es ja mal mit ihr.«

Sein Blick wird hart. Im Gehen drehe ich mich noch einmal zu ihm um. »Ach, Kerwin?«

Die Härte in seinem Blick verwandelt sich in etwas anderes, das ich nicht genau benennen kann. Aber ich habe keine Angst. In diesem Moment bin ich nicht mehr die süße Erica. Violet ist wutentbrannt und dieser Zorn sprüht aus meinen Augen.

»Ich weiß, dass du irgendein Spiel spielst. Und ich weiß, dass du etwas zu verbergen hast. Wenn du ihr wehtust, mache ich dich fertig.«

Kerwin Howell. Auf der Google Map von Wales suche ich nach Swansea. Ich bin sicher, dass er gelogen hat. Wenn die Menschen so spontan lügen, wählen sie instinktiv eine Lüge, die nur knapp neben der Wahrheit liegt. Swansea stimmt nicht, aber wahrscheinlich stammt er aus einer Stadt in der Nähe. Swansea ist die größte Stadt im Landkreis und eine Hafenstadt. Südlich davon liegt die beinahe genauso große Hafenstadt Port Talbot. Ich durchsuche die Online-Ausgabe der Lokalzeitung der letzten drei Jahre, bis meine Augen brennen. Nichts über Kerwin. Nicht mal die Todesanzeige einer Person mit seinem Familiennamen.

Mein Telefon tanzt vibrierend auf der Tischplatte. Auf dem Display sehe ich eine fremde Nummer. Ich gehe ran.

»Sie haben gerufen, Herrin?«

»Nenn mich nicht so«, stöhnt Taylor. »Woher wusstest du, dass ich es bin?«

»Ich bin klug. Probier das auch mal aus.«

»Oh Mann.«

»Wie kann ich dir helfen?« Ich schalte den PC aus.

»Du schuldest mir doch einen Gefallen. Triff mich in zwei Stunden vor dem Green Foods.«

»Nur damit du es weißt – ich bin keine besonders gute Ladendiebin.« Auch das ist gelogen. Das ist das Einzige, das ich besser kann als Sal.

»Komm einfach dorthin, Fake. Und zieh dich einigermaßen hübsch an.«

Sie legt auf.

»Eine Freundin? Das finde ich gut, versteh mich nicht falsch. Ich freue mich für dich. Aber was macht ihr beide in einem Bioladen?«, wundert sich Mrs Silverman.

»Taylors Dad holt uns ab. Wir gehen ins Kino. Wenn das für dich okay ist.«

»Natürlich. Es ist nur … Ich mache mir Sorgen. Nur Taylor und du? Das Mädchen, das so wütend aussah? Vorhin hat sie nicht so sehr wie eine Freundin gewirkt, mein Schatz.«

»Ich lerne sie gerade besser kennen und bin in ein paar Stunden wieder zu Hause, versprochen«, beschwichtige ich sie.

»Vor elf Uhr. Ich hole dich ab.«

»Ich schreibe dir ihre Adresse.«

Sie gibt mir einen Kuss auf die Stirn. »Ich bin so froh, dass du Freundschaften schließt. Aber sei vorsichtig, in Ordnung? Ich vertraue dir.«

»Ich weiß.«

Momentan ist Taylor für mich irgendwo zwischen Freundin und Feindin angesiedelt. Ich weiß immer noch nicht genau, was sie von mir will. Mrs Silverman setzt mich vor dem Green Foods ab. Zwischen den vielen Familien, die in den Bioladen strömen oder mit ihren Einkäufen herauskommen, fällt eine junge Frau auf, die ganz in Schwarz gekleidet mit sehr langen dunklen Haaren auf einer Bank sitzt. Taylor winkt uns lächelnd zu. *Sie lächelt. Und winkt.* Das kann sie besser vortäuschen, als ich dachte.

»Hi, Mrs Silverman.«

»Hallo. Taylor, stimmt's?«

»Ja. Schön, Sie endlich kennenzulernen. Erica hat mir viel von Ihnen erzählt. Hauptsächlich Gutes.«

»Ach ja?« Mrs Silverman wirft mir einen Blick zu. Ich nicke. »Es freut mich auch, dich kennenzulernen. Dein Vater kommt dann gleich?«

Jetzt wirft Taylor mir einen Blick zu. »Ja. In zehn Minuten. Er kommt von der Arbeit, also –«

»Natürlich. Und in welchen Film geht ihr?«, fragt Mrs Silverman lächelnd.

»In den neuen Vampirfilm«, sagt Taylor. »Erica meinte, den würde sie wirklich gern sehen.«

»Dann lasse ich euch mal in Ruhe.« Mrs Silverman umarmt mich. »Melde dich.«

»Ich schreibe dir eine Nachricht«, beruhige ich sie. Zögernd geht sie Richtung Auto und dreht sich dabei immer wieder winkend zu uns um. Wir winken zurück.

»Nette Frau. Klammert ein bisschen zu viel«, murmelt Taylor.

»Daran gewöhnt man sich.« Ich setze mich neben sie. »Verrätst du mir, warum du mich hierherbestellt hast?«

Sie stellt mir eine Papiertüte auf den Schoß. Darin sind regenbogenbunte Extensions, Perlenbänder und Schminksachen.

»Du hast mich herbestellt, um mir diesen Einhornscheiß zu geben?«, frage ich.

Sie ignoriert meine Stichelei. »Warst du schon mal auf einem Rave?«

»Nein.«

Sie grinst. »Es gibt für alles ein erstes Mal.«

Für den Fall, dass Mrs Silverman noch irgendwo hier ist, warten wir noch 20 Minuten. Dann gehen wir zur Bushaltestelle und teilen uns wenig später einen Plastiksitz. Draußen in der Dämmerung zieht die Welt an uns vorbei. Nach und nach gehen die Lichter der Stadt an. Funktürme, Geschäfte, Häuserreihen. Die Dame vor uns schnarcht und rückt sich schläfrig ihre Strickmütze zurecht. Im Süden der

Stadt steigen wir aus. Als Taylor mich zu einer Warteschlange vor einem Gebäude führt, wird Violet plötzlich wehmütig. Sal passte nicht so gut in Clubs mit jüngerem Publikum, deshalb bin ich dort immer allein auf Beutezug gegangen. Viel nehmen die Leute ohnehin nicht in Clubs mit, aber es findet sich doch immer ein Portemonnaie oder etwas Trinkgeld, das ein bisschen zu lange auf dem Tresen herumliegt. Die Wartenden sehen aus wie eine Mischung aus Leuchtreklame und My Little Pony und sind in allen denkbaren Neonfarben gekleidet. Gestreifte Hosen, bunte Ketten, gefärbte Haare. Taylors Extensions sehen aus wie leuchtend orangefarbene Federn im Gefieder eines Raben.

»Hier.« Sie reicht mir eine Handvoll bunter Perlenbänder. »Zieh sie an.«

Ich mache es so wie alle anderen und wickele mir die Bänder mehrreihig um Arme und Hals.

»Ich bin also hier, weil du jemanden zum Feiern brauchst?«

Trotz der lauten Musik, die durch die offenen Türen dringt, höre ich Taylors verächtliches Schnauben. »Du bist hier, weil ich will, dass du hier bist, und weil du mir etwas schuldest. Reicht das?«

Ich unterdrücke Violets Aufregung und hole Erica hervor. »So etwas habe ich noch nie gemacht. Ich meine, auf Raves gibt es Drogen, oder?«

»Du musst ja keine nehmen, wenn du nicht willst. Bleib einfach in meiner Nähe, Fake-Mädchen. Dann passiert dir nichts.«

Die Türsteher sind kahl rasierte, schwarz gekleidete, riesige Kerle. Je näher wir aufrücken, umso lauter werden der stotternde Synthesizer und der tiefe Bass. Ich tue, als wäre ich nervös.

»Hast du irgendwelche Eintrittskarten?«

Taylor lacht nur und schubst mich Richtung Türsteher. Lächelnd legt sie mir die Hände auf die Schultern.

»Hi, Jeff.«

»Taylor. Geht es deinem Dad gut?«

»Er ist so fett und unerträglich wie immer. Ich grüß ihn von dir.«

Er lässt uns hinein. Die Dunkelheit verschluckt uns, während die Musik in meine Ohren schreit. Regenbogenlichter flackern über den Köpfen der Raver; die Stroboskope zucken epileptisch lilafarben und rot. Durch das Schwarzlicht leuchten alle weißen Kleidungsstücke und Schuhe hellblau.

»Der Club gehört einem Kunden meines Vaters!«, schreit Taylor mir ins Ohr, während sie mich zu einem der seitlich der Tanzfläche aufgestellten Tische führt. Ich erinnere mich an Merrils Aussage, Taylors Vater sei Anwalt für die Mafia. Er vertritt also einige sehr gefährliche und sehr reiche Leute. Sal und ich haben uns nie mit der Mafia angelegt. Ganz im Gegenteil haben wir alles darangesetzt, ihr nicht in die Quere zu kommen und keine Geschäfte zu beklauen, die ihr gehören.

Taylor geht zur Bar und bestellt etwas zu trinken. Um sie herum tanzen die Leute in Neonhosen und leuchtenden Bikinioberteilen. Sie haben sich Katzenohren aufgesetzt oder im Dunkeln leuchtende Strohhalme in ihre Haare gesteckt oder sich ihren Irokesenschnitt in allen Farben des Regenbogens gefärbt. Manche Raver wedeln mit Leuchtstäben durch die Luft, als machten sie Kampfsport. Die Drogendealer erkenne ich sofort: Sie tragen weite Kapuzenpullis und stehen bei den Toiletten herum. In den Taschen ihrer weiten Pullis ist genug Platz für die Beutel mit den Drogen.

Ich wette, das Zeug ist rein. Wenn dieser Club der Mafia gehört, wird diese dafür sorgen, dass hier die besten Dealer mit dem besten Stoff das Geschäft ankurbeln.

Die dritte Grundregel eines Berufsbetrügers lautet: Du musst immer wissen, wo die Ausgänge sind. Hier gibt es den Haupteingang, einen Ausgang hinter der Bar und noch einen hinter dem DJ. Sieht so aus, als wurde hier in der Lagerhalle alles ziemlich spontan aufgebaut – allerdings von Profis, die sich mit Licht- und Soundsystemen auskennen.

Taylor kommt mit drei Schnapsgläsern zurück.

»Ich trinke keinen Alkohol …«, stammele ich. Ich habe zwar schon hin und wieder an einem Drink genippt, betrunken war ich aber noch nie. Ein Trickbetrüger braucht immer einen klaren Kopf. Er kann so tun, als trinke er, aber er trinkt höchstens, wenn er allein zu Hause ist und niemand seine Lage ausnutzen kann. Ich bin in einem mir unbekannten Rave Club und weiß nicht, was Taylor vorhat. Wenn ich jetzt etwas trinke, fordere ich Schwierigkeiten geradezu heraus.

»Wer sagt, dass die für dich sind?« Taylor leert alle drei Gläser direkt nacheinander. *Schluck, klirr, schluck, lecker, klirr.*

Danach wedelt sie mit dem Zeigefinger vor meinem Gesicht herum: »Wenn ich mir den neunten bestellen will, musst du mich aufhalten. Und in zwei Stunden bittest du den Türsteher, dass er uns ein Taxi ruft. Ich bin da vorne auf der Tanzfläche. Du holst mich und wir gehen. Trink nichts und nimm keine Pillen, falls dir jemand welche zusteckt. Sorgen solltest du dir nur machen, wenn ich zu zucken beginne. Alles andere ist in Ordnung. Wirklich *alles*. Verstanden?«

Während sie in der Menge verschwindet und die Arme im Takt der Musik bewegt, fügen sich die Puzzlestücke in meinem Kopf zusammen. Sie will, dass ich hier auf sie aufpasse. Ich bin sozusagen der Fahrer, der nüchtern bleiben muss. Jetzt tanzt sie mit irgendeinem Kerl in leuchtend grünen Hosen. Ihr dunkles Haar verschmilzt mit den Schatten, aus denen ihre Extensions wie kleine Sonnenuntergänge hervorleuchten. Jetzt ist sie bei einem Mädchen in einem Minibikini und lacht. Sie ist in ihrem Element. Offensichtlich war sie schon öfter hier. Manche winken ihr lächelnd zu.

Taylor hat zwei Gesichter. Genau wie ich.

Sie trinkt Nummer vier. Fünf. Sechs. Tanzt weiter. Die Musik wechselt; abgehackter Gesang wogt durch mein Gehirn. Einer der Dealer steckt mir eine knallpinke Pille zu. Als er sich umdreht, zerquetsche ich sie unter meiner Schuhsole. Die Dealer verteilen immer kostenlose Proben, um neue Kunden zu gewinnen. Ich überlege, ob ich tanzen soll, aber Erica ist schüchtern. Violet würde gern mitmachen, aber diese Nacht gehört Erica. Es ist ihre Chance, Taylor zu überzeugen, dass sie echt ist. Und die brave Erica würde genau das tun, was Taylor ihr sagt.

Mit einer kleinen Änderung.

Rebellisch sein. Erica hat das nie versucht. Violet aber erkennt die Möglichkeit und flüstert sie ihr verführerisch ein. Wie ein Trainer. Oder eine Freundin.

Du kannst das. Es ist ja nur tanzen. Bewege einfach ein bisschen deinen Körper. Ignoriere die Zuschauer. *Ignoriere alle anderen, lausche einfach nur der Musik. Keinen interessiert, wie du aussiehst. Niemand interessiert sich für dich, du bist nur eine junge Frau in einer seltsam angezogenen Menschenmenge. Niemand wird dich genauer betrachten.*

Mit hölzernen Bewegungen steht Erica auf. Sie erschrickt, als eine Gruppe von Jungs an ihr vorbeiläuft. Die Musik ist hart und schnell. Die Leute hüpfen. Ich stehe am Rand der Tanzfläche und sehe dem DJ zu. Er hält seine Kopfhörer nur an ein Ohr, sein aufgeklappter Laptop leuchtet. Erica wiegt ihren Körper sanft hin und her. Sie tanzt wie ein unsicheres Mädchen. Sie bewegt sich nicht heftig, das ist einfach nicht ihr Stil. Sie hebt die Arme und bewegt sie im Takt der Musik. Wenn sie die Augen schließt, sieht sie hinter den Lidern das rhythmische Flackern der Lichter. Wenn sie die Augen öffnet, explodieren Sterne und Farben, entsteht eine neue Galaxie aus Nebel, Hitze, Lärm und Licht und breitet sich in der dunklen Lagerhalle aus.

Ein Stoß reißt Erica aus ihrem Traum und Violet an die Oberfläche. Und ich knalle mit dem Hintern auf den harten Steinboden.

»Hey! Pass auf, wo du –« Ich verkneife mir den Rest, als die Person, mit der ich zusammengestoßen bin, mir aufhilft.

»Entschuldigung, ich habe dich nicht gesehen –« Seine Augen weiten sich. Er trägt keine Zuckerperlen oder Leuchtfarben, aber sein weißes T-Shirt leuchtet unheimlich und im aufblitzenden Licht erkenne ich auch seine langen blonden Haare.

»James?«

»Erica! Alles okay?«

»Ja, alles gut.« Wir setzen uns an einen der Tische. Hier ist die Musik zwar immer noch laut, aber wir müssen uns nur mit sieben statt mit zehn Dezibel anschreien.

»Ich wusste nicht, dass du in solche Clubs gehst«, stelle ich grinsend fest. »Aber eigentlich logisch. Du magst ja Musik.«

»Ich bin wegen meines Freundes hier.« Er macht eine Kopfbewegung Richtung DJ. »Es ist sein erster Auftritt. Er hat mich gebeten, ihn zu unterstützen.«

»Nett von dir.«

»Und wie lautet deine Ausrede?« Seine Augen verengen sich ein kleines bisschen.

»Taylor hat mich hergebracht.«

»Sie ist auch hier?«, fragt er überrascht.

Taylor torkelt auf uns zu. Als sie sich am Tisch abstützt, stehen James und ich instinktiv auf. Sie lächelt breit, dreht langsam den Kopf und entdeckt James.

»Jungfrau! Was macht ein braver Junge wie du an einem Ort wie diesem?«

»Ist das eine Anmache?«, spottet er.

»Ich würde dich nie anmachen.« Lachend wuschelt sie sich durchs Haar. »Ich bin total fertig.«

»Vielleicht gehen wir besser, Taylor«, schlage ich vor.

Sie haut auf den Tisch. »Ich bestimme, wann wir gehen. Du bist mir immer noch etwas schuldig, Fake. Also halt die Klappe und mach weiter.«

Dann verschwindet sie wieder in der Menge.

»Wir gehen in zwei Stunden. Wenigstens hat sie das gesagt. Ehe sie total … durchgeknallt ist.« Ein anderes Wort fällt mir momentan nicht ein, um sie zu beschreiben.

»Da kennst du nicht die wirklich durchgeknallte Version von Taylor«, wendet James ein.

»Aber du schon?«

»Sie hat in der Schule zweimal eine Überdosis genommen. Tabletten. Beim ersten Mal ist sie in Englisch zusammengebrochen. Beim zweiten Mal auf der Toilette. Dabei ist sie mit dem Kopf gegen die Schüssel gekracht und hat sich ziemlich übel verletzt. Der Notarzt musste sie nähen. Außerdem fängt sie mit jedem Streit an, der sie auch nur falsch ansieht. Von der Schule geflogen ist sie bist jetzt nur wegen ihres einflussreichen Vaters noch nicht. Sie weiß, dass er sie aus jedem Mist raushaut, also baut sie jeden Mist.«

Behandeln sie deswegen alle wie eine Aussätzige? Ich hatte mich schon gefragt, weshalb sie so eine Einzelgängerin ist, obwohl sie hübsch ist und offensichtlich aus einem wohlhabenden Elternhaus stammt.

James sieht mich an. »Ich bin froh, dass diesmal jemand bei ihr ist.«

Wir schweigen. Taylor stolpert an den Tisch, trinkt noch einen Schnaps und verschwindet anzüglich winkend wieder in der Menge. Das macht sieben.

James steht auf. »Ich sollte nach Hause fahren.«

»Nein!« Blitzartig fasse ich nach seiner Hand. Viel zu schnell. Was mache ich da eigentlich? Bleib cool. Lass seine Hand los. Sein Blick wandert von unseren Händen über meinen Arm zu meinem Hals, es brennt wie flüssiges Feuer. Jetzt betrachtet er mein Kinn, meine Augen. Und hält meinen Blick.

Aber bevor der Funke komplett überspringt, kommt Bewegung in die Tanzenden und es dringen schrille Schreie aus der Menge. Zwei Mädchen gehen aufeinander los. Sie boxen, treten und ziehen sich an den Haaren. Eines der Mädchen ist Taylor. Ihre Gegnerin ist eine Braunhaarige in einem bunt gestreiften Rock. Jetzt werden sie wieder von der Menge verschluckt. Manche feuern die Mädchen an, andere versuchen dazwischenzugehen. James und ich sehen uns an und sind uns ohne Worte einig.

Wir müssen den Zickenkrieg beenden.

James baut sich zu seiner hageren Größe auf und bahnt uns den Weg durch die Leute. Ich bleibe ganz dicht hinter ihm und packe zur Sicherheit noch sein T-Shirt. Er riecht nach Pfeffer, Aftershave und Schweiß – eine berauschende Kombination. Ein plötzlicher Ruck, und ich werde aus meinem doch leicht seltsamen Geruchserlebnis gerissen. Er zerrt Taylor von dem Mädchen mit dem Rock weg. James zählt nicht unbedingt zu den durchtrainiertesten Typen, daher verlangt es seine höchste Konzentration, die um sich schlagende Taylor festzuhalten.

»He! Lass mich los! Ich schwöre, ich reiße ihr die Zunge raus –«

Das Mädchen im Rock versetzt Taylor einen Schlag auf die Nase. Ehe ich Violet aufhalten kann, ohrfeigt sie das Mädchen. Der Schlag ist so kräftig, dass es ins Taumeln gerät.

Während wir uns den Weg durch die Menge zum Ausgang bahnen, hält James Taylor fest umklammert. Manchmal halte ich Taylor an den Haaren fest, damit sie James nicht beißt – sie versucht es im Gesicht, am Hals, an allen Stellen, die sie erreichen kann.

»Lass mich los, Arschloch!« Sie verpasst ihm einen Tritt. »Habe ich dich etwa gebeten, den beschissenen Helden zu spielen?«

Als wir den Pulk hinter uns haben, laufe ich zum Ausgang und tippe Jeff auf die Schulter.

»Äh, hi, wir brauchen ein –«

»Jeff! Sag diesen Fotzen, dass sie mich loslassen sollen!«

Jeff verdreht die Augen. Er löst den erleichtert aussehenden James ab und hat natürlich weit weniger Schwierigkeiten, Taylor gut festzuhalten.

»Mark, rufst du mal bitte ein Taxi?«, fordert er einen Kollegen auf. Taylor brüllt abwechselnd irgendwelche Obszönitäten oder murmelt vor sich hin. Anscheinend sehe ich besorgt aus, denn Jeff erklärt mir seufzend: »Sie ist nur betrunken. Ich habe sie auch schon anders erlebt – aber so sieht sie nicht aus, wenn sie high ist. Mach dir keine Sorgen. Bring sie einfach nach Hause und gib ihr ein Glas Wasser.«

»Kommt sie oft hierher?«, fragt James.

Jeff lacht nur.

Als das Taxi vorfährt, schiebt Jeff die widerspenstige Taylor hinein und bittet den Fahrer, die Kindersicherungen zu aktivieren. Er steckt seinen kahlen Schädel durchs Fenster und flüstert Taylor etwas zu, woraufhin sie aufhört, am Türgriff zu rütteln, und die Hände vor der Brust verschränkt.

Jeff nickt. »Sie gehört euch. Das Taxi ist schon bezahlt.«

»Danke. Die Kundenbetreuung ist hier ja ziemlich gut«, sage ich grinsend.

»Nur für sie.« Er bedeutet uns einzusteigen.

Ich drehe mich zu James. »Kommst du mit?«

»Ich glaube, ich habe mein Soll schon erfüllt.« Er schiebt seine Hände in die Hosentaschen. »Es wäre doch etwas seltsam, wenn ein Junge mit zwei Mädchen heimfährt. Ich will ihrem Dad keinen Schreck einjagen. Ruf mich später an, okay? Taylor hat meine Nummer. Gib Bescheid, ob alles okay ist.«

»Mache ich. Also bis bald?« Meine Stimme klingt schüchterner, als mir lieb ist.

»Bis bald.« Er schaut durchs Autofenster. »Sei brav, Gotherella.«

»Verpiss dich«, faucht sie.

Ich setze mich neben sie. James schließt die Tür. Durch das Rückfenster sehe ich, wie er dem Taxi hinterherschaut. Seinen Gesichtsausdruck kann ich nicht einordnen.

Taylor wohnt in einem schicken, mehrstöckigen Haus auf einem Hügel mit Blick auf den Strip. Die Fenster reichen bis zum Boden. Glaswände. Sie lassen die Stadt, den Nachthimmel und die endlose Wüste hinein. Um das Haus herum ist ein japanischer Landschaftsgarten angelegt – kleine Banyanbäume in Pflanzkübeln, geharkter Sand, Bambus. Als wir in die Einfahrt biegen, hat Taylor mit Fluchen aufgehört.

»Danke fürs Fahren«, sage ich so fröhlich wie möglich. Der Fahrer nickt und deaktiviert die Kindersicherung. Ich steige aus und halte Taylor die Tür auf. »Steig aus.«

Taylor drückt die Stirn an die Scheibe. Ihr Blick verliert sich in der Ferne. Sie sieht fürchterlich aus: verstrubbelte Haare, dunkel verschmierte Augen. Ich räuspere mich. Sie zuckt zusammen.

»Ja, ja, ist ja gut.«

Sie trottet hinter mir die Treppe hoch. Die Haustür ist schwarz, glänzend – und unverschlossen. Ich drücke sie auf – Parkettböden, wenige, aber stilvolle Möbel, teure Skulpturen auf den Tischen.

»Jemand zu Hause?«

»O Gott«, stöhnt Taylor. »Halt den Mund. Sonst hört er uns noch.«

»Tay? Bist du das?«, ruft eine Männerstimme. Eine Frauenstimme kichert, hört auf, kichert wieder los. Als der Mann in den Raum kommt, versteckt sich Taylor hinter mir. Er ist klein, rund und außer einem Bademantel mit Leopardenmuster hat er nicht viel an. Sein schwarzer Schnurrbart zuckt.

»Oh, Entschuldigung! Ich wusste nicht, dass wir Besuch haben. Nächstes Mal warn mich bitte vor, Tay.«

»Ich bin Taylors Freundin Erica.«

»Ah!« Er kneift die Augen zusammen. Offensichtlich weiß er, dass ich das entführte Mädchen bin.

Ich gehe ins Haus. Taylor tritt die Tür zu. Dann legt sie sich mit dem Rücken zu uns auf die Couch.

Taylors Dad schüttelt mir die Hand. »Ich bin Barry Mansfield. Schön, dich kennenzulernen, *Erica*.« Dabei betont er ein klein wenig meinen Namen. Es fällt kaum auf, aber zum Berufsbild des Trickbetrügers gehört die Paranoia. Hat das etwas zu bedeuten? Weiß er etwas?

»Hat deine Mom angerufen?« Barrys Frage ist an Taylor gerichtet.

»Woher soll ich das wissen«, grunzt sie.

»Wenn sie auf dem Festnetz anruft, sag ihr, sie soll das lassen. Sie nervt mich schon den ganzen Tag mit dieser blöden Vereinbarung.«

»Mir doch egal.«

»Ich habe ein paar, äh, Gäste. Ich sollte mich wohl besser wieder um sie kümmern. Schön, dass wir uns kennengelernt haben, Erica.« Er verschwindet im Flur und für einen Moment ist wieder das Gekicher zu hören. Kurz hört man noch Lachen und affektierte *Stopp*-Rufe.

»Ekelhaft.« Taylor rafft sich auf, geht in die Küche und öffnet den Kühlschrank. Er ist bis oben hin mit wunderbaren Obstplatten, Gebäck, sorgfältig angerichtetem Fleisch und Käse gefüllt. Ist da nicht auch Kaviar? Aber alles wirkt unberührt. Das Essen ist perfekt, wunderschön und wurde komplett ignoriert. Taylor greift nach einer Flasche.

»Du solltest lieber nichts mehr trinken, Taylor.«

»Entspann dich, du Moralapostel. Das ist Wasser.« Sie trinkt, wischt sich die Lippen ab. Ich nehme einen Stapel

Hefte vom Wohnzimmertisch und streiche mit dem Finger über die Tischplatte. An meiner Fingerspitze kleben Spuren eines weißen Pulvers. Mit der Zunge berühre ich vorsichtig den Zeigefinger. Ein scharfer Geschmack. Kokain. Ich könnte wetten, dass es sich auch auf einem Dutzend weiteren Oberflächen in diesem Haus findet. Taylors Dad hat versucht, es unter irgendwelchen Magazinen zu verstecken.

Die Frauen im Nebenraum kichern lauter. Taylor geht auf die Terrasse und knallt die Tür hinter sich zu. Ich weiß nicht recht, wohin mit mir, und folge ihr. Von der Terrasse mit dem kleinen Pool aus hat man den perfekten Blick auf den Strip, der von hier oben funkelt wie ein juwelenbesetztes Diadem. Taylor sitzt im Gras. Schweigend setze ich mich neben sie. Ein Feuerzeug klickt.

»Du solltest nicht rauchen. Das wird dich umbringen«, sage ich.

»Das Leben wird mich umbringen.« Sie bläst Rauch in die Luft.

Ich ziehe mein Handy aus der Tasche. »James sagt, du hast seine Nummer.«

Sie klemmt ihre Zigarette zwischen die Lippen und holt ihr Handy. Knurrend liest sie mir die Nummer vor. Nach zweimal Klingeln geht James ran. Im Hintergrund stampfende Musik.

»Ja, Erica?«

»Hi«, sage ich atemlos. »Wir sind heil angekommen.«

»Gut.« Pause. Eine riesige, abgrundtiefe Pause. »Soll ich dich nach Hause fahren oder so?«

»Meine Mutter holt mich ab.« Ich hatte ihr die Adresse bereits geschickt.

»Okay. Dann … sehen wir uns wohl am Montag.«

»James, ich –«

Angesichts meines verzweifelten Tonfalls wirft Taylor mir einen genervten Blick zu. Violet leidet unter Ericas mangelnder Selbstkontrolle. Erica will ihm für seine Hilfe danken und für Dinge, von denen er gar nicht weiß, dass er sie tut, für die Wärme und das Ziehen im Herzen. Doch wenn sie das sagt, würde es etwas verändern. Dabei soll doch alles bleiben, wie es ist. Je unauffälliger ich mich verhalte, umso weniger wird man mich später vermissen.

»Danke, dass … du mir heute Abend geholfen hast.«

Er klingt ein wenig enttäuscht: »Hast du doch ganz allein hingekriegt, Kidnapp-Girl.«

Wenn *er* mir diesen Spitznamen gibt, stört es mich nicht. Ich muss sogar lächeln. Wir legen auf. Taylor verdreht die Augen und bläst Qualmringe in die Luft.

»Heiratet doch endlich.«

»Betrinkst du dich oft in Clubs?«, will ich wissen.

Sie zuckt die Schultern. »Immer noch besser als in meinem beschissenen Zuhause. Jeden Tag neue Flittchen, die sich aus meinem Kühlschrank bedienen und meine Dusche benutzen. Sie nennen ihn *Daddy*.«

Ich sage nichts und rupfe Grashalme aus.

»Danke, Fake-Mädchen. Dafür, dass du bei mir geblieben bist. Es ist schön, wenn dich jemand im richtigen Moment dort rausholt. Ich hätte auch jemanden dafür bezahlen können, aber derjenige wäre nicht so engagiert gewesen, verstehst du? Ich werde dir jedenfalls keinen Vorwurf machen, wenn du am Montag nicht mit mir redest. Deine schicken Freunde fänden das bestimmt besser.«

»Es ist mir egal, was die finden.«

»Wer's glaubt. Du willst es doch allen recht machen. Deshalb bist du ja so beliebt. Deshalb bist du Erica.«

»Glaubst du mir also endlich, dass ich die echte Erica bin?«, frage ich gespannt.

Ihr Lachen klingt rau. »Ich glaube niemandem.«

Wir schweigen wieder. Die wenigen Grashalme habe ich alle ausgerupft.

»Also, ich weiß, dass du nicht Erica bist«, sagt Taylor schließlich. Sie drückt ihre Zigarette aus. »Mein Vater weiß es. Glaubst du, seine Bosse hätten nicht auch versucht, an das Geld dieser Frau ranzukommen? Eine der zwei falschen Ericas kam von ihnen. Und du kommst eben von jemand anderem.«

Mühsam verkneife ich mir, scharf einzuatmen. Gerade als ich antworten will, seufzt sie.

»Ich weiß nicht wie, aber du hast es geschafft. Ich lasse dich nicht auffliegen. Und mein Dad auch nicht. Er und seine Kumpel hatten ihre Chance, das Bild zu bekommen, genau wie alle anderen Mistkerle dieser Stadt. Sie haben es nicht geschafft. Jetzt halten sie sich zurück und beobachten, ob auch du scheiterst. Es ist ihnen egal und es gibt keine Beweise. Es interessiert inzwischen einfach niemanden mehr, verstehst du?«

Sie weiß von dem Bild? Eigentlich logisch, wenn ihr Vater mit den Leuten zu tun hat, die es stehlen wollten. Am sichersten ist jetzt, ihre Aussagen weder zu bestätigen noch abzustreiten. Einfach atmen. Atmen und später darüber nachdenken. Zuhören und sich später Sorgen machen.

»Du tust mir leid, Fake-Mädchen. Wir beide würden uns bestimmt gut verstehen, wenn du keine Kriminelle wärst.

Hinter deinem Reiches-Mädchen-Getue bist du eigentlich ganz nett.«

Ich zucke die Schultern und versuche, gleichgültig zu wirken. Ich bin zutiefst schockiert und kurz vorm Ausflippen, aber es gelingt mir, gleichgültig zu wirken.

»Und?« Sie zündet sich eine weitere Zigarette an. »Wirst du dich mit Beethoven verabreden?«

»Ich habe keine Zeit für Jungs«, seufze ich. »Ich kann jetzt keine Ablenkung gebrauchen.«

»Aber das hier ist unsere wichtigste Zeit. Du weißt schon, wenn wir das ganze romantische Zeug herausfinden sollten – was wir an einem Jungen mögen und was nicht. Wir sollten unser erstes Mal hinter uns bringen. Dafür ist die Highschool da: um Sachen herauszufinden und peinliche erste Male zu erleben.«

Ich schweige. Sie hustet. In dem schwachen Licht, das durch die Fenster strömt, sehe ich die roten Flecken in ihrem Gesicht, die sie vom Kampf mit dem anderen Mädchen davongetragen hat. Auf ihrer Wange ist ein älterer blauer Fleck. Das Make-up, das ihn überdeckt hatte, ist verwischt. Hat sie etwa die ganze Zeit blaue Flecken unter der dicken Schicht Schminke versteckt?

Taylor hustet wieder. Mrs Silvermans Auto nähert sich.

»Bis dann, Erica.«

Zum ersten Mal benutzt Taylor meinen Namen.

Noch auf der Treppe höre ich das Gekicher der Frauen. An den Wänden hängen keine Familienfotos, nur Angeberkunstwerke. Aus dem Mülleimer vor dem Haus ragen leere Schnapsflaschen. Als Mrs Silverman mich fragt, wie Taylors Eltern sind, drücke ich wortlos ihre Hand.

9. DRANBLEIBEN

Von der lauten Musik im Club dröhnen mir noch das ganze Wochenende die Ohren. Als ich mich wieder beruhigt habe, wird mir klar, dass Taylor recht hat. Sie hat weder Beweise noch ein persönliches Motiv, um mich auffliegen zu lassen. Wenn sie mich beschuldigt, ist sie eine von Tausenden. Sicher fühle ich mich deshalb nicht, aber die nagende Ungewissheit lässt doch ein wenig nach. In meinem Leben als Erica gibt es ohnehin keine Sicherheit. In jedem Seidenkissen lauern Nadeln.

Am Sonntagabend essen wir auf dem Sofa Pizza und schauen eine DVD, die Mrs Silverman aussucht. Wie sie so in ihrem kimonoartigen Hausmantel an einem Stückchen Käse herummümmelt, wirkt sie irgendwie fehl am Platz.

»Deine Haare sind zu perfekt. Das passt nicht zum Pizzaessen auf dem Sofa.« Ich spiele mit einer ihrer perfekten Locken.

Sie schiebt meine Hand weg. »Au contraire. Für Pizza bin ich vielleicht overdressed, aber für eine Nacht auf der *Titanic* bin ich ganz sicher nicht schick genug angezogen.«

Die Titelmusik von *Titanic* ertönt. Lachend setze ich mich neben Mrs Silverman.

»Für Leonardo di Caprio bin ich natürlich auch overdressed«, gurrt sie. Ich verschlucke mich an meiner Pizza. Sie klopft mir auf den Rücken: »Erstick mir bloß nicht. Ersticken steht nicht zur Auswahl.«

»Darf ich kotzen?«

»Ich bin zwar deine Mutter, aber ich mag Stars genauso gerne wie jede andere Frau. Ist diese Vorstellung so seltsam?«

»Würdest du Dad mit Leonardo betrügen?«, necke ich sie.

»Dazu bräuchte es mehr als Leo. Dein Vater und ich haben immer gescherzt, dass ich ihn nur für Clooney verlassen würde. Und zwar den Clooney aus den Achtzigerjahren. Da war er doch schon über 18, oder?«

Vor Lachen steigt mir die Pepsi in die Nase.

Kichernd reicht Mrs Silverman mir eine Serviette. »Tut mir leid, hier.«

»Mbir gehd's gud. Alles riechd nach Libo.«

Sie lacht laut. *Titanic* kenne ich zwar schon, aber die DVD war verkratzt, weshalb ich nie das Ende sehen konnte.

»Wenn das ein Liebesroman wäre«, wirft Mrs Silverman nach der Liebesszene ein, »wäre sie schwanger und würde nach seinem Tod sein Baby zur Welt bringen.«

»Ist das denn nicht so?«

»Aber nein. Sie gründet mit einem anderen Mann eine Familie.«

»Das ist ja nicht besonders romantisch. Richtig romantisch wäre es geworden, wenn sie bis zu ihrem Tod unverheiratet geblieben wäre.«

»Es ist schwer, allein zu sein«, stößt Mrs Silverman hervor.

Soweit ich weiß, ist sie allein, seit Mr Silverman in die Klinik gekommen ist. Bestimmt hatte sie seitdem viele Verehrer – sie ist wunderschön, immer noch recht jung und außerdem steinreich. Die Männer stehen bestimmt Schlange. Aber sie hat sich nicht von Mr Silverman scheiden lassen. Das ist ein Zeugnis ihrer gegenseitigen Liebe.

Als das Schiff untergeht, weint sie haltlos. Dann trocknet sie seufzend meine Tränen.

»Am Ende erwischt es mich immer.« Sie schaltet den Fernseher aus und macht das Licht an. »Warte hier.« Sie kommt mit einem dicken Buch zurück. Es ist ein Fotoalbum. Im ersten Monat, den wir nur zu zweit verbrachten, gehörten Fotoalben zu unserem täglichen Ritual. Aber dieses Album kenne ich nicht. Es ist riesig; als sie es aufschlägt, liegt es über unseren Schößen.

»Hier bist du, als wir diese Wasserrutsche gekauft hatten. Du hättest dir fast das Schienbein an einem der Stäbe aufgerissen. Dein Vater hat den ganzen Nachmittag damit zugebracht, etwas Besseres zu konstruieren. Jeder besorgte Vater wird wohl irgendwann zum Ingenieur.« Sie lächelt.

Hunderte Bilder von Erica. Mrs Silverman sieht unglaublich jung aus und Mr Silverman wirkt wie ein ganz anderer Mann – gesund und gepflegt. Erica mit Lätzchen, Erica beim Auspacken der Weihnachtsgeschenke, Erica in Cowboystiefeln auf dem Pferd, Erica mit verschmierter Cupcake-Creme im Gesicht. Auf diesen Bildern schaut einem die echte Erica entgegen. Nicht wie auf dem steifen Bild von der Vermisstenanzeige. Auf diesen Bildern ist sie lebendig. Ein echtes Mädchen.

Ich halte Mrs Silverman vom Umblättern ab und betrachte ein Foto von Erica mit zwei anderen Mädchen. Sie wirken wie die drei Musketiere, sind in verschiedenen Rosatönen gekleidet und blicken in die Kamera. Auf dem Boden um sie herum liegen Puppen und Puppenkleider.

»Wer sind die beiden?«, will ich wissen.

»Cassandra Sandford und Merril Breton. Sie kamen nach der Vorschule oft zu Besuch und haben mit dir Zeichentrickfilme geschaut. Hier ist noch ein Bild von euch dreien in unserem Pool. Hier seid ihr bei einem Grillfest von Merrils Familie. Merril hatte eine Hüpfburg, und du warst so eifersüchtig, dass wir dir zu deinem vierten Geburtstag eine größere gemietet haben.«

Ich verdrehe die Augen. Sie umarmt mich lachend. Mit jeder neuen Seite entfaltet sich Ericas Leben weiter vor meinen Augen. Sie war ein unglaublich verwöhntes Mädchen. Wahrscheinlich hat sie ins Bett gemacht und Trotzanfälle bekommen. Bestimmt war nicht immer eitel Sonnenschein, aber ihre Familie liebte sie trotzdem. Ungeachtet ihrer Fehler und Wutanfälle.

Sie wurde nicht geschlagen, auch wenn sie etwas falsch machte oder ihre Meinung sagte.

Jetzt fällt mein Blick auf das Bild der kleinen Erica mit einem dunkelhaarigen Mädchen. Erica lacht und zieht das andere Mädchen an der Hand mit sich. Die Dunkelhaarige wirkt unsicher und ängstlich.

»Wer ist das?«, flüstere ich.

»Oh, ich weiß noch, dass du diesem Mädchen mehr als ein Mal geholfen hast … Tiffany? Talia? Irgendwie so ähnlich. Sie war so schüchtern. Die Lehrer erzählten, dass du sie immer verteidigt hast, wenn die anderen sie geärgert haben.«

Taylor. Ob sie sich erinnert? Nein, sie waren zu jung. Aber ist es nicht eine Ironie des Schicksals, dass Taylor und die echte Erica befreundet waren – jedenfalls so, wie man mit vier Jahren eben befreundet ist. Das ist neu für mich. Aber warum sollten sie das auch nicht sein.

Die kleine Taylor sieht so anders aus als das tief verletzte Mädchen mit den Smokey Eyes, das ich kenne.

»Ich habe euch beide allein gelassen. Und ihr musstet leiden«, murmele ich.

Mrs Silverman zieht mich an sich. »Sag so etwas nicht.«

»Tut mir leid. Ich werde dich nicht mehr verlassen.«

Ich werde dich wieder verlassen.

»Ich werde dich auch nicht verlassen, Schatz. Es ist nicht deine Schuld. Das weißt du doch, oder?«

»Alles ist meine Schuld.«

Alles wird meine Schuld sein. Du wirst schon sehen.

»Nein, Liebling. Nein«, murmelt sie wieder und wieder in mein Haar. Ich klammere mich an ihr fest und lege meinen Kopf in ihren Schoß. Diesmal sind meine Tränen echt. Aber es sind nicht meine, sondern Ericas. Violet weiß das. Im Verborgenen verdreht sie die Augen und verschränkt die Arme vor der Brust. Sie wartet auf das Ende der Tränenflut. Doch der Schlaf kommt früher. Mein Kissen ist ein weicher, mit Kranichen verzierter Schoß. Mrs Silverman flüstert mir tröstende Worte ins Ohr.

Das ist der leichte Teil. Sozusagen der Kindergeburtstag. Der Teil, in dem ich tun muss, als nähme ich alles nicht so ernst, als sei ich nicht ehrgeizig.

Eigentlich sollte ich mich nicht beschweren. Mit Cass und Merril Zeit zu verbringen ist viel unproblematischer als mit Taylor, Mrs Silverman oder der Psychologin. Mit Cass und Merril ist es einfach, mit allen anderen schwierig und mit James ganz natürlich. Ich bin wie Goldlöckchen in dem Märchen mit den drei Bären. Mein Wald ist der Vorort und ich esse den kompliziertesten Haferbrei aller Zeiten.

Merril und Cass schleifen mich ins Einkaufszentrum.

»Der ist hübsch.« Merril zeigt mir einen lilafarbenen Stringtanga. Ich werde rot.

»Da besteht ja ein Taschentuch aus mehr Stoff, Merril.«

»Rosa steht dir ohnehin besser.« Diesmal reicht sie mir einen Tanga mit Rüschen. Sie wühlt sich durch Berge von Unterwäsche und lächelt selbstvergessen. So ist sie schon, seit sie erzählt hat, dass sie jetzt mit Kerwin zusammen ist. Einerseits freue ich mich für sie, andererseits bleibe ich auf der Hut und warte ab, ob Kerwin irgendetwas Hinterhältiges macht. Ich werde noch immer nicht schlau aus ihm. Er nervt und macht mir Angst.

»Seid ihr fertig?«, schaltet Cass sich ein.

»Ich glaube, ich kaufe nichts.«

Merril verdreht die Augen. »Rica, du brauchst hübsche Unterwäsche für den Abschlussball. Das ist genauso wichtig wie das richtige Kleid. Das muss man einfach haben.«

»Warum tut es nicht auch ganz normale Unterwäsche?« Ich klinge unsicher.

»Die geht schon«, antwortet Cass. »Wenn du alleine zum Ball willst.« Sie kichert. »Gehst du nicht mit James? Er war noch nie bei einem Ball, aber wenn du ihn fragst, kommt er bestimmt.«

Mein Gesicht wird knallrot. Beide Gesichter. Erica und Violet werden zur selben Zeit glühend heiß. Endlich verlassen wir das Geschäft. Im Einkaufszentrum ist an diesem Spätnachmittag viel los, zumal Wochenende ist.

»DU musst jemanden zum Abschlussball mitnehmen, Rica. Wenn nicht James, dann eben jemand anderen«, beharrt Cass. »Ich werde dir ein paar Jungs vorstellen, okay? Alex hat einen Haufen Freunde.«

»Ich kann alleine gehen.«

»Nein, kannst du nicht!« Sie stampft mit dem Fuß auf. »Du fährst mit uns in der Limousine hin, wir übernachten im Hilton und du wirst einen Begleiter haben, genau wie wir alle. Wir werden gemeinsam im Pool baden und ausgiebig den Zimmerservice nutzen. Du musst ihn ja nicht küssen – geh einfach mit ihm zum Ball. Geh mit *uns* zum Ball.«

»Cass ...«

»Alles andere hast du verpasst. Das hier musst du erleben, genau wie wir. Okay?«

Schweigend gehen wir zum Food-Court. Cass und Merril kaufen sich Salat. Ich betrachte sehnsüchtig die Burger, ehe ich mich auch mit einem Salat zufriedengebe.

»Danke.«

»Wofür?«, fragt Cass.

»Wir waren zu klein. Ihr erinnert euch nicht an mich und seid trotzdem so nett zu mir.«

»Wir erinnern uns vielleicht nicht, Erica. Aber wir kennen dich. Die ganze Stadt kennt dich.« Merril spießt eine Tomate auf. »Die Polizei hat nach dir gesucht. Immer wieder wurdest du angeblich gesehen. Gerade wenn wir dich allmählich vergessen haben, kam eine falsche Erica und wühlte wieder alles auf. Du warst immer hier.«

»Das hat bestimmt genervt.«

Cass zuckt die Schultern. »Dass ein verschwundenes Mädchen nervt, darf man nicht sagen. Dann werden die Leute stinkig und bezeichnen dich als unsensibel.«

»Es war, als dürfte niemand zum Alltag übergehen«, seufzt Merril. »Aber jetzt ist es vorbei. Du lebst, du bist echt und du bist hier. Und wir können alle mit unserem Leben weitermachen.«

Ich bin nicht hier.

Ich stochere in meinem Salat herum. Ich bin nicht hier. Ich werde fortgehen und die Leerstelle namens Erica wird in ihre Leben zurückkehren. Mein Weggang wird der letzte Nagel in einem Sarg, den es nie gegeben hat.

Merril schaut über meine Schulter. Sie strahlt regelrecht, als sie »Hi, Kerwin!« ruft.

Mir schnürt es den Hals zusammen. Kerwin trägt ein Poloshirt und grinst breit. Merril küsst ihn auf die Wange. Er setzt sich zu uns.

»Ich dachte, ich komme vorbei und sage kurz Hallo. Hoffentlich verderbe ich nicht euren Mädelsnachmittag.«

»Nur ein bisschen.« Cass wirkt nachdenklich und kühl. Anders als die meisten aus unserer Stufe begegnet sie Kerwin zurückhaltend. Sehr verwunderlich. Ist er ihr auch suspekt? Vielleicht behandelt sie ja alle Jungs so, die noch hübscher sind als sie selbst.

»Also, Erica«, Kerwin grinst weiter, »wie gefällt dir denn der Riddler Club?«

Ich erstarre.

Cass schaut mich fragend an. »Riddler? Ist das nicht dieser heruntergekommene Club im Süden?«

»Ich habe Erica dort gesehen. Mit dem Mädchen, das ihr nicht mögt – Taylor, oder?«

Merril runzelt die Stirn. »Warum warst du denn mit der unterwegs, Rica?«

»Ich – ich habe sie zufällig getroffen. Sie meinte, sie kenne einen guten Ort zum Feiern, also bin ich mitgegangen. Aber ich bin nicht lange geblieben.«

»Du bist mit ihr im Taxi nach Hause gefahren«, mischt Kerwin sich ein.

Merril kann es nicht fassen. »Was? Zu ihr nach Hause?«

»Sie war betrunken«, verteidige ich mich. »Und überhaupt« – ich werfe Kerwin einen finsteren Blick zu – »was hattest du dort verloren?«

»Ich habe nach einem Ort gesucht, an den ich Merril ausführen kann.«

Klar doch. Er ist mir gefolgt. Bei diesem Kerl gibt es keine Zufälle. Aber warum stalkt er mich? Was habe ich getan? Was will er von mir? Merril seufzt verliebt und küsst Kerwin auf den Mund. Mit ein bisschen Zunge.

Cass sieht mich angeekelt an. »Mit wem du Zeit verbringst, ist deine Sache, Rica. Aber Taylor bringt nur Ärger. Sie hat schon ziemlich seltsame Dinge gemacht. Und sie ist kein besonders einfacher Mensch.«

»Sie ist einfach einsam«, sage ich leise. Cass zuckt die Schultern.

Kerwin zieht schon bald ab. Er war nur hier, um mich wissen zu lassen, dass er mich gesehen hat – dass er seine Freundin treffen wollte, die wiederum mit mir befreundet ist, sind zu viele Zufälle. Die Sache ist sehr verwirrend. Ich habe keine Ahnung, was ihn antreibt. Er ist nicht verliebt in mich. In seinem Blick liegt keine Sehnsucht. Ich muss herausfinden, welches Spiel er spielt, und zwar schnell. Es fühlt sich an, als umkreiste er mich, als versuchte er, eine Schlinge zuzuziehen, die ich erst in dem Moment sehen werde, wenn sie mich zu Fall bringt.

Nach dem Mittagessen gehen wir zum Parkplatz zurück. Merril hat mir angeboten, mich in ihrem Volvo nach Hause zu fahren. Schon von Weitem sehe ich einen Mann neben ihrem Auto stehen. Sein kahler Schädel glänzt im Sonnenlicht. Es ist Mr White.

Merrils Augen folgen meinem Blick. »Wer ist der Typ? Beobachtet der uns? Der sieht ja mal richtig fies aus.«

»Er ist Polizist«, lüge ich. »Er war auch bei uns zu Hause und hat Fragen gestellt. Er glaubt, dass ich nicht Erica bin. Ich werde mit ihm reden.«

Merril nickt. »Ich warte hier auf dich.«

Als Mr White sieht, dass ich auf ihn zugehe, flüchtet er in sein Auto und lässt den Motor an. Ich renne, so schnell ich kann, reiße die Beifahrertür auf und setze mich neben ihn. Er hat einen eckigen Unterkiefer und Narben über dem rechten Auge. Seinen Armmuskeln wurden über Jahrzehnte aufgebaut. An seiner linken Hand fehlen drei Finger. Wie ich es mir dachte – ein verletzter Ex-Militär.

»Hallo, Mr White. Ich bin Erica.«

»Raus aus meinem Auto«, sagt er heiser.

»Ich habe meiner Mom von Ihnen erzählt.« Ich betrachte meine Fingernägel und werfe meine Haare zurück. Habe ich mir von Cass abgeschaut, wenn ich mich affektiert benehmen will. »Sie hat mir Ihren Namen verraten und gesagt, sie würde mit Ihnen reden.«

»Deine Mutter hat gar nichts gesagt.«

»Sie hat Sie nicht angeheuert, um mich zu beobachten. Also machen Sie das auf eigene Rechnung. Warum? Was habe ich Ihnen getan?«

Seine Augen werden schmal. Obwohl er ein ehemaliger Soldat ist, durchschaue ich ihn mit Leichtigkeit. Er ist darauf trainiert, unter Beschuss ruhig zu bleiben, aber genau diese Reglosigkeit verrät ihn. Keine der anderen Ericas hat ihn je angesprochen. Vielleicht haben sie ihn irgendwann bemerkt, aber sie hatten Angst vor ihm oder vor dem, was er aufdecken wollte. Ich dagegen tue, als hätte ich nichts zu verbergen. Das ist entweder der schlechteste Bluff aller Zeiten – oder der beste.

»Sie glauben, ich sei nicht die echte Erica.«

»Das habe ich nie gesagt«, knurrt er.

»Sieht so aus, als wären Sie gut ich Ihrem Job.« Ich tätschele das Armaturenbrett des Saab. »Schickes Auto.«

Er reagiert nicht.

»Und es sieht auch so aus, als wären Sie in meine Mom verliebt.« Die Behauptung ist riskant, aber ich nehme ihn verbal unter Feuer, um seine Reaktionen zu beobachten. Die ersten beiden Behauptungen waren falsch. Er ist völlig emotionslos geblieben. Nach meiner letzten Behauptung allerdings hat er den Mund verzogen und mit dem Bein gezuckt. Mein Bauchgefühl stimmt – er hat ein persönliches Motiv. Er kennt Mrs Silverman seit vielen Jahren und hat sie an ihrem persönlichen Tiefpunkt erlebt. Er hat sie davor beschützt, sich lange betrügen zu lassen. Er liebt sie.

»Steig bitte aus meinem Auto.« Er bemüht sich, ruhig zu bleiben. Er ist zwar kein Mann vieler Worte, aber scheinbar vieler Gefühle.

»Ich verstehe, dass Sie sie wieder beschützen wollen«, sage ich mit möglichst sanfter Stimme. »Aber ich will sie auch beschützen. Sie liebt Dad. Das wissen Sie doch, nicht wahr? Er findet langsam, aber sicher in die Realität zurück.«

Mr White rückt den Kragen seines Trenchcoats zurecht.

»Sie müssen mir nicht glauben, dass ich die echte Erica bin. Stellen Sie mir gerne weiter nach. Aber lassen Sie Mom in Ruhe. Bitte. Ich will meine Familie wieder zusammenbringen, und das kann ich nicht, wenn Sie sich einmischen.«

»Was hast du im Riddler Club gemacht?«

»Nicht Sie auch noch«, stöhne ich. »Warum zum Teufel stalken Sie eine Minderjährige?«

»Weil es mein Job ist. Bestimmt hast du deiner Mutter nicht erzählt, dass du dort warst. Soll ich es ihr sagen oder machst du das?«

»Das ist ihr egal«, stoße ich hervor. »Ich mache das, was alle Teenager tun – rebellieren.«

»Ich habe Fotos. Von dir und dieser Taylor.«

»Ich habe einer Freundin geholfen.«

»Du hast dich mit einer Freundin in einem Club betrunken, der für die hervorragende Qualität der dort verkauften Drogen bekannt ist.«

»Ich habe nichts getrunken und erst recht keine Drogen genommen! Sie verfolgen mich, ohne dafür bezahlt zu werden. Ist das nicht kriminell?«

»Nicht so kriminell wie Betrug oder zu tun, als wäre man jemand anders.«

Auf den Vorwurf gehe ich nicht ein. Der Besuch im Club war ein Riesenfehler. Erica wäre nie dorthin gegangen. Und ich hätte auch nie dorthin gehen sollen. Ich muss meinen Fehler dringend ausbügeln. Und zwar sofort. Ich verleihe meiner Stimme einen leisen, verletzten Tonfall. »Sie haben recht. Ich bin nicht die Erica, die ich sein sollte. Ich sollte mich besser benehmen. Ich sollte nicht so egoistisch sein. Offener. Die Leute sagen es mir nicht direkt, aber ich spüre, was sie denken: Ich bin nicht, wie ich sein sollte. Aber man kann das eigene Leben nicht vergessen. Ich kann nicht einfach alles vergessen, das mich zu der gemacht hat, die ich heute bin. Sie haben recht. Ich bin nicht Erica. Noch nicht. Aber ich bin dabei, es zu lernen.«

Obwohl er ein mit allen Wassern gewaschener Ex-Militär

ist und mich verdächtigt, scheint meine Unsicherheit ihn zu berühren. Sein Blick wird weicher.

»Geben Sie ihr ruhig die Bilder. Es ist mir egal. Ich wollte hier raus, weg von ihr und allem, was mich erdrückt. Aber das kann ich ihr schlecht erzählen. Sie würde mich dafür hassen.«

Ich schlucke. Mehr bleibt nicht zu sagen. Ich steige aus, schließe die Tür und er fährt davon.

Merril fährt mich nach Hause. Ehe ich aussteige, umarme ich sie.

»Danke. Wirklich. Dafür, dass du meine Freundin bist.« Die erste Freundin, die Violet je hatte.

»Gerne. Ist alles in Ordnung? Du bist normalerweise nicht so gefühlsduselig.«

»Alles bestens. Bis Montag.«

»Unternimm nichts mehr mit Taylor, versprochen? Du siehst ganz niedergeschlagen aus. Sie hat diese Wirkung auf Leute.«

Statt gleich den elektrischen Toröffner zu drücken, schaue ich Merrils Auto hinterher. Ich will nicht hineingehen. Ich will nicht den von frisch knospenden Apfelbäumen und frühlingshaft sprießendem Gras gesäumten Weg entlanggehen. Also lasse ich das große weiße Haus und den akkurat gemähten Rasen hinter mir.

Ich ziehe mir die Kapuze des eben gekauften schwarzen Pullis über den Kopf. Die Ärmel reichen bis über meine Fingerspitzen und wärmen sie. Der Reißverschluss macht ein klickendes Geräusch; die Bänder am Hals wehen im Wind.

Alte Bekannte. Violet heißt sie willkommen. Der Hoodie riecht noch zu neu, aber er hat trotzdem eine beruhigende Wirkung. Wie ein Schmusetuch auf ein Kleinkind.

Ich renne los.

Die Straße entlang, vorbei an Häusern, die genauso groß und repräsentativ sind wie Ericas. Vorbei an teuren Autos und an Personal, das Einkäufe auslädt oder Hecken schneidet. Hier sieht man immer nur das Personal. Die wirklich wichtigen Leute thronen in ihren Schlössern. Violet lacht und rennt, bis ihre Beine brennen. Irgendwann erreicht sie die Autobahn und die Überführung, die das bewachte Wohngebiet vom Rest der Welt trennt.

Sie schiebt ihre Finger um den Stacheldrahtzaun, der die Menschen davon abhalten soll, mitten auf die Fahrbahn zu springen. Sie betrachtet ihre rosalackierten Nägel und verzieht das Gesicht. Erica drängt an die Oberfläche, aber Violet saugt gierig die frische Luft ein, ehe sie wieder für einen Monat in eine Art Tiefschlaf versetzt wird.

Violet rüttelt am Zaun. Auf der Autobahn pulsieren Autos, Geschwindigkeit und Wind. Von hier aus ist der Strip eine schmale, blass neonfarbene Linie, die mit dem schwindenden Tageslicht immer heller wird. Das Licht des Strips kommt von den Hotels und Casinos, aber vor allem von riesigen Neontafeln. Der Strip ist eine Welt der Reklametafeln: Niedrigpreis, halber Preis, Ausverkauf, zwei für den Preis von einem. Violet und Erica im Sparpack. Violet rüttelt wieder am Zaun. Der Verkehrslärm schluckt ihren Schrei. Erica zuckt zusammen und hält sich die Ohren zu. Violet atmet Abgase ein und atmet Kohlenstoffmonoxid aus. Sie lebt noch eine Sekunde, noch einen Tag. Sie lebt, um noch einen Tag lang so zu tun, als wäre sie jemand anders.

10. BELEUCHTEN

Heute wirkt Millicent noch breiter. Heute steckt ein kleiner Teddybär auf ihrem Kugelschreiber.

Heute fragt sie mich nach meinen Träumen.

»Lichter«, murmele ich. Das Leder des Diwans fühlt sich kühl an. »Rote und blaue Lichter. Wahrscheinlich Polizei.«

»Was meinst du, wofür stehen diese Lichter?«

Für Angst. Für den schlimmsten Katastrophenfall. Für das, was passiert, wenn ich diesen Coup vermassele. Eine falsche Bewegung, ein falscher Blick, ein falsches Wort von Taylor, Mr White oder Kerwin zu Mrs Silverman, und die flackernden rubinroten und saphirblauen Lichter nehmen mich mit.

»Das Hochseil ist zu dünn und meine Füße sind zu breit«, flüstere ich, »aber die Show muss weitergehen. Sei fröhlich, lächle, winke. Tu, als ginge es dir langsam besser. Tu, als wüsstest du, wie du jene Person sein kannst, die andere glücklich macht.«

Millicent macht sich Notizen und trinkt Tee, der nach Grillkohle und Gräsern riecht.

»Die Lichter in meinem Traum stehen für den Tag, an dem ich herausgefunden habe, dass sie nicht meine Eltern sind«, lüge ich. »Für den Tag, an dem ich Erica wurde.«

Die beiden werden nicht zum ersten Mal von der Polizei gejagt.

Folgsam streckt Sal die Hände aus und lächelt freundlich. Er macht Small Talk mit den Polizisten, die er alle mit Namen kennt. Er fragt nach deren Familien und stellt sich einem jungen Polizisten vor, der neu dabei ist.

Violet muss wieder zu Pflegeeltern.

Sals Anwalt – ein Mafiaanwalt – nutzt seine Beziehungen. Kein Rechtssystem ist gegen Schmiergelder immun. Brav wartet Violet in einem fremden Haus mit fremdem Essen und fremden Leuten.

Sal heuert eine Frau an. Eines Tages steht sie vor der Tür und gibt sich als Kosmetikverkäuferin aus. Sie wird hineingelassen. Sal kommt durch die Hintertür und schleicht leise wie ein Panther die Treppe hinauf in Violets Zimmer. (Violet malt gerade das Bild einer Ballerina aus.) Wortlos nimmt sie ihren Mickymaus-Rucksack (der mit elektronischen Geräten gefüllt ist, die die Pflegeeltern nicht vermissen werden). Die angeheuerte Frau schreit den Pflegevater an, weil er Abdeckcreme verschüttet hat, und Sal und Violet können unbemerkt entkommen.

Die beiden werden nicht oft von der Polizei erwischt. Aber wenn doch, dann leidet meistens Violet darunter.

Rote und blaue Lichter im Rückspiegel bedeuten Alleinsein.

11. DURCHSCHÜTTELN

Mr Silverman erwartet nichts von mir.

Ihm muss ich nichts vorspielen. Er erwartet nicht, dass ich ihm etwas vortäusche. Aus Gewohnheit täusche ich ihn trotzdem, aber nur minimal. Erica muss gar nicht richtig hier sein. Ihr Lächeln und ihr Tonfall genügen, um Mr Silverman ein oder zwei glückliche Stunden zu bescheren, je nachdem, wie lange die Partie Dame dauert. Er will bloß, dass ich spiele. Ich spiele gut und bin bei der Sache, weil Spielen meine zweite Natur sind. Das Spielen liegt mir im Blut. Zu spielen ist mein Beruf.

Mrs Silverman hat mich hier abgesetzt. Sie meinte, sie müsse noch etwas von der Reinigung abholen. Ich kann mich also noch mehr entspannen. Er macht einen Zug und wirft die Hände in die Luft.

»Zwei!«

»Zwei.« Ich lächle, als er mir zwei Steine wegnimmt. Er steht kurz vor dem Sieg.

»Mein echter Vater, Sal … Er hat mich manchmal beim Poker gewinnen lassen. Aber in einem richtigen Spiel konnte ich ihn nie schlagen. Er forderte mich gern heraus und hat irgendwie immer gewonnen. Bis heute. Und wenn ich noch bis an sein Lebensende gegen ihn spiele, wette ich mit dir, dass er jedes einzelne Spiel gewinnt. Bis ich seine Strategie kapiert habe. Dann ist er geliefert.«

Siegesgewiss macht er den nächsten Zug. Er tanzt fast auf

seinem Stuhl. Auf seinem Hemd sind angetrocknete Suppenflecken. Als er gewinnt, explodiert er förmlich, kommt zu mir gelaufen und umklammert meinen Hals – seine Version einer Umarmung. Die Krankenschwester wirkt nervös, aber ich versichere ihr, dass alles in Ordnung ist. Ich erwidere seine Umarmung. Er riecht nach Betäubungsmittel und Schlaf. So plötzlich, wie die Umarmung kam, endet sie auch. Er setzt sich wieder und stellt hoch konzentriert die Steine für eine weitere Partie auf. Ich nippe an meinem Kaffee.

»Du hattest schon Probleme, dich zusammenzunehmen, bevor Erica verschwand, stimmt's?«

Er tut so, als hätte er meine Frage nicht gehört, aber als er seinen ersten Zug macht, zittern seine Hände leicht.

»Du musst unglaublich klug gewesen sein. Und du musst sie sehr geliebt haben, wenn dich ihr Verschwinden so drastisch verändert hat. Die Vorstellung, was ihr zugestoßen sein könnte, und die Tatsache, dass du nichts dagegen tun konntest, haben dich verrückt gemacht. Wahrscheinlich warst du überzeugt, dass die Polizei etliche Dinge viel klüger hätte angehen können. Aber du warst ein einfacher Zivilist. Was konntest du tun? Was ließen sie dich tun?«

Wir spielen ein paar Minuten weiter. Jetzt ist er nicht mehr so fröhlich. Ich werde gewinnen. Endlich sieht er mich an. Er dreht einen meiner Steine zwischen den Fingern.

»Zoo. In *Robinson Crusoe* gibt es einen Zoo. Pandas und einen Zoo.«

Das waren mehr als drei Worte. Er hat mehr als drei Worte gesagt.

Ich versuche, ruhig zu bleiben. »Zoo?«, hake ich nach.

Er dreht den Stein immer schneller. Schließlich legt er ihn hin, als fürchte er, ihn fallen zu lassen.

»Es wird mir besser gehen, wenn du zurückkommst.« Er schüttelt den Kopf, als wolle er eine Fliege verscheuchen. »Wenn du wirklich zurückkommst, wird es mir besser gehen.«

Er meint Erica. Er hat mir zugehört. Er weiß, dass ich nicht Erica bin.

»Dad –«

»Du bist am Zug«, unterbricht er mich.

Ich ziehe. Dann versuche ich, ihn zum Weiterreden zu bewegen, aber er presst die Lippen aufeinander und lächelt erst wieder, als er zum zweiten Mal gewinnt. Sorgfältig räumt er das Spiel auf. »Ich bin die Ratte im Labyrinth; du bist das Chamäleon auf dem Baum.«

Ich habe Angst. Eine Sekunde ist sein Blick ganz wach. Ich habe ihn unterschätzt, ihn wie alle anderen für nahezu komatös gehalten. Mr Silverman hat alles gehört, was je zu ihm gesagt wurde. Er klopft mir ganz normal auf die Schulter und folgt der Schwester in sein Zimmer.

Nach 16 Jahren begegnet mir endlich jemand, der besser täuschen kann als ich.

»Dad, warte!« Ich laufe ihm hinterher. Die Schwester schließt die Tür, aber ich erhasche einen kurzen Blick in sein Zimmer. Die Wände sind über und über mit Zahlen bekritzelt. Wie Myriaden Ameisen bedecken sie die weißen Flächen. Die Schwester sieht mich an.

»Kann ich Ihnen helfen?«

»Lassen Sie mich ins Zimmer meines Vaters. Was bedeuten die Schriftzeichen an den Wänden?«

»Er schreibt gern irgendwelche Zahlen auf. Ob Sie hineindürfen, entscheidet er.«

»Dad!« Ich poche gegen die Tür. »Kann ich reinkommen?«

»Ich bin beschäftigt«, kommt die dumpfe Antwort.

Ich überlege krampfhaft, wie ich in das Zimmer gelangen könnte. Die Zahlen sahen einfach zu interessant aus, um sie zu ignorieren.

»Dad, du hast mich zum Abschied gar nicht richtig umarmt«, wimmere ich.

Schweigen. Dann öffnet sich die Tür einen Spalt. Ich drücke sie auf und bin im Zimmer. Mr Silverman umarmt fest meinen Hals. Auf Zehenspitzen blicke ich über seine Schulter. Das Zimmer sieht aus, als wäre hier eine Art Picasso der Mathematik ausgeflippt. Die Zahlen bedecken die gesamten Wände und erreichen fast die Decke. Jedes kleinste bisschen Weiß ist beschrieben. So schnell ich kann, sauge ich die Nummern in mich auf. Das sind keine Zufallsprodukte. Dieses Chaos hat eine Struktur. Acht oder neun Rechnungen wiederholen sich, unterbrechen einander, vermischen sich. Das ist höhere Mathematik weit jenseits meiner Fähigkeiten, aber aus den kritzeligen Nebenrechnungen kann ich ableiten, dass er nach einer ganzen Zahl sucht. Nein, nicht nach einer, sondern nach genau *acht* ganzen Zahlen. Aber die schriftliche Division ist falsch.

Als er mir den Kopf tätschelt, begreife ich.

Er kennt die Zahlen bereits. Er rechnet rückwärts, um einzelne Zahlen zu erhalten. Ich sehe Binär-Hexadezimal-Konvertierungen und die umgekehrte Variante. Was er sucht, sind nicht nur Ziffern, sondern auch Buchstaben.

Irgendwo in diesen Berechnungen versteckt sich ein achtstelliger Code aus Buchstaben und Ziffern.

Der Code für den Safe.

Natürlich ist das ziemlich weit hergeholt. Es könnte sich auch um den geistigen Auswurf eines ehemaligen und nun verrückten Ingenieurs handeln. Aber das wäre ein zu großer Zufall.

Jetzt fährt Mrs Silverman vor. Die Schwester begleitet mich hinaus. Ich muss diese Rechnungen irgendwie notieren, ohne Verdacht zu erregen.

Auf dem Rücksitz liegt eine Kleiderhülle.

»Ist das deine?«, frage ich Mrs Silverman.

»Nein, deine«, sagt sie lächelnd.

»Was?« Sie öffnet den Reißverschluss. Mein Blick fällt auf blaue Seide.

»Probiere es an, wenn wir zu Hause sind. Ich habe es schneidern lassen, aber deine Maße könnten sich geändert haben.«

»O Gott. Ist das etwa das, was ich glaube? Ein Kleid für den Schulball?«

Sie scheucht mich auf den Beifahrersitz. »Erst fahren wir nach Hause.«

Ich kann mich kaum beherrschen. Das ist das schönste Kleid, das ich je gesehen habe – und ich habe erst ein paar Zentimeter davon gesehen. Mit der Kleiderhülle über dem Arm poltere ich in meinen Converse Sneakers die Treppe hoch.

»Ah, Erica! Im Wohnzimmer wartet ein Freund von dir!«

Hat Marie gerade etwas gesagt? Egal. Schnell ziehe ich T-Shirt und Jeans aus. Der Rockteil ist vorne kurz und hinten lang, ansonsten ist das Kleid schulterfrei und an der Brust eng anliegend geschnitten. Es passt perfekt und fühlt sich einfach himmlisch an. Der Reißverschluss ist am Rücken.

»Marie!«, rufe ich und stürme die Treppe hinunter. Barfuß ist das kein Problem, aber in hohen Schuhen wird es bestimmt schwieriger. Ich laufe in die Küche.

»Oh, was ist das denn für ein wunderbares Kleid?«, ruft Marie begeistert.

»Für den Schulball«, erkläre ich atemlos. »Ich komme nicht an den Reißverschluss.« Mit einer Hand auf dem Rücken versuche ich, das Kleid einigermaßen zuzuhalten, aber der Stoff rutscht weg. Ich werde rot. Marie schnalzt mit der Zunge.

»Geduld, Geduld. Ich mache es gleich zu.«

In diesem Moment kommt Mrs Silverman herein.

»Du siehst wundervoll aus, Liebling.« Sie schaut hinüber ins Wohnzimmer. »Oh, hallo. Wer ist denn der Besuch, Marie?«

Jetzt werfe auch ich einen Blick ins Wohnzimmer. Der Besucher steht auf und schiebt die Hände in die Taschen. Er hat wilde, lange blonde Haare.

»Äh, hallo, Mrs Silverman. Ich bin James.«

Panisch drehe ich mich zu Marie um. »Du hast mir gar nicht gesagt, dass er hier ist!«

»Doch. Aber du hast nicht zugehört«, seufzt sie.

»Erica, begrüße bitte deinen Gast«, fordert Mrs Silverman mich auf. »Es ist unhöflich, jemanden warten zu lassen.«

Ich nicke. Jetzt bedaure ich, mich so schnell umgezogen zu haben. Meine Haare sind ganz durcheinander. Langsam gehe ich ins Wohnzimmer.

»Hi.«

»Hallo.« Er bemüht sich um einen neutralen Gesichtsausdruck. Ich bete zum Gott der Lügner und Diebe, dass James eben nichts gesehen hat.

»Entschuldige. Ich war total aufgeregt.« Ich deute auf mein Kleid. »So etwas trage ich zum ersten Mal. Es ist unglaublich. Ich fühle mich wie Cinderella.«

»Du siehst eher aus wie Belle.«

»Aber ich bin keine Französin.«

»Fairerweise muss man sagen, dass alle in dem Disney-Film amerikanisches Englisch gesprochen haben. Mit Ausnahme des Kerzenhalters.«

Er grinst. Ich lächle. Er scharrt nervös mit den Füßen. Ich auch.

Dann sagen wir im selben Moment:

»Also …«

»Ich …«

»Du zuerst«, fordere ich ihn auf.

»Nein, du. Ich habe nichts Wichtiges zu sagen.«

»Sei nicht so streng zu dir. Ungefähr zehn Prozent deiner Aussagen sind interessant.«

»Nur zehn? Das verletzt mich.« Er legt die Hand auf seine Brust.

»Zwölf, wenn du mir sagst, warum du einen Hausbesuch machst.«

»Ja. Hausbesuch. Du kannst Nein sagen, wenn du willst. Das liegt ganz an dir. Ich wäre nicht beleidigt oder so. Wahrscheinlich kauere ich mich in eine Ecke und stelle alles infrage, was ich bisher in meinem Leben getan habe, aber es wäre okay.«

Ich lache. Das scheint ihn zu ermutigen.

»Freitagabends kann man in dieser Pizzeria in der Stadt günstig essen. Ich bin ein Geizkragen und esse dort normalerweise allein, aber ich … habmichgefragtobdumitmirhingehst?« Den letzten Teil sagt er so schnell, dass ich ihn kaum verstehe.

»Diesen Freitag?«

Er nickt.

Ich lächle ihn an. »Kein Problem.«

»Du kommst mit?« Ihm steht der Mund offen. Irgendwann schließt er ihn wieder. »Du kommst mit. Gut. Ich hole dich um –«

»Ich treffe dich dort. Gib mir die Adresse.«

Als ich die Adresse in mein Telefon tippe, höre ich plötzlich leise ein Klavier. James steht am Flügel beim Kamin und schlägt zögernd eine Taste an. Er hat lange, grazile Finger.

»Wenn du willst, kannst du spielen.«

»Ich habe nur –«

»Taylor nennt dich ständig Beethoven, aber ich habe dich noch kein einziges Mal spielen gehört.«

»Hat deine Mom nichts dagegen?«

»Machst du Witze? Niemand kümmert sich um dieses staubige Ding. Sie wäre froh, wenn es benutzt würde.«

James setzt sich. Ich lehne mich an den Flügel und sehe ihm zu. Ganz leicht findet er in die Musik. Seine Hände tanzen über die Tasten. Ich weiß nicht, was er spielt, aber es ist wunderschön. Erst spielt er leise, dann lauter. Manchmal lässt er die Töne rufen, dann wieder klingt es, als stöhnten sie vor Schmerz. Das Klavier spricht zu mir. Es erzählt eine Geschichte. Ich bin keine Konzertkritikerin, aber ich merke, dass James aus der Musik etwas Besonderes macht. Für ihn ist sie nicht nur Musik – das sehe ich in seinem Gesicht, er ist ernst und konzentriert und völlig frei von Unsicherheit und Zweifeln.

Mrs Silverman lehnt im Türrahmen und sieht uns zu. Der letzte Akkord klingt traurig nach. Wir klatschen. James steht ruckartig auf.

»Mrs Silverman, es tut mir leid –«

»Das muss es nicht.« Sie schenkt ihm ihr schönstes Lächeln. »Du spielst wunderschön.«

»Danke.«

»Dein Vater ist dieser Komponist, richtig? Ich erinnere mich, dass der Name Anders auftauchte, als ich im Winter in der Oper war.«

Er nickt nur kurz. Mrs Silverman merkt es und wechselt das Thema.

»Wie auch immer, dein Talent steht für sich selbst. Du hast einen sehr schönen Stil. Sehr emotional und frisch.«

»Danke.«

»Und Erica sah aus wie eine Sängerin, wie sie da in ihrem Kleid neben dem Flügel stand.«

Ich werfe die Haare zurück und mache ein sinnliches Gesicht. »Marilyn Monroe?«

»Oder diese Frau aus *Chicago*.« Sie lacht. »Ich lasse euch jetzt in Ruhe. Schön, dich kennengelernt zu haben, James.«

»Gleichfalls.«

Ich warte, bis sie die Treppe hinaufgegangen ist. Dann klopfe ich ihm auf die Schulter. »Wirklich. Du bist gar nicht schlecht.«

»Und du bist ja ganz schön knauserig mit deinen Komplimenten.«

»Du bist ziemlich bekannt. Ich habe über dich gelesen. Im Internet.«

Dass ich von seinem gescheiterten Debüt weiß, von dem tiefen Fall des einstigen Wunderkinds, erzähle ich nicht. Das Ticken der Wanduhr unterstreicht unser Schweigen. James fährt sich mit der Hand übers Gesicht.

»Das war's wohl. Mein Geheimnis ist raus. Jetzt bin ich wahrscheinlich nicht mehr cool.«

»Für mich bist du immer noch cool. Sogar mehr als vorher. Außerdem kommt es darauf nicht an. Du bist einfach du. Und du bist ein guter Mensch. Du hast diese Sache durchgemacht, mit den Medien und deinen Eltern, die bestimmt ziemlich streng sind –«

»Das ist milde ausgedrückt«, bestätigt er.

»Es ist schön zu wissen, dass ich nicht die Einzige bin, die durch die Hölle geht. Ich sollte das nicht dramatisieren. Natürlich ist es nicht wirklich die Hölle. Aber manchmal fühlt es sich so an.«

»Ich weiß«, antwortet er. Nur diese zwei Worte. Mehr muss er nicht sagen, damit ich mich getröstet fühle. »Ich dachte immer, die echte Erica wäre ganz anders.«

»Ach ja?« Ich verschränke die Arme vor der Brust.

Er rudert zurück. »Nicht im schlechten Sinn. Du bist toll. Du bist großartig. Du bist fantastisch.« Pause. »Vergiss, dass ich das gesagt habe.«

Ich muss grinsen. »Es liegt schon im Ordner ›liebenswerte Fehler‹.«

»Die falschen Ericas waren immer zu fröhlich. Jeder wusste irgendwie, dass sie nicht echt waren, aber niemand wollte es glauben, verstehst du? Alle wollten dich wieder hierhaben und das große Rätsel dieser Stadt gelöst wissen.«

In diesem denkbar unpassenden Moment summt mein Telefon mit einer Nachricht.

Ich verdrehe die Augen. »Taylor.«

»Sie mag dich.«

»Taylor mag niemanden«, gebe ich zurück.

»Sie ist gemein, aber sie ist kein schlechter Mensch.« Er streicht über die Tasten. »Sie hat das reinste Herz, das ich kenne. Es brennt nur für ihre Leidenschaften. Sie lügt nicht und legt niemanden rein. Sie sagt immer, wie es ist, selbst wenn man sie dafür hasst.«

»Damit hast du sie perfekt beschrieben.« Ich lache wieder. »Du kennst dich mit Menschen viel besser aus als ich.«

»Sei nicht so bescheiden. Jedes Mädchen in der Schule will mit dir befreundet sein und jeder Junge möchte deine Telefonnummer haben.«

»Die Nummer, die ich dir gegeben habe, wäre bei eBay bestimmt viel wert.«

»Die Reporter hätten sie bestimmt auch gern.«

»Versuch bloß nicht, sie zu verkaufen.«

Lachend umfasst er meinen warnend erhobenen Zeigefinger. »Nicht mal im Traum.«

Seine Hände sind seidig weich mit leichten Schwielen. Vielleicht vom Gitarrespielen. Oder sie sind angeboren. Jedenfalls fühlen sich seine Hände dadurch besonders schön an. Nach kurzem Zögern schließt er seine Finger um meine Hand.

Erica und Violet halten zum ersten Mal die Hand eines Jungen. Unsere beiden Herzen schlagen wie wild in derselben, in blaue Seide gehüllten Brust. James sieht mich an. Er ist mir so nah. Er riecht frisch und natürlich, nicht nach einem klebrigem Eau de Cologne wie Kerwin. Nur Seife und Haut.

»Erica? Möchte dein Freund –«

Als Marie um die Ecke biegt, lassen wir sofort los und rücken ein Stück voneinander ab. Ich überspiele die peinliche Situation mit einem nervösen Lachen.

»Nein, danke, Marie. Ich glaube, er wollte gerade gehen.«

»Ja. Aber danke fürs Angebot.«

Als Marie wieder Richtung Küche verschwindet, ist sie

es, die ein wenig nervös wirkt. Ich bringe den grinsenden James zur Tür.

»Wir sehen uns Montag«, verabschiedet er sich.

Sein Cadillac fährt mit stotterndem Motor davon. Kurz bevor er um die Ecke biegt, knattert er laut und ich stelle mir vor, wie James wild vor sich hin flucht.

Ich setze mich in die Küche. Marie hat eine Schale Erdbeeren hingestellt und schneidet gerade Ananas in gleichmäßige Würfel. Neben dem Herd steht eine Schale mit Schokoladenstückchen.

»Schokoladenfondue«, erklärt sie, ohne von ihrer Arbeit aufzublicken. »Wer war der Junge?«

»James. Aus der Schule.«

»Magst du ihn?« Sie ist ziemlich direkt.

Ich werde rot. »Ich weiß nicht.«

»Du magst ihn.« Diesmal ist es keine Frage.

»Aber jetzt ist nicht der richtige Zeitpunkt, um mich zu verlieben! Ich muss Dad helfen, mich an das Leben mit Mom und die Schule gewöhnen. So eine Ablenkung brauche ich nicht.«

»Das sind doch bloß Ausreden.«

Ich stöhne und nehme mir eine Erdbeere. Maries ernstes Gesicht wird etwas fröhlicher. Vorsichtig schmilzt sie die Schokolade in einem doppelwandigen Topf.

»Einen netten Jungen wie ihn solltest du nicht an der Nase herumführen.«

Ihre Worte verletzen mich tiefer, als das Messer in ihrer Hand es je könnte.

Nach dem Fondue und dem Abendessen dusche ich. Dann rufe ich Taylor an.

»Yo.« Sie klingt schläfrig.

»Hast du schon geschlafen? Tut mir leid.«

»Ich bin vor dem Fernseher eingenickt.«

Ich höre, wie sie sich aufrichtet.

»Warum gehst du mir auf die Nerven?«

Ich schlucke. »James hat mich für Freitag zum Pizzaessen eingeladen.«

»Na, damit hätte ich ja gar nicht gerechnet.« Sie gähnt. »Das habe ich überhaupt nicht kommen sehen –«

»Ich war noch nie mit einem Jungen aus«, stoße ich hervor. Die Worte brechen gleichzeitig aus Violet und Erica heraus.

Taylor schweigt erst. Dann lacht sie. »Oh Mann, das ist ja Wahnsinn.«

»Ich wollte fragen, ob du mir vielleicht ein paar Tipps geben könntest oder so. Ich weiß nicht, was ich anziehen soll. Du kennst ihn schon viel länger als ich. Mag er stark geschminkte Mädchen? Locken? Sexy oder weniger sexy? Lässig oder aufgebrezelt?«

»Warum bittest du nicht deine tussigen Freundinnen um Hilfe? Die kennen sich mit so etwas besser aus.«

»Weil ich nicht aussehen will, als würde ich mich bei einer Misswahl bewerben.«

»Na gut.« Sie lacht. »In Ordnung, aber dann schuldest du mir wieder einen Gefallen.«

»Ich kann nicht noch einmal tanzen gehen, Taylor. Kerwin hat mich dort gesehen, und er ist genau der Typ, der es meiner Mutter erzählen und alles kaputt machen würde.«

»Kerwin? Der heiße Typ mit dem Mädchengesicht?«

»Genau der.«
»Hm. Seltsam.«
»Wieso?«
»Er ist erst zwei Monate vor dir hier aufgetaucht, richtig? Der Riddler Club findet immer in verschiedenen Locations statt. Manchmal am anderen Ende der Stadt. Normalerweise wissen nur Einheimische, wann und wo. Nicht einmal ich habe davon Wind bekommen, ehe Jeff mir davon erzählt hat.«
»Worauf willst du hinaus?«
»Darauf, dass die Typen, mit denen er rumhängt, keine Raver sind. Die haben keine Ahnung von dem Club. Nur eine Handvoll Schüler weiß Bescheid, und die haben entweder letztes Jahr ihren Abschluss gemacht oder nichts mit Kerwin zu tun.«
»Vielleicht hat er zufällig mitbekommen, wie sie sich darüber unterhalten haben?«
»Nein. Da müsste er schon nachgebohrt haben. Oder er ist dir gefolgt. Sozusagen direkt vom Green Foods.«
»Er saß aber nicht mit uns im Bus.«
»Hm. Jetzt hör mir mal zu, ich helfe dir mit James, okay? Und du kannst mir jetzt gleich einen Gefallen tun.«
»Wie denn?«
»Halte dich von Kerwin fern und pass auf dich auf. Jemand, der dir so dicht auf den Fersen ist, hat etwas vor. Das ist richtig unheimlich.«
Vielleicht weiß er, dass ich nicht die Echte bin? Das würde einiges erklären. Aber wenn er es weiß, was will er von mir? Warum interessiert es ihn überhaupt? Was bringt es ihm, mich zu stalken? Ist er von der Polizei? Vielleicht undercover? Nein, dafür sieht er zu jung aus. Andererseits gibt

es einige Milchgesichter unter den Undercover-Polizisten. Vielleicht ist er aber gar keiner von den Guten, sondern will irgendwie von meinem Coup profitieren.

»Fake-Erica, versprich mir, vorsichtig zu sein«, verlangt Taylor leise.

»Warum ist dir das so wichtig?«

»Du bist das einzig halbwegs nette Arschloch hier, obwohl du eine Betrügerin bist. Ich will dich nicht verlieren.«

Wir legen auf. Ihre ruppige Art verrät mir, dass sie sich langsam an den Gedanken gewöhnt, mich zur Freundin zu haben. Sie würde es nicht zugeben, und sie wird lange brauchen, bis sie mir vertraut. Doch bis dahin werde ich fort sein. Und dann wird das mühsam aufgebaute Vertrauen schmerzhaft aus ihr herausbluten.

Ich schleiche nach unten und hole mir ein Glas Wasser. Der Kühlschrank summt. Aus der Bibliothek dringt Licht. Ich gehe hinein. Mrs Silverman sitzt in einem Sessel. Sie hat eine Gesichtsmaske aus grüner Tonerde aufgetragen und ihre Lesebrille auf. Ich räuspere mich.

»Das ist dein Geheimnis, um jung auszusehen. In Wahrheit bist du ein Marsmensch.«

Mrs Silverman nippt an ihrem Tonic. »Haha. Witze über mein Alter finde ich unglaublich komisch.«

»Du bist schön und jung wie eine frische Rose.«

»Das gefällt mir schon besser.« Als sie grinst, bekommt die Tonerde auf ihrem Gesicht feine Risse. Sie vertieft sich wieder in ihr Buch.

Ich streiche mit den Fingern über die Buchrücken, lese jeden Titel. Soll ich zu dem Regal gehen, hinter dem sich der Safe befindet? Tue ich es nicht, wäre das vielleicht verdächtig. Tue ich es, könnte sie nervös werden. Ich beschließe, es zu riskieren. Meine Finger gleiten über die Bücher. Falls Mrs Silverman reagiert, sehe ich es nicht.

Robinson Crusoe.

Kurz blitzen die goldenen Lettern unter meinen Fingern auf. Ich muss mich stark zusammennehmen, um weiterzugehen und nicht ein zweites Mal hinzuschauen. Stattdessen schlendere ich an den restlichen Regalen vorbei und wähle schließlich einen Krimi.

»Agatha Christie.« Mrs Silverman nickt zufrieden. »Du hast einen guten Geschmack.«

»Das ist vererbt«, säusele ich. »Aber ich könnte nicht auf so einem schmalen Sessel lesen wie du.«

»Ist dein Bett gemütlich?«

»Himmlisch, verglichen mit dem Bett in meinem alten Haus.«

»Gut.«

»Ich habe dich lieb«, sage ich vorsichtig.

Sie steht auf und umarmt mich. Ihre Gesichtsmaske riecht nach Gurken.

»Ich liebe dich mehr, als du dir vorstellen kannst«, flüstert sie.

Plötzlich blitzen ihre Augen verschmitzt auf. »Dieser James von vorhin ist wirklich sehr nett.«

»Freut mich, dass du das so siehst.«

»Vergiss nicht: Kondome und die Pille!« Sie sagt es freundlich, aber äußerst bestimmt.

»Mom!«, stöhne ich.

»Los, versprich es mir!«

»Versprochen«, stoße ich mit knallrotem Kopf hervor.

Lächelnd schiebt sie mich Richtung Treppe. »Schlafenszeit. Morgen ist Schule.«

Der Kalender an meiner Wand kann nicht stimmen. Ist wirklich schon ein Monat vergangen? Es ist beinahe April, bald ist der Abschlussball. Und ich habe den Code immer noch nicht. *Robinson Crusoe.* Mr Silverman hat davon gesprochen. Von einem Zoo – davon, dass in *Robinson Crusoe* ein Zoo vorkommt. Was soll das heißen? Der *Crusoe* steht auf dem Regal, hinter dem sich der Safe verbirgt. Das kann kein Zufall sein. Ich bin lange genug in diesem Geschäft, um zu wissen, dass es keine Zufälle gibt. Und die Gleichungen auf seinen Wänden? Stehen sie irgendwie mit dem Safe in Zusammenhang?

Mr Silverman ist auf seine ganz eigene, verrückte Art fokussiert. Er ist eine Ratte im Labyrinth. Mein Schlafanzug ähnelt dem von Mrs Silverman – weich und hübsch. Meine Nägel sind perfekt lackiert, genau wie ihre. Mein Haar ist genauso blond.

Ich bin das Chamäleon in den Bäumen.

12. TÖTEN

Sal,

ich habe einen Hinweis auf den Code. Muss ihn aber noch bestätigen. Der Mafia-Anwalt Barry Mansfield hat Verdacht geschöpft. Seine Tochter sagt, ein oder zwei der falschen Ericas seien von der Mafia eingeschleust worden. Weißt du davon?

Der Austauschstudent ist zu dicht an mir dran. Genau wie der Privatdetektiv. Ich werde eine Zeit lang keinen Kontakt zu dir aufnehmen. Du bist immer ehrlich zu mir. Deshalb will ich ehrlich zu dir sein: Es gefällt mir hier. Zu gut. Violet und Erica streiten sich. Es fällt mir nicht leicht, zwei Menschen auf einmal zu sein. Ich kann nur ich sein, und mein Ich verschwindet gerade. Ich muss hier raus. Ich darf nichts überstürzen. Ich werde nichts überstürzen.

Aber ich muss hier raus.

Vi

– – –

Die Tage bis Freitag sind eine Mischung aus Vorfreude und Schuldgefühlen. Ich sollte mich nicht auf mein Date freuen. James sollte mit jemand anderem ausgehen. Sobald ich den Code herausgefunden habe, bin ich weg. Die ersten Hinweise habe ich bereits. Es ist nur eine Frage der Zeit, bis ich den Code knacke.

Ich mag James, aber er darf mich nicht mögen. Er sollte lieber ein anderes Mädchen anlächeln. Egal welches.

Denn die anderen sind echt und ich bin es nicht.

Ich will mich nicht beschweren. Ich bin die beliebte, hübsche, süße Erica, habe hervorragende Noten, eine liebende Mutter und ein tolles Haus. Ich sollte mich nicht beschweren. Ich bin Erica und habe alles. *Ich bin Erica. Ich habe alles.*

Ich bin Violet und ich habe nichts.

Ich habe den Saum meines Uniformrocks mit den Fingernägeln aufgeknibbelt. Wenn ich in der Klasse vor meinem bereits fehlerlos ausgefüllten Arbeitsblatt sitze, habe ich nichts zu tun, außer meine Kleidung zu malträtieren. Die Formeln, die Mr Roth heute erklärt, kenne ich schon. Es ist ganz einfach, so zu tun, als passte ich auf, aber es ist todlangweilig. Wenn James nicht hinsieht, beobachte ich ihn. Er schläft immer noch im Unterricht, aber nicht mehr so viel wie früher. Einmal erwische ich ihn dabei, wie er mich ansieht. Ich schaue sofort wieder weg, aber mein ganzer Körper steht unter Strom. Er starrt mich immer noch an, das spüre ich. Meine Gänsehaut verschwindet erst, als er wegschaut.

So darf ich nicht reagieren.

Verdammt noch mal, Violet, wo ist dein Pokerface? Wahrscheinlich hast du es zusammen mit deinem gesunden Menschenverstand an der Garderobe abgegeben. Du bist in den Club gegangen und das gab Probleme. Mit James auszugehen wird noch mehr Probleme geben. Du darfst nicht mit ihm ausgehen. Lass dir eine Ausrede einfallen. Deinem Vater geht es schlechter. Deine Mutter braucht dich zu Hause. Du hast die Windpocken oder so! Egal was! Du machst ihm aus rein egoistischen Gründen Hoffnungen. Du willst ein Date, weil weder Violet noch Erica je eines hatten. Und nur weil du diese Erfahrung machen willst und ihn gernhast, umwickelst du seine Gefühle mit einer Schlinge aus Stacheldraht, die sich zusammenziehen wird, wenn du weg bist.

Deinetwegen wird Blut fließen.

»Mach die Augen zu«, befiehlt Taylor. Sie tupft mir etwas auf die Lider.

»Eigentlich kann ich mich selbst schminken.«

»Du hast mich doch um Hilfe gebeten, Fake.«

Seufzend gebe ich klein bei. Als sie fertig ist, blicke ich in meinen Wandspiegel: Jeans, ein bequemer blauer Pulli und passender Lidschatten.

»Nicht zu lässig.« Ich versuche, mich von hinten zu sehen. »Und ich dachte schon, dass ich am Ende viel zu aufgebrezelt aussehe.«

»Oh Mann.« Kichernd verstaut sie meine Schminksachen in der Schublade. Es klopft leise.

»Herein.«

Marie späht durch den Türspalt.

»Ist deine Freundin auf Erdbeeren allergisch?«

Taylor schüttelt den Kopf. Marie lächelt schüchtern. Ich

habe sie noch nie so zurückhaltend erlebt, aber die große, dunkle, finster dreinschauende Taylor hat auf viele Menschen diese Wirkung.

»Gut. Kommt runter, wenn ihr fertig seid. Ich habe etwas gebacken.«

Als sie weg ist, schnaubt Taylor: »Ich hasse Erdbeeren.«

»Warum hast du ihr das nicht gesagt?«

»Ich bin ein Arschloch, aber keine Idiotin. Nur Deppen verhalten sich unhöflich, wenn sie bei anderen zu Gast sind.«

Ich muss grinsen. »Du hast also doch ein Herz.«

»Halt die Klappe und zieh die Schuhe an.«

Ich schlüpfe in die Ballerinas. »Für jemanden, der nur Schwarz trägt, verstehst du ganz schön viel von Mode.«

»Ich habe einfach schon genug Tussis bei ihren Dates gesehen.«

Date. Das Wort hallt in meinem Kopf nach. Es nimmt Gestalt an. Taylor klopft mir auf den Rücken.

»Du bist kreidebleich. Entspann dich, es wird schon gut gehen.«

In der Küche erwartet uns ein Teller mit Erdbeerküchlein. Mrs Silverman unterhält sich mit Marie und lächelt uns an.

»Du siehst ja schick aus.«

»Taylor hat mir geholfen.«

»Danke, Taylor. Sie sieht wundervoll aus.«

Taylor schaut überallhin – nur nicht in Mrs Silvermans Augen. »Kein Problem.«

Als ich Mrs Silverman gefragt habe, ob Taylor vorbeikommen dürfe, zögerte sie. *Taylor, das ganz in Schwarz gekleidete Mädchen? Taylor, das Mädchen, das allein mit dem Vater lebt?* Sie scheint nichts von unserem Abend im Club zu wissen.

Hat Mr White ihr die Bilder doch nicht gezeigt? Oder wird er sie ihr später zeigen? Wie auch immer, sie behandelt Taylor so nett, wie es ihr möglich ist. Doch ihr Blick verrät eine gewisse Skepsis. Taylor wirkt ihr gegenüber mindestens genauso skeptisch, aber auch sie versucht, nett zu sein. Und dass Taylor sich überhaupt bemüht, ist schon eine Riesensache.

Marie löst die Spannung zwischen Mrs Silverman und Taylor, indem sie ihnen die Platte mit den Erdbeertörtchen hinüberschiebt. »Esst, ehe sie kalt werden.«

Taylor knabbert an einem Törtchen. Mrs Silverman rührt das Gebäck nicht einmal an.

»Du nimmst also den Bus? Wird James dich dort treffen?«

»Ja, in der Pizzeria.« Ich beiße von dem warmen, süßen Küchlein ab. Taylors Gesicht sieht aus wie eingefroren. Ich habe schon Angst, dass sie herausposaunt, wie ekelhaft sie Erdbeeren findet, doch sie greift nach einem weiteren Törtchen.

»Ach, du liebe Sch… – Ich meine, wow«, korrigiert Taylor sich. »Die sind großartig. Eigentlich mag ich Erdbeeren nicht, aber die hier sind lecker.«

»Danke«, sagt Marie erfreut.

»Gehst du mit, Taylor?«, fragt Mrs Silverman kühl.

»Nein, ich gehe nach Hause. Die beiden Turteltäubchen müssen das alleine hinkriegen«, gibt Taylor ebenso kühl zurück.

Mrs Silverman sieht mich streng an:

»Ich will, dass du vor acht Uhr zu Hause bist.«

»In Ordnung.«

»Wenn du dich unwohl fühlst, ruf mich an und ich hole dich ab.«

»So einer ist er nicht«, murmelt Taylor.

Mrs Silverman wirkt angespannt. »Ich weiß. Ich habe ihn kennengelernt. Aber ich gehe lieber auf Nummer sicher. Versprich mir, mich anzurufen, Erica.«

»Mache ich.«

Im Bus Richtung Innenstadt lachen wir über einen Geschäftsmann, der uns gegenübersitzt und schnarcht. Doch Taylors Fröhlichkeit hält nicht lange an. Sie lehnt sich zurück und starrt nachdenklich an die Stahlblechdecke des Busses.

»Sie wird dich erdrücken.«

Ich sehe sie an. Das Neonlicht zaubert weiße Lichtreflexe auf ihr pechschwarzes Haar.

»Sie wird dich ersticken. Du kannst dein wahres Ich nicht ewig verbergen, nur um ihr zu gefallen.«

»Das machen doch alle«, gebe ich zurück.

»Du magst sie wirklich.« Sie lacht leise. »Sie ist die beste Mutter, die du je hattest. Vielleicht sogar die einzige.«

Ich schaue aus dem Fenster. Taylor reibt sich die Augen.

»Irgendwann gehen sie alle fort. Sie tun so, als würden sie dich lieben. Sie bringen dich ins Bett, flechten dir Zöpfe und küssen deinen Vater, aber irgendwann gehen sie alle fort. Die nächste ist immer anders als die vorherige. Manchmal besser, manchmal schlechter.«

Sie spricht aus bitterer Erfahrung.

»Mom wird mich nie verlassen«, behaupte ich mit fester Stimme.

»Stimmt. Du wirst sie verlassen.«

Ihre Worte bohren sich wie ein scharfes Schwert in meinen Körper. Wenn sich die Klinge noch einen Millimeter bewegt, werden meine Eingeweide herausquellen. Als der Bus meine Haltestelle erreicht, steht Taylor auf, um mich vorbeizulassen. Sie erinnert mich ständig daran, wer ich wirklich bin. Und was ich eigentlich tun sollte.

Dieses Date lenkt mich nur ab. Es ist ein Fake. Ich sollte mich deswegen nicht verrückt machen. Es ist nur ein Schwindel – genau wie alles andere, was ich bisher getan habe.

James ist in ein Fake-Mädchen verliebt.

- - -

Die Pizzeria ist klein und an diesem sonnigen Spätnachmittag ist noch nicht viel los. Hinter dem Tresen löst eine alte Frau Kreuzworträtsel. James sitzt an einem der Tische und tippt etwas in sein Handy. Als er mich bemerkt, lächelt er nervös.

»Hi.«

»Hallo.« Ich setze mich ihm gegenüber. »Hübsches Lokal. Hast du es selbst entdeckt?«

Ich spreche zu schnell und zu anbiedernd. Zu sehr wie Erica.

»Ich bin mal nach der Bandprobe hier gewesen. Der Rest ist Geschichte.«

»Mathe war heute ja wohl total langweilig, oder?« Ich lache. »Ich habe gebetet, dass er endlich die Klappe hält. Taylor sah noch gelangweilter aus als du, und das will was heißen. Ich wusste nicht, ob ich schlafen oder in meinem Heft herumkritzeln soll.«

»Erica –«

»Ich meine, hört ihm überhaupt jemand zu? Okay, Arnold, aber der sitzt ganz vorne und ist ein Nerd. Wahrscheinlich ist es gut, dass es Menschen wie ihn gibt, sonst könnte ich nicht gemütlich hinter ihm schlafen und müsste tatsächlich mitschreiben.«

»Erica!« Er legt seine Hand auf meine. »Langsam.«

»Dafür ist keine Zeit.« Lächelnd ziehe ich meine Hand weg. »Jetzt oder nie. Lass uns bestellen. Ich sterbe vor Hunger. Wollen wir zwei verschiedene Beläge oder können wir uns auf einen einigen? Paprika und Anchovis mag ich nicht, aber sonst eigentlich alles.«

Der Blick aus seinen blauen Augen wird ganz sanft. »Du musst nicht so nervös sein.«

»Nervös? Ich?« Ich lache. »Ach was. Ich war noch nie im Leben nervös. Ich bin eiskalt.«

Sein kleiner Seufzer berührt mich, aber ich unterdrücke das Gefühl. Gut. Mehr davon. Nach diesem Date wird er mich nicht mehr mögen. Ich muss ihn frustrieren. Wir einigen uns auf Oliven und Peperoni. Er bestellt. Die alte Frau nuschelt etwas auf Italienisch und verschwindet in der Küche. Ich rede über alles und nichts, bis ich heiser bin. Wenn er etwas sagen will, unterbreche ich ihn. Als die Pizza kommt, essen wir schweigend. Durchs Fenster betrachte ich die dunkler werdende Stadt, die Straßenlaternen. Nachts erwacht Vegas zum Leben, es schlüpft aus dem Kokon. Die strahlenden Neonlichter sind im Sonnenlicht nicht zu sehen. Erst in der Dunkelheit zeigt Vegas seine wahre Schönheit. Schmutzig. Gleichgültig. Schillernd.

Selbst während meines ersten Dates kommt Violet nicht zur Ruhe. Sie denkt über einen Zoo, *Robinson Crusoe* und Zahlen auf Wänden nach. Sie zeigt Erica diese drei Hinweise, als wollte sie sagen, sie seien wichtiger als James. Ich zwinge beide, sich zu konzentrieren – denn gerade sollten sie sich auf den Augenblick konzentrieren. Auf ein Ziel. Auf ein Gesicht. Wir müssen irgendwie dieses blöde Date überstehen. Dann können wir uns wieder mit dem beschäftigen, worauf es uns eigentlich ankommt: das Bild.

»Du brauchst dich nicht so zu verhalten«, sagt James leise.

Ich weiß genau, was er meint, aber ich lege den Kopf schief und lächle ihn an. »Wie denn?«

»Bei mir musst du dich nicht verstellen. Das weißt du doch.«

Mein Lächeln gefriert. »Ich weiß nicht mehr, wie das geht.«

Er zuckt zusammen. Ich zerrupfe eine Serviette.

»Ich weiß, dass du gerade viel durchmachst –«

»Aber nein«, sage ich automatisch.

»Ich bin für dich da. Ich bin dein Freund. Wenn du darüber reden oder auf etwas einschlagen willst, dann bin ich hier. Ich habe ein offenes Ohr für dich und halte bereitwillig meine Wange hin.«

Ich will lachen. Ich will unbedingt lachen. Ich will sein Angebot annehmen, aber ich kann nicht. Ich würde auffliegen. Er sieht mich mit diesen ehrlichen blauen Augen an. Ich bedeute ihm etwas. Wenn ich jetzt spräche, käme alles heraus.

Stattdessen greife ich nach meiner Tasche und stehe auf. »Ich – ich muss gehen. Danke für das Essen.«

»Noch nicht. Ich habe da noch eine Sache geplant.« Er hält mich an der Hand fest. »Bitte bleib.«

Die ganze Zeit habe ich ihm das Wort abgeschnitten. Los, Violet, zieh es durch. Sei so richtig ätzend. Damit es ihm ein für alle Mal die Sprache verschlägt. Mach es dir einfach. Und ihm auch.

Zitternd nicke ich. Er lächelt, bezahlt, nimmt meine Hand und führt mich nach draußen.

»Deine Hände sind kalt.« Während wir an der Ampel warten, nimmt er meine Hände in seine und rubbelt sie warm. Alle meine Vorsätze – nur noch an das Bild und den Code denken, gemein zu James sein, damit er verschwindet – sind vergessen. »So. Schon besser.«

»D-danke«, stottere ich. Die unerwartete Berührung bringt mich aus dem Konzept. Ich bin es gewohnt, für mich selbst zu sorgen. In diesem Fall mit Handschuhen oder indem ich meine Hände in die Taschen stecke.

»Komm. Es ist nicht mehr weit.«

James führt mich in der Dämmerung an Modegeschäften vorbei in den Park. Erst nach einer Weile fällt mir auf, dass wir uns wie ein Pärchen verhalten: Wir halten uns an den Händen. Im Park sind auch andere unterwegs, sitzen auf Bänken oder am Brunnen. James geht auf einen Mann zu, der mit einem Keyboard auf dem Schoß im Gras sitzt. Er ist ein paar Jahre älter als wir, vielleicht ein Student. Er hat dunkle Augen, dunkle Haare und trägt einen Beanie.

»Alles klar, James? Ist sie das?«

»Ja.« James grinst. »Erica, das ist Marley. Er ist das andere Mitglied unserer Band.«

»Hi.« Ich lächle so freundlich wie möglich. Marley schüttelt mir die Hand. Meine Entführung erwähnt er nicht, wofür ich ihm dankbar bin.

»Hier übt ihr also?«, will ich wissen.

Marley lacht. »Nein, hauptsächlich üben wir übers Netz. Das ist eine tolle Sache.«

»Ja, hab davon gehört.« Ich muss grinsen.

»Einmal im Monat spielen wir hier im Park zusammen und erbetteln uns Kleingeld.« James nimmt seine Gitarre und schiebt den leeren Gitarrenkoffer auf den Bürgersteig vor sich.

»Ich bin euer erster Fan«, verkünde ich. Amüsiert lässt Marley seine Finger übers Keyboard gleiten.

»Du kannst tanzen. Vielleicht bekommen wir dann mehr Zuschauer.«

»Aber kein Striptease«, sagt James und stimmt behutsam seine Gitarre. »Wir sind seriös.«

Kichernd kuschle ich mich enger in meinen Pulli. Es ist kühl geworden, aber das verleiht dem Park eine gewisse Atmosphäre. James und Marley zählen an und beginnen mit einem stotternden, aber melodiösen Stück. James' Stimme ist warm, aber nicht zu selbstsicher oder laut. Es ist eher eine verführerische, raue Sprechstimme. Sanft und angenehm mit einer versteckten Energie – wie eine subtile Mischung aus Zuckerguss und Espresso.

»And I never wanna see the sun if it means our time is done«, singt er.

Ein paar Leute bleiben stehen. Eine Familie mit einem kleinen Jungen. Ein Pärchen. Ein Jogger, der eine Pause macht und seine Ohrhörer herausnimmt, um James singen zu hören. Ein Geschäftsmann, der es eindeutig eilig hat und die Abkürzung durch den Park nimmt, hört nur einen einzigen Takt, geht vorbei und kommt noch einmal zurück, um einen Dollar in den Gitarrenkoffer zu werfen.

Nachdem ich den Refrain einige Male gehört habe, kenne ich ihn. Beim nächsten Mal singe ich zögernd mit. Meine Stimme mischt sich mit James' Stimme.

»Something's gonna change. I heard it said by the man

who sings. You and I will change, and in the end it's just dew in the rain.«

Es wird dunkler. Die Familie zieht weiter; die Menschen gehen nach Hause. Marley spielt auf einer Trompete eine klagende Überleitung. Als die Töne verklingen, schlägt James ein letztes Mal die Gitarre an. Unsere Blicke treffen sich.

»And I never wanna see the sun if it means our time is done.«

Marley klopft ihm anerkennend auf den Rücken und sagt, das sei die beste Version aller Zeiten gewesen. Wir verabschieden uns von Marley. James fährt mich nach Hause. Wir reden fast kein Wort. Ich denke an jeden einzelnen meiner Fehler.

Das hier ist ein sehr großer Fehler.

Er hält in der Einfahrt. »Danke, dass du mir heute eine Chance gegeben hast.«

»Es tut mir leid, dass ich alles kaputt gemacht habe. Es ist nämlich so – nein, das kannst du nicht verstehen. Ich –«

»Ich weiß, dass du mehr Zeit brauchst. Jeder braucht Zeit«, unterbricht er mich sanft. »Aber nicht jeder bekommt sie.«

Ich spüre, dass ich ihn jetzt küssen sollte, aber ich tue es nicht. Weil ich feige bin. Weil ich falsch bin. Ich will ihn küssen und ihm dafür danken, dass er alles ist, was ich nicht bin: höflich, verlässlich, ehrlich.

Ehrlichkeit.

Schweigend blicke ich seinem Auto hinterher. Die Rücklichter sind zwei Blutstropfen in der Nacht.

Am Montag ist es, als wäre nichts geschehen.

Taylor fragt mich, wie es war. Als ich nur die Schultern zucke, wundert sie sich zwar, bohrt aber nicht weiter nach. Merril und Cass haben keine Ahnung, weil ich ihnen gar nicht erst davon erzählt habe – ich hatte Angst, dass sie mir eine Standpauke halten. Als ich mit James spreche, lächelt er höflich, aber es wirkt aufgesetzt. Wir wissen beide, dass wir uns wunderbar verstehen, aber jetzt geht es darum, ob ich es auch will. James hat mir seine Gefühle offenbart. Alles hängt nun davon ab, ob ich *uns* zulasse. Ob ich ihm ebenfalls sage, was ich fühle. Damit das Ungleichgewicht, das von Anfang an bestand, ausgeglichen wird.

Zu allem Übel werde ich nach wie vor von Mr White beobachtet. Er sitzt gegenüber der Schule im Auto. Heute trägt er einen Hut, als wäre er damit schwerer zu erkennen. Er bettelt geradezu darum, dass ich ihn anspreche.

Ich klopfe an die Scheibe. Er lässt sie herunter und sieht mich über den Rand seiner Sonnenbrille hinweg an.

»Mr White.« Ich räuspere mich. »Was führt Sie in diese abgelegene Gegend?«

Er holt ein Heft aus dem Handschuhfach. Es kommt mir mehr als bekannt vor. Das Titelbild zeigt zwei Frauen, die lächelnd zu beiden Seiten eines Apfelbaums stehen.

»Brackish.« Mr White blättert durch das Heft. »Ein Magazin für die schwule, lesbische, bisexuelle und transgender Community.«

Mr White hüstelt. »Warum kauft ein Mädchen wie du regelmäßig diese Zeitschrift? Bist du lesbisch? Bisexuell? Transgender bist du nicht, das bestätigt deine medizinische Akte.«

»Ich bin einfach neugierig«, erwidere ich. Erst die Fotos

aus dem Club und jetzt das? Der Kerl ist gut, das muss ich zugeben.

»Das glaube ich gern«, stimmt er zu. »Aber wenn du dich wirklich für Lesbischsein oder Bisexualität interessieren würdest, hättest du dich wahrscheinlich für ein Magazin mit expliziteren Fotos entschieden, wenn du verstehst, was ich meine. Das hier ist hauptsächlich esoterischer Kram, Artikel von Professoren, schwule Kunst- und Theaterprojekte, Kritiken schwuler Filme.«

Nicht schlecht, Glatzkopf.

Die Kolumne wird er trotzdem nicht finden. Er hat keinen Grund zu der Annahme, dass unter den Hunderten von Artikeln codierte Nachrichten versteckt sind. Die Chance, dass er weiß, dass ich Sal schreibe, ist minimal, viele Leute schreiben Leserbriefe, aber nur einer wird ausgewählt und meiner ist es nie. Sal liest und beantwortet meine Nachrichten unabhängig von der Zeitschrift. Ich schicke meine Leserbriefe vom Computer der Bibliothek, logge mich immer aus und lösche die im Browser gespeicherten Daten. Ich bin gründlich. Ich bin perfekt. Ich bin Violet. Er kann das nicht wissen.

Also rät er. Er folgt seinem Bauchgefühl, stochert im Nebel und schaut, ob ich zucke. Meine Reaktion wird entweder meine Schuld oder Unschuld beweisen. Die ganzen Beziehungen an der Highschool sind kompliziert, verwirrend und blutrünstig. Lügen, um meine Haut zu retten, fällt mir wesentlich leichter. Das habe ich schon unzählige Male getan. Das Adrenalin verleiht mir eine ganz ruhige Mimik und löst meine Zunge. Jetzt kann ich glänzen.

»Ich habe Mom nicht gesagt, dass Sie in sie verliebt sind. Noch nicht. Wie wäre es, wenn Sie niemandem erzählen, dass ich lesbisch bin, und ich erzähle Mom nicht, dass Sie mir aus falsch verstandenem Beschützerinstinkt heraus nachstellen?«

»Ich bin kein Schüler. Du kannst mir nicht drohen oder mich über meine Gefühle manipulieren. Und du bist nicht lesbisch.«

»Sagen Sie.«

»Ich beobachte dich jetzt schon seit über einem Monat. Ich habe mitbekommen, wie du diesen Jungen anschaust. James Anders.«

»Was wollen Sie von mir?« Meine Stimme kippt, wird schrill. Violet zuckt zusammen. Sein Name hat gereicht, um mich aus der Fassung zu bringen. Ich lasse wirklich nach.

»Du kannst dich nicht ewig verstecken. Bestimmt ist das eine nette Abwechslung – das Geld, das große Haus, die Freunde. Aber das wird nicht ewig so sein.«

Das weiß ich, verdammt noch mal! Der beschissene Kahlkopf braucht mich nicht daran zu erinnern. Er ist verzweifelt. Er hat keine Beweise, das macht ihn verrückt. Sein Bauchgefühl sagt ihm, dass ich nicht Erica bin, und er hat recht, aber er kann rein gar nichts beweisen. Dieses komplizierte Spiel gewinne ich. Diesmal. Ich lächle freundlich. Ein erfahrener Trickbetrüger hätte aus diesem Lächeln alles herauslesen können – nämlich, dass er recht hat. Vielleicht kann auch er das lesen. Aber das ist egal. Ich werde gewinnen.

Als Mrs Silverman mich abholt, mache ich Small Talk, aber meine Gedanken sind bei dem Gemälde, dem Code, dem

Zoo und *Robinson Crusoe*. Ich setze die Puzzlestücke im Kopf zusammen, während ich Muster auf die Fensterscheibe des BMW zeichne. Mr Silverman hat mir einen Hinweis auf den Zoo gegeben. Sal hat gesagt, der Code beziehe sich auf eine schöne Erinnerung, von der außer Mr Silverman nur seine Frau und Erica wissen. Ich wette, die Erinnerung bezieht sich auf den Zoo.

Ich muss in Mr Silvermans Zimmer gelangen und die Rechnungen abschreiben.

Beim Abendessen – Schweinelendchen mit Zwiebeln, die auf der Zunge zergehen – betrachte ich Mrs Silverman. Sie scherzt, streichelt mir übers Haar. Bislang hat sich das alles so natürlich angefühlt, aber jetzt ist da eine gewisse Verstimmung zwischen uns. Violet. Sie, die bisher hinter meiner Professionalität versteckt war, ist nun hier und hat keine Lust mehr auf die Schauspielerei. Kein Coup hat bisher so lange gedauert. Violet kann Schläge wegstecken, aber nicht so lange, so viele und so schnell. Nicht so viele Schläge, die direkt auf ihr Herz zielen.

Sie hasst Erica. Sie will alles, was Erica hat. Violet will diese Rolle nicht mehr spielen und trotzdem alles haben, was Erica besitzt. Aber das ist unmöglich.

Nicht ganz. Sie kann all das haben, wenn sie *La surprise* bekommt. Wenn sie erst das Geld hat, kann sie sich alle Wünsche erfüllen. Deshalb will sie das Gemälde ja stehlen – deshalb macht sie bei diesem Betrug mit. Sie macht mit, weil Sal ihr Vater ist und dieses Zigeunerleben der Kriminellen ihr Lebenselixir ist, ihr das im Blut liegt. Vor diesem Coup wusste sie nichts von Highschools, Freunden oder wie es sich anfühlt, wenn ein Junge ihre Hand hält. Normalität war bloß eine Fantasie, in die sie manchmal kurz eintauchte.

Weil Erica lieb und nett und perfekt ist, hasst sie Violet nicht. Stattdessen beneidet sie Violet, die auf eine Art lebendig ist, die Erica nie erleben wird, eine Art, die enden wird, sobald sich nach dem gelungenen Coup der Vorhang hebt und der tosende Applaus der Menge ertönt. Violet wird sich verbeugen. Hinter der Bühne werden ein riesiger Rosenstrauß und ein großer Teil der 60 Millionen Dollar auf sie warten. Und ein Leben ohne die Menschen, die Erica nie richtig lieben durfte.

13. DAS PROBLEM UMGEHEN

Heute lasse ich Mr Silverman gewinnen. Aber er weiß es. Statt sich, wie sonst, auf seine schüchterne Art zu freuen, runzelt er die Stirn. Lächelnd stelle ich die Steine neu auf.

»Gut gemacht, Dad.«

»Ich heiße Brandon«, korrigiert er mich leise.

»Ich möchte dich aber Dad nennen. Ist das in Ordnung?«

Er antwortet nicht. Die Stille lastet auch auf unserem Spiel. Jeder schwarze Stein fühlt sich so schwer an wie ein Schiffsanker.

»Ich habe die Zahlen an deinen Wänden gesehen. Sie sehen sehr hübsch aus, so durcheinandergewürfelt. Was bedeuten sie?«

Er nestelt an seiner Manschette. »Nichts.«

»Sie sehen aber ziemlich wichtig aus.«

»Das darf niemand wissen.« Er schüttelt den Kopf. »Niemand wird es je erfahren. Es ist nicht gut, alles zu wissen.«

»Okay. Ich muss es nicht wissen. Ich fand sie einfach nur schön.«

Ich lasse ihn ein paar meiner Steine schlagen. Er wird wütend.

»Spiel ernsthaft!«, verlangt er. Ich sehe mich nach den Schwestern um. Doch es ist keine hier. Mr Silverman schaut aus dem Fenster.

Ich beuge mich vor und flüstere: »Ich spiele ernsthaft mit

dir, wenn du ernsthaft mit mir redest, Dad. Was bedeuten die Zahlen an deinen Wänden?«

Mr Silverman nuschelt etwas.

»Ich verstehe dich nicht.«

»Traue mir selbst nicht«, murmelt er schließlich.

In Bezug worauf traut er sich nicht? Zahlen wahrscheinlich. Wollte er mit diesen Rechnungen etwas verbergen? Sich selbst davon abhalten, etwas preiszugeben? Als eine Schwester ihn später in sein Zimmer begleitet, gehe ich zum Empfang.

»Hallo, ich bin Erica, Brandon Silvermans Tochter.«

»Richtig«, sagt die Empfangsdame lächelnd. »Ich habe dich im – entschuldige, das ist unsensibel von mir. Brauchst du etwas?«

»Ich bin nur neugierig: Wie lange schreibt Dad schon diese Zahlen an die Wände?«

Sie tippt sich mit dem Kuli ans Kinn. »Ich würde sagen, das fing ungefähr an, nachdem er ein Jahr hier war. Wir sollen ihn kritzeln lassen – die Ärzte sagen, das habe eine therapeutische Wirkung.«

Ich muss mir auf die Zunge beißen, um nicht damit herauszuplatzen, dass die Zahlen keineswegs einfach nur hingekritzelt sind. Wenigstens nicht alle. Acht oder neun Gleichungen in dem Chaos sind überraschend klar.

»Darf ich ein paar Fotos davon machen?« Ich setze mein freundlichstes Lächeln auf. »Es ist ein Projekt für die Schule, in dem es um psychische Störungen geht. Meine Therapeutin sagt, es wäre gut, wenn ich Dad als Beispiel nehme.«

Sie grinst mitfühlend. »Tut mir leid. Familienmitglieder dürfen nur mit Erlaubnis des Patienten oder der für ihn zuständigen Schwester in die Zimmer.«

»Wer ist denn für ihn zuständig?«

Sie zeigt auf die Schwester, die Dad in sein Zimmer führt. »Schwester Rodriguez.«

Ich bedanke mich und folge den beiden. Als Schwester Rodriguez mit meinem Vater um eine Ecke biegt, hole ich sie ein.

»Hallo. Ich bin Erica, Mr Silvermans Tochter.«

»Ich weiß«, sagt sie unbeeindruckt. »Was willst du?«

Ich kenne die Antwort, noch ehe ich die Frage gestellt habe. Diese Frau ist knallhart. Ende vierzig, seriöser Haarknoten, und sie ist es auch, die die meiste Zeit mit dem Überprüfen von Listen und sonstigen Unterlagen verbringt. Sie hält sich an die Regeln. Ich habe immer wieder mitbekommen, wie andere Schwestern sich über sie beschweren, weil sie die wegen Abweichungen vom Dienstplan verpfiffen hat. Es ist also besser, sie erst gar nicht zu fragen. Solche von Grund auf misstrauischen Menschen kenne ich nur zu gut. Wenn ich sie frage, wird sie mich beobachten, weil ihr mein Interesse an den Zahlen verdächtig vorkommt. Sie könnte meine ganze Arbeit auffliegen lassen.

»Ich möchte Ihnen nur danken, dass Sie sich seit Jahren so gut um meinen Dad kümmern«, sage ich deshalb übertrieben freundlich.

Sie nimmt das Kompliment mit ausdrucksloser Miene hin. »Danke. Wenn du mich entschuldigen würdest, ich muss mich noch um andere Patienten kümmern.«

Sals Stimme ist so klar, als stünde er direkt neben mir: *Wenn Schmeicheleien das Problem nicht lösen, musst du das Problem umgehen.*

Sal sitzt auf einer Bank beim Spielplatz und beobachtet seine Tochter ganz genau. Sie ist jung, und obwohl sie schon seit vier Jahren bei ihm lebt, ist sie immer noch klapperdürr. Aber sie ist perfekt.

Sal weiß, dass sie etwas Besonderes ist. Nicht viele Kinder haben den Mut, ihn nur zehn Minuten nach dem Kennenlernen zu beklauen. Und noch weniger Kinder geben ihre Tat zu, wenn man sie damit konfrontiert. Aber sie hat es zugegeben. Seit Jahrzehnten hält Sal immer wieder nach Talenten Ausschau. Talentierte Kinder erkennt er sofort. Er hat eine befreundete Trickbetrügerin überredet, sich als seine Frau auszugeben, damit er Violet adoptieren konnte.

Vielleicht liegt es an ihrem Gesicht – ein sanftes Gesicht ohne allzu große Emotionen. Sie lächelt nicht so viel, wie sie sollte. Ein unbeschriebenes Blatt Papier. Die emotionalen Reaktionen sind noch ausbaufähig, aber Essen und aufbauende Worte werden dieses Problem schnell beheben. Ihre Persönlichkeit ist nicht gebrochen – nur ein bisschen beschädigt.

Ihm fällt auf, wie sie die anderen Kinder beobachtet, die um sie herumlaufen. Sie steht ganz still und wartet auf eine Lücke in der wilden Schar, auf einen Moment, in dem sie sich unbemerkt unter die Spielenden mischen kann. Doch sie verpasst den Moment, wieder und wieder, und die Kinder ziehen lachend vorbei. Sie wischt sich die Hände an ihrer Matschhose ab. Mit anderen interagieren ist nicht ihre Stärke.

Aber das ist Sal egal. Sie hört zu. Lernt gut. Mehr braucht er nicht.

Endlich gibt Violet den Versuch auf, mit den Kindern zu spielen. Stattdessen geht sie tief in den Park hinein zu einer

Werkzeughütte, die mit einem rostigen Vorhängeschloss gesichert ist. Sie zieht eine glitzernde Klammer aus ihren Haaren und schiebt sie im Schloss hin und her. Hoch konzentriert legt sie die Stirn in Falten. So viele Emotionen hat Sal bisher noch nie bei ihr gesehen. Die Mütter – die immer alle Kinder im Auge haben – ermahnen sie: Nein, nicht das rostige Schloss, geh lieber aufs Klettergerüst oder auf die Wippe! Sie nickt und spielt auch dort, landet aber wieder bei dem Schloss. Wenn die Mütter nicht hinsehen, versucht sie erneut, es aufzubrechen. Nach einer halben Stunde schaut Sal wieder von seinem Buch auf. Das Schloss hängt offen an der Tür. Violet sitzt davor und sieht zu, wie es leicht hin und her schwingt. Er hebt sie hoch und wirbelt sie herum.

»Du bist wirklich talentiert, Süße.«

Wenn Violet gelobt wird, reagiert sie nicht wie die meisten Kinder aufgeregt. Sie lehnt ihren Kopf an seinen Hals und seufzt. Der Seufzer klingt, als wäre sie schon viel älter: schwer, schuldbewusst, furchtsam. Sals Herz, das durch das kalte Neonlicht von Vegas und die Tode all der geliebten Menschen hart geworden ist, zittert. Ein trauriges Flattern, das Sal sofort unterdrückt.

Mit Violet geht es nicht nur um Verbrechen oder um ihre Ausbildung. Er weiß, dass er ihr auch Spaß bieten muss. Sie ist sein Schützling, aber sie ist noch ein Kind. Um aus ihr die perfekte Erica, die perfekte Trickbetrügerin zu machen, muss alles ausgewogen sein.

Er nimmt sie mit auf den Las Vegas Strip. Dort arbeitet eine ehemalige Bekannte als Assistentin eines Zauberers. Während sie auf den Beginn der Vorstellung warten, kauft er Violet einen Shirley-Temple-Cocktail. Sie staunt über das rote, prickelnde Getränk. Nach dem ersten Schluck lächelt sie.

»Schmeckt es dir?«

Sie nickt eifrig. Es sieht aus, als falle ihr gleich der Kopf ab.

»Pass auf dein Genick auf«, sagt Sal und lacht. Nach einem Blick in die Karte fragt er: »Zwiebelringe oder Chicken Nuggets? Du darfst entscheiden.«

Und sie entscheidet.

14. SICH FÜRCHTEN

Als ich mit Marie in einem teuren Bioladen einkaufen gehe, kommt Violet zum Vorschein. Während ich den Wagen wie einen Roller benutze und durch die Gänge sause, bin ich nicht die beherrschte Erica. Schadensfälle: ein Pappaufsteller für Orangen, das gesamte Regal mit den Bohnenkonserven und die auf den Boden gefallene Transformers-Figur eines Fünfjährigen, die von den Rädern meines Einkaufswagens eiskalt geköpft wird.

Die Preisschilder lassen mich zusammenzucken. Gibt es wirklich Menschen, die sich dieses Essen leisten können? Für Sal und mich waren Selleriestangen und Tiefkühl-Brokkoli schon bio! Aber hier ist alles frisch, dunkel, blättrig und knackig. Ich kann mir gut vorstellen, dass jeden Moment jemand aus der Schule zwischen den Regalen auftaucht. Ich lege verschiedene Dinge in den Wagen, die weder Erica noch Violet je probiert haben. Als ich eine Packung Eis am Stiel hineinlege, wird Marie energisch.

»Mogle hier nicht noch mehr rein. Ein Nachtisch reicht!«

»Ach, Marie …«

»Nein«, sagt sie. »Nur eine Nascherei, *chiquita*.«

Seufzend entscheide ich mich für die Kekse. An der Kasse wirft Marie mir einen Blick zu.

»Deine Mutter will ja nicht, dass ich es anspreche, aber haben dir deine früheren Eltern genug zu essen gegeben? Sogar jetzt siehst du noch schrecklich mager aus.«

Ich werde ihr bestimmt nicht erzählen, dass ich in Vorbereitung auf mein Dasein als Erica zwei Jahre auf Diät gewesen bin. Ich habe sieben Kilo verloren und jedes einzelne davon war eine Qual. Als ich klein war, hat Sal mich recht ordentlich ernährt – ich bekam, was immer auf der Flucht im Auto, im Zug oder in der U-Bahn praktisch war.

»Wir haben uns wie normale Leute ernährt. Dieses schicke Bio-Zeug gab es nicht.«

Die Antwort scheint Marie zufriedenzustellen. Die Kassierer und Einpackhilfen sind gestresst. Eine Kasse weiter entdecke ich eine Packhelferin, die mir bekannt vorkommt. Ihre dunklen Haare sind zum Pferdeschwanz gebunden. Mit der Supermarktschürze sieht sie irgendwie anders aus, aber … es ist Taylor! Sie sieht mich nicht. Hier arbeitet sie also auch? Ich würde gern Hallo sagen, aber sie wirkt schwer beschäftigt. Also betrachte ich die Zeitschriften an der Kasse. Gerade als ich ein Magazin mit Brad Pitt auf dem Titelbild durchblättern will, entdecke ich ein Lokalblättchen, auf dem mein neues Gesicht in seiner ganzen, von blondem Haar umrahmten Schönheit prangt. Ich bin zu blass und habe Stresspickel auf der Stirn. Das Bild wurde nicht mal mit Photoshop bearbeitet, und das in einer Zeitschrift aus Las Vegas! Eine Schande.

Dann dämmert mir, dass das Bild vor dem Riddler Club aufgenommen wurde.

»Oh nein«, stöhne ich. »Oh nein, nein, nein, *nein*.«

»Was ist los?«, will Marie wissen.

Ich überlege kurz, ob ich aufs Kassenband kotzen soll (wahrscheinlich würde das alles in den Spalt rutschen, wenn sich das Band bewegt), beschließe aber, der Kassiererin die Putzerei zu ersparen. Schnell greife ich nach einer

Zeitschrift und lege sie auf die Einkäufe. Dann schiebe ich andere Zeitschriften über die, auf denen mein Gesicht zu sehen ist. Danke, Brad. Dir auch, Angelina.

»Das bist ja du!«, ruft Marie. Sie betrachtet die Zeitschrift. »Warum bist du auf der Titelseite?«

Soll ich jetzt so tun, als wäre das ein Scherz, oder soll ich zugeben, dass ich im Club gewesen bin? Ich versuche, mit Ehrlichkeit zu punkten.

»Marie, du darfst Mom nichts davon erzählen. Bitte.«

Sie sieht mich fragend an. »Erica, bist du nachts etwa durch irgendwelche Clubs gezogen? Warum? Das sind gefährliche Orte voller Drogen und Verbrecher.«

»Ich habe weder Drogen genommen noch Alkohol getrunken. Es war nur ein Abend. Bitte, Marie. Ich habe Luft zum Atmen gebraucht. Im Haus fühle ich mich so eingesperrt.«

»Das darfst du deiner Mutter selbst erklären«, erwidert sie kühl. Unausgesprochen schwingt die Drohung mit, dass sie es ihr andernfalls erzählen wird. Ich schiebe den Einkaufswagen zum Auto. Draußen ist es wieder warm; hinter den dichten grauen Wolken ist hier und da etwas Blau zu sehen. Wir packen die Einkäufe in den Kofferraum. Auf der Rückfahrt lese ich den Artikel über mich.

Erica Silverman, 17, Lokalberühmtheit aus Las Vegas und verlorene Tochter der reichen Silvermans, kehrte zu ihrer echten Familie zurück, nachdem sie 13 Jahre lang bei der falschen Familie gelebt hatte. Sehr hübsch, sehr privilegiert und feierfreudig. Jetzt scheint sie sich in der Clubszene auszuleben, um ihr Trauma zu vergessen.

Silverman wurde im Alter von vier Jahren von George und Kathleen Hastings aus Dallas, Texas, entführt. Allerdings gab es nie eine Lösegeldforderung. Psychologen glauben, das Paar habe einfach unbedingt ein Kind gewollt. Das wirft die Frage auf: Wie wird Silverman mit ihrem Leben in der Upper Class zurechtkommen, nachdem sie ihre Kindheit mit diesem Paar verbracht hat? Zu allem Übel gab es vorher bereits zwei ›Ericas‹, sodass der Fall stets im öffentlichen Gedächtnis blieb. Die Polizei hat nicht kommentiert, ob sie diese Erica für die echte hält – deren Mutter jedenfalls ist davon überzeugt. Mrs Silvermans Sprechern zufolge verbringt sie viel Zeit mit ihrer Tochter und versucht gemeinsam mit dieser, »die Tragödie in Alltag zu verwandeln«.

»Das darf doch alles nicht wahr sein!« Ich werfe das Heft in den Fußraum. Marie seufzt. »Je eher du deiner Mutter davon erzählst, umso besser. Hoffentlich hat sie es nicht vor uns entdeckt.«

»Der Schaden ist jedenfalls schon angerichtet«, stöhne ich.

»Sie wird dir verzeihen. Wenn du die Wahrheit sagst, wird sie dir verzeihen, ganz bestimmt.«

Marie wirkt selbstbewusst und sicher. Violet ist die Sache ohnehin völlig egal, denn sie ist dem Gemälde so nah, dass eine kleine Missstimmung zwischen Mutter und Tochter leicht ausgebügelt werden kann. Wenn Mr White die Bilder früher veröffentlicht hätte, wäre es schlimmer gewesen, aber inzwischen ist das Fundament solide. Aber Erica leidet unter dem Schaden, den ihr Image genommen hat. Sie will nicht als Partymaus oder böses Mädchen gesehen werden. Sie will alle Fehler wiedergutmachen. Violet lacht sie aus: Du bist tot – das kann dir egal sein!

Jetzt flippt Erica aus. Sie greift sich die Zeitschrift, reißt panisch die Seiten heraus und wirft sie aus dem Autofenster.

»Erica! Was machst du –«

»Bescheuert!«, ruft Erica. Es klingt albern und kindisch. »Das ist alles total bescheuert!«

Sie reißt die Seite mit ihrem Gesicht in kleine Fetzen und wirft sie wie Konfetti aus dem Fenster. Marie nimmt ihr sanft die Zeitschrift aus der Hand. »Fühlst du dich jetzt besser?«, fragt sie lachend.

»Sehr sogar.«

Ich betrachte meine zitternden Hände. Das war ganz allein Erica. Sie ist mir aus den Augen gesprungen wie eine tollwütige Hündin und meine Kontrolle war so effektiv wie eine Leine aus Zahnseide. In letzter Zeit brechen Erica und Violet abwechselnd aus mir heraus. Wo ist mein entspanntes Gleichgewicht? Meine Mitte, mein Ich, das Fundament, auf dem ich stehe, ohne mich wie eine Verrückte zu fühlen, die ein Doppelleben führt? Ich verliere den Boden unter den Füßen. Er bricht weg wie Sand, wie Zement, der durch ein Erdbeben Risse bekommen hat.

Nur noch ein bisschen.

Ich muss nur noch ein bisschen durchhalten.

Im Haus herrschen Dunkelheit und Stille.

Das ist an sich nicht unüblich, wenn niemand zu Hause ist. Aber Mrs Silverman ist zu Hause.

Marie sieht mich vielsagend an. Während sie die Einkäufe ausräumt, gehe ich nach oben.

»Mom?«

Ihre Tür ist angelehnt. Gedimmtes Licht dringt nach draußen. Ich klopfe schüchtern.

»Herein.«

Ihre Stimme ist unter dem Gefrierpunkt. Die Kälte raubt mir den Atem. Etwas stimmt nicht. Ich gehe hinein. Mrs Silverman sitzt an ihrem Schminktisch und trägt Make-up auf. Auf dem Bett liegen ein paar Outfits für den Wohltätigkeitsball, der heute Abend stattfindet. Auf dem Nachttisch liegt eine Zeitschrift. *Die* Zeitschrift. Sie folgt meinem Blick.

»Die ist heute erschienen. Ein Freund hat sie mir geschickt.«

»Mr White«, ergänze ich atemlos.

»Ein sehr fürsorglicher Mann.« Das Eis in ihrer Stimme splittert.

»Mom, ich kann das erklären –«

»Es gibt nichts zu erklären. Wenigstens nicht, ehe er hier ist. Wir werden im Wohnzimmer auf ihn warten. Geh schon hinunter, ich komme gleich.«

Was die meisten für Ärger halten würden, erkenne ich als Schmerz. Sie fühlt sich hintergangen und gibt sich alle Mühe, nicht die Fassung zu verlieren. Eigentlich möchte sie weinen. Als ich hinausgehe, zittern ihre Lippen. Marie meidet meinen Blick. Ich setze mich auf die Couch und presse die Hände zwischen den Knien zusammen.

Warum hat sie Mr White eingeladen? Um sicherzugehen, dass er mich auch wirklich dort gesehen hat? Um die Sache ein für alle Mal zu klären? Meine gesamte Ausbildung läuft auf diesen einen Augenblick, diese eine Konfrontation zusammen. Ich muss da durch. Ich bin zu dicht am Gemälde dran, um jetzt so abserviert zu werden.

All mein Leid, *das Leid all der Menschen, die mit Erica zu tun haben,* muss doch einen Sinn haben.

Gedanklich spiele ich die verschiedenen Möglichkeiten

durch: Märtyrerin, Opfer, Anklägerin. Ich kann alles sein, aber was davon funktioniert? Als Trickbetrüger plant man nicht im Voraus. Man agiert nicht proaktiv, sondern man reagiert. Ich muss mich entspannen. Atmen. Tief atmen, genau wie Mrs Silverman und ich es geübt haben. Wir haben zusammen geübt und gelacht …

Ericas Augen füllen sich mit Tränen.

Die Tränen tropfen auf Violets Knie.

Konzentriere dich. Konzentriere dich stärker auf die Kante des Couchtischs. *Wisch deine Tränen mit dem Ärmel weg und reiß dich zusammen, Schätzchen.*

Mrs Silverman kommt herein. Mit steifen Bewegungen setzt sie sich neben mich. Als es kurz darauf klopft, schlägt mein Herz bis zum Hals. Marie öffnet und führt Mr White ins Wohnzimmer. Er nimmt seinen Hut ab und setzt sich gegenüber von uns in einen Sessel.

»Mrs Silverman. Danke, dass ich herkommen durfte.«

»Danke, dass Sie es so kurzfristig einrichten konnten.« Sie lächelt. »Möchten Sie Tee? Oder Kaffee? Angesichts Ihrer langen Arbeitszeiten wahrscheinlich eher Koffein.«

Er lacht leise in sich hinein. *Er lacht*. Es ist ihm ganz egal, dass ich durch ihn gerade um zehn Jahre altere. Er lehnt alle angebotenen Getränke ab und sieht mich beinahe bedauernd an. Hat er ein schlechtes Gewissen? Vielleicht weiß er ja, dass er mich – uns – zerstört.

»Ich komme gleich zur Sache, Mr White. So sparen wir alle wertvolle Zeit.« Mrs Silverman faltet die Hände im Schoß. »Ich möchte Ihnen ein paar Fragen stellen.«

»Legen Sie los.«

»Warum sind Sie meiner Tochter ohne meine Erlaubnis gefolgt?«

Mr Whites Blick verfinstert sich. »Bei allem Respekt –«

»Indem Sie meiner Tochter ohne meine ausdrückliche Anweisung folgen, lassen Sie es an dem nötigen Respekt für meine Familie und mich fehlen, Mr White.«

»Ich verstehe –«

»Ach ja? Verstehen Sie wirklich 13 Jahre voller unendlich entsetzlicher Albträume? Voller Zweifel? Voller Verhöre durch die Polizei, die glaubte, mein eigener Mann habe meine Tochter getötet?«

Zum Glück schweigt Mr White. Mrs Silverman kocht vor Wut.

»Ich werde nicht zulassen, dass Sie meiner Tochter so nachstellen, wie mir die Polizei nachgestellt hat. Wir haben genug durchgemacht –«

»Bei allem Respekt, gnädige Frau« – White wird lauter – »Ihre Tochter wurde in einem Club mit der Tochter eines Anwalts gesehen, dessen Verbindungen zur Mafia allgemein bekannt sind –«

»Und was beweist das, Mr White?«, unterbricht Mrs Silverman, die ihrerseits lauter wird. »Dass sie ein Teenager ist und manchmal falsche Entscheidungen trifft? Das ist uns allen passiert. Und passiert uns immer noch. Vor allem Ihnen.«

»Ich kann beweisen, dass sie über eine Zeitschrift heimlich mit –«

»Sie lassen sich von Ihrem Herzen leiten, Mr White. Nicht von Ihrem Kopf.« Jetzt schreit sie beinahe. In dem riesigen Haus klingt ihre Stimme wie der Ruf eines sterbenden Falken. Ich schlucke. Mr White ist äußerst angespannt. Sie weiß, dass er sich zu ihr hingezogen fühlt. Ich habe es allerdings ihr nicht gesagt. Vielleicht weiß sie es schon lange.

»Erica, möchtest du etwas sagen?«, fragt sie schließlich.

»Es tut mir leid.«

»Ich glaube, wir verdienen eine Erklärung.«

»Es stimmt, ich war in dem Club. Es hat Spaß gemacht. Aber ich habe nichts getrunken und nichts Verrücktes getan, ehrlich. Nur Taylor hat ein bisschen zu viel getrunken und ich musste sie nach Hause bringen. Sie liebt das Risiko und ihr Dad ist komisch, aber sie ist kein schlechter Mensch. Sie versucht bloß, ihr eigenes Leben zu führen.«

»Warum hast du mich angelogen?«, fragt Mrs Silverman leise.

»Ich habe mich so eingesperrt gefühlt. Ich liebe dich, dieses Haus und alles, was du mir gegeben hast, aber nach einer Weile fühlte es sich so … eng an. Als müsste ich alles tragen, als erdrückte mich alles. Ich musste hier raus und etwas Neues ausprobieren. Leben. Versuchen, ein normaler Teenager zu sein.« Bei dem Wort »normal« verschlucke ich mich fast und das ist nicht gespielt.

Nach einer kurzen Stille steht Mrs Silverman auf. »Du wirst mich nie wieder anlügen. Wenn du solche Auszeiten brauchst, sag es mir einfach. Weißt du noch? Wir haben versprochen, ehrlich zueinander zu sein.«

Auch ich stehe auf. »Manchmal will ich einfach dichtmachen.«

»Das darfst du auch. Wenn ich dich zu sehr bedränge, sag etwas. Dann lasse ich dir mehr Raum. Du musst mir deine Bedürfnisse nur mitteilen.«

Ihre verständnisvollen Worte beruhigen mich, wühlen mich aber auch auf. Vergebung. Ich hatte erwartet, dass sie mich einsperrt und mir das Abendessen streicht. Jedenfalls eine Strafe. Als Mrs Silverman mich umarmt, geht Mr White zur Tür.

»Mr White«, ruft sie ihm hinterher, »danke. Ich weiß, dass Sie aus guter Absicht gehandelt haben.«

Mr White und ich sehen uns an. Als sich unsere Blicke für den Bruchteil einer Sekunde treffen, liegt darin eine gegenseitige Anerkennung. Fast hätte er die Oberhand gehabt. Aber fast auch ich.

Remis.

Er nickt höflich und schon ist er verschwunden, dieser Hüne von Mann, der beinahe die größte Teenager-Trickbetrügerin diesseits des Mississippi auffliegen ließ.

Trotz allem bekomme ich Hausarrest, muss mein Handy für eine Woche abgeben und kann nichts mit Cass oder Merril unternehmen. Dass Taylor mich besucht, kommt natürlich nicht infrage. Meinen Plan, zu James' wöchentlichem Auftritt zu gehen, um mich zu entschuldigen, kann ich auch vergessen.

Ein Anruf bei den Anwälten genügt und der Verkauf der Zeitschrift wird eingestellt. Ich kann nur beten, dass niemand an der Schule den Artikel gesehen hat. Doch bislang haben meine Gebete nie besonders viel genützt. Wenn jemand an der Schule den sieht, werde ich mit Taylor in Verbindung gebracht. Das ist Violet zwar egal, aber es schadet Ericas bravem Image.

Und natürlich haben meine Mitschüler die Zeitschrift gesehen. Alle starren mich an und tuscheln über Taylor und mich. Cass interessiert das Ganze nicht besonders, aber Merril ist wütend.

»Wie konntest du nur so mit ihr abhängen? Als Kerwin

erzählt hat, dass du mit ihr dort warst, wollte ich das gar nicht glauben. Warum Taylor? Die kommandiert einen doch bloß herum.«

»So schlimm ist sie nicht, Mer.«

»Ach nein? Heute früh hat sie mit rotem Edding einen Penis auf mein Schließfach gezeichnet und Kerwin auf der Treppe ein Bein gestellt. Weißt du, wie gefährlich Treppen sind? Man kann sich den Hals brechen. Sie hätte ihn umbringen können.«

»Sie ist Gothic-Fan, keine Mörderin«, sagt Cass lachend. »Du übertreibst, Merril. Entspann dich mal. Ich dachte, du wirst ruhiger, wenn du einen Freund hast.«

Sogar die Lehrer haben von den Gerüchten gehört. Nach dem Unterricht spricht Mr Roth mich an.

»Erica, einen Moment, bitte.«

»Klar. Was gibt es?«

»Es fällt mir nicht leicht, das zu sagen, deshalb rede ich nicht lang darum herum. Ich glaube, dass du bei der Anmeldung in Bezug auf deine Mathematik-Kenntnisse nicht ganz ehrlich warst. Ich habe den Eindruck, dass du dich zurücknimmst. Selbst wenn du dich einmal verrechnest, wählst du äußerst fortgeschrittene Rechenwege.«

»Mr Roth –«

»Bitte, Erica. Das ist lediglich eine Feststellung. Es schmerzt mich einfach, wenn eine gute Schülerin ihr Potenzial nicht ausschöpft, weil sie nicht auffallen will. Die Zeitschrift habe ich natürlich auch gesehen und ich werde dich nicht darüber ausfragen, aber Taylor ist niemand, an dem du dir ein Beispiel nehmen solltest.«

»Ja. Entschuldigung. Ich glaube, ich merke gar nicht, wenn ich das tue.«

»Wenn du dich weiterhin dümmer stellst, als du bist, kannst du dich nicht um die guten Stipendien bewerben. Dann wird niemand dein Talent bemerken.«

Er sorgt sich um mich. Ich bin ihm nicht egal. Er spricht von meinem »Talent«. Er hat tatsächlich gesagt, dass ich Talent habe. Talent für etwas anderes als Betrügen? Bei dem Gedanken wird mir ganz warm ums Herz. Es gibt etwas, das ich gut kann. Und zwar etwas anderes als lügen.

»Danke, Mr Roth. Ich werde an Ihre Worte denken.«

Nach der Schule fahre ich mit Mrs Silverman zur Klinik. Das Hochgefühl durch Mr Roths Kompliment ist längst verflogen. Ich bin wieder zurück in der Wirklichkeit und arbeite an meinem großen Betrug. Das ist mein Leben, meine Luft, mein Blut. Ich muss den nächsten Schritt gehen. Ich brauche mehr Informationen über den Code und über den Zoo.

»Wir waren im Zoo«, sage ich deshalb.

»Ja, als du jünger warst. In den Zoo bist du am liebsten gegangen.«

»Ich erinnere mich an die Pandas.«

Sie lächelt. »Du hattest große Angst vor ihnen.«

»Angst? Vor zweifarbigen Teddybären?«

»Ich weiß auch nicht, warum. Manche Kinder hassen Spinnen, andere mögen kein tiefes Wasser. Du mochtest eben keine Pandas.«

»Sie riechen ja auch wirklich übel.«

Sie lacht. »Wir können ja mal wieder hingehen. Am Samstag endet dein Hausarrest. Wenn wir nachmittags gehen, vermeiden wir den Mittagstrubel.«

Ich habe eine Polaroidkamera dabei, die ich in Ericas Zimmer gefunden habe. Es ist sogar noch eine Filmrolle darin. Wahrscheinlich hat Mr Silverman sie für Erica gekauft – sie war im Schrank in einer Schachtel, auf der noch »von Santa Claus« stand. Erica war damals noch zu klein, um sie zu benutzen, aber Mr Silverman hatte trotzdem eine knallrosa Schutzhülle mit Einhörnern gekauft.

Mrs Silverman wirft mir einen fragenden Blick zu.

»Ich dachte, das bringt vielleicht seine Erinnerungen in Schwung. Einen Versuch ist es wert, oder?«

»Alles ist einen Versuch wert«, seufzt sie.

Ich habe Glück – keine Spur von Schwester Rodriguez. Das ist meine Chance. Jetzt oder nie. Ich richte es so ein, dass Mrs Silverman eine extrem gestresste Schwester nach Dad fragt. Wie immer wartet Mrs Silverman bei den Kaffeeautomaten. Statt zu warten, bis die Schwester Dad zu mir in die Lobby bringt, gehe ich zu dessen Tür.

»Ich kann ihn gern selbst zum Tisch bringen, Audrey«, sage ich mit einem Blick auf das Namensschild der Frau.

»Wirklich? Das wäre nett.« Schwester Audrey seufzt. »Ich habe noch eine Neuaufnahme zu bearbeiten.«

Ich versichere ihr, das sei kein Problem, und warte, bis sie um die Ecke verschwindet. Dann hake ich mich bei Dad unter.

»Kannst du mir dein Zimmer zeigen?«

»Nein. Das darf nur ich sehen.«

»Aber schau doch!« Ich zeige ihm die rosa Kamera. »Erinnerst du dich noch? Die hast du mir geschenkt und ich konnte nie irgendwelche Fotos damit machen. Ich will meinen Freunden zeigen, wo mein Vater lebt.«

»Ich lebe an einem schlimmen Ort.«

Ich sehe mich nach Schwester Rodriguez um. Sie könnte jeden Augenblick auftauchen.

»Dad, bitte. Du hast so viel Arbeit in diese schönen Wände gesteckt. Es wäre jammerschade, kein Foto von ihnen zu haben. Was, wenn die Schwestern sie streichen? Oder reinigen? Du willst doch nicht, dass all das für immer verschwindet, oder?«

Nervös tritt er von einem Fuß auf den anderen. Schließlich öffnet er die Tür. Er räuspert sich.

»Nur ein paar Bilder.«

»Danke!« So schnell es geht, mache ich Fotos. Ich beginne mit der rechten oberen Ecke und arbeite mich im Kreis nach unten. Ich lasse jedes Bild trocknen und stecke es in meine Manteltasche. Auf manchen Fotos ist Dads Kopf zu sehen, weil er im Zimmer hin und her geht.

»Lächeln!«, rufe ich. Er grinst gequält. Ich bekomme Magenschmerzen, aber ich ignoriere die Schuldgefühle, erwidere sein Lächeln und fotografiere weiter.

Der Code.

Mehr brauche ich nicht.

Für mehr bin ich nicht gekommen.

Nichts davon ergibt einen Sinn.

Ich habe die Gleichungen von den Fotos in ein Notizbuch übertragen. Acht Gleichungen tauchen öfter auf als die anderen. Schritt für Schritt nehme ich sie auseinander und seziere das Mathemonster, das Dad erschaffen hat. Ich löse die Gleichungen auf und erhalte unmögliche Dezimalzahlen. Ich gebe die Zahlen in Suchmaschinen ein und setze einzelne

Abschnitte neu zusammen. Sie sehen aus wie das Gekrakel eines Verrückten, aber irgendwie funktionieren sie. Alles passt zusammen. Jedes Element ist aus einem bestimmten Grund vorhanden und deshalb sollten die Gleichungen auch jeweils eine vernünftige Lösung ergeben. Und keine Dezimalzahl, wie ich sie erhalte. Keine vierstellige Hexadezimale nach einer binären Umwandlung. Bei jeder Gleichung sollte genau eine Zahl oder ein Buchstabe rauskommen. Irgendetwas mache ich falsch, aber ich weiß nicht, was.

Vielleicht täusche ich mich. Vielleicht bedeuten die acht sich ständig wiederholenden Gleichungen in Dads Zimmer überhaupt nichts.

Mathe hat Sal immer besonders intensiv mit mir geübt. Jetzt denke ich, ich weiß, warum. Mr Silverman war Ingenieur – ein Berufsmathematiker. Gewohnheiten ändert man nur schwer, aber sie sind leicht zu verfolgen. Mein Jagdinstinkt ist geweckt. Durch die Fähigkeiten, die Sal mir beigebracht hat, kann ich der Spur weiter folgen als irgendjemand anders. Ich bin die Beste für diesen Job. Ich wurde eigens erschaffen, um die Beste für diesen Job zu sein – ein aschblonder Frankenstein, der hervorragend lügen und fröhlich lächeln kann.

Ich gehe die Sache falsch an. Vielleicht sollte ich Mr Roth nach den Gleichungen fragen. Nein, das wäre zu riskant. Er wüsste gleich, dass die Aufgaben nicht von mir stammen, und würde Fragen stellen. Mein gesamtes Handeln steht unter Verdacht, Mr White und Kerwin schnüffeln herum – ich kann niemandem vertrauen.

Außer einem.

Aber ich bin zu feige, ihn anzurufen. In Mathe ist er genauso gut wie ich. Vielleicht hat er einen anderen Ansatz und ihm fällt etwas auf, das ich übersehen habe. Aber seit unserem Date habe ich – von der allmorgendlichen Begrüßung abgesehen – nicht mehr richtig mit James gesprochen. Selbst Violet ist nicht mehr so mutig wie sonst. Sie zögert. Los, Violet, es geht um den Code.

Reiß dich zusammen, Schätzchen.

\- - -

Ich rufe Taylor über unser Festnetz an.

»Alles klar? Hier ist Taylor. Hinterlasst mir eine Nachricht oder legt auf.«

»Hi, Taylor, hier ist Erica. Ich wollte nur Hallo sagen. Tut mir leid, dass ich in letzter Zeit so schweigsam war.« Ich lache nervös. »Vielleicht hast du ja die Zeitschrift gesehen. Es tut mir leid. Du verstehst bestimmt, dass ich nichts mit dir unternehmen kann, wenn so etwas kursiert. Von mir wird erwartet, dass ich ein Engel bin, nicht so ein Super-Teufel wie du.«

Was kann ich sonst noch sagen? Mit meinem wahren Ich würdest du dich besser verstehen? Danke, dass du versucht hast, meine Freundin zu sein, obwohl ich nicht ehrlich zu dir sein kann? Obwohl ich nicht einmal in aller Öffentlichkeit sagen kann, dass ich dich gernhabe.

»Tut mir leid«, flüstere ich. »Ich bin total am Arsch.«

Ich lege auf. Fluche. Hau ab, Violet. Ich bin so dicht dran. Ich habe es fast geschafft.

Taylor ruft nicht zurück. Der Freitag verstreicht. Ich ziehe eine Strickjacke an und streiche meinen Rock glatt. Mrs Silverman hat eine Windjacke über ihr Blumenkleid gezogen.

Es ist der wärmste Tag seit Wochen. Während wir die Eintrittskarten kaufen, hält sie meine Hand. Um uns herum der Lärm der Familien. Mrs Silverman starrt ein Baby in einem Buggy an.

»Du wolltest immer einen Bruder oder eine Schwester.«

»Eine Schwester. Wer will schon einen Bruder? Die sind klebrig, stinken und gehen einem auf die Nerven«, necke ich sie.

»Aber eine Schwester hätte dir dein Spielzeug geklaut.«

»Dann möchte ich eben einen Bruder.«

Sie drückt meine Hand. Wir betrachten die Flamingos und gehen dann durch den afrikanischen Teil. Die Löwen liegen frierend auf den künstlichen Felsen und wirken fehl am Platz. Die Nilpferde waten durch schlammiges Wasser und kacken. Ich vermute, dass Mrs Silverman gleich wie eine Dame der feinen Gesellschaft die Nase rümpfen oder taktvoll in die andere Richtung schauen wird. Stattdessen lacht sie.

»Der braucht dringend seine Privatsphäre.«

Die Giraffen sehen wie Fehlkonstruktionen aus – übergroß auf ihren dürren Beinen. Tropische Vögel in allen Farben des Regenbogens fliegen durch Glashäuser. Die Elefanten schieben sich Heu in ihre riesigen Mäuler.

»Ihre Rüssel haben zwei sogenannte Rüsselfinger. Stell dir mal vor, wenn du nur zwei Finger hättest«, sage ich. Mrs Silverman macht mit zwei Fingern das Peace-Zeichen. »Nein, eher wie Zeigefinger und Daumen. Damit könnte man immerhin noch schreiben. Ob Elefanten schreiben können?«

»Wahrscheinlich«, überlegt sie. »Vielleicht sind die beiden Stellen aber auch wie zwei Daumen.«

»Malen können Elefanten jedenfalls.« Eine Tierpflegerin hat unser Gespräch gehört und kommt von der anderen Seite des Zauns auf uns zu. In der einen Hand hält sie eine Stange mit Haken, den sie wahrscheinlich benutzt, um die Elefanten zusammenzutreiben. »Normalerweise muss man sie aber darauf trainieren, ihnen die verschiedenen Techniken und so etwas beibringen. Die Bilder entstehen aus ihrer Vorstellungskraft.«

»Kann man darauf denn etwas erkennen?«, fragt Mrs Silverman.

Die Tierpflegerin zuckt die Schultern. »Manchmal. Aber normalerweise nicht – außer, die Tiere werden von den Pflegern angeleitet. Sonst kritzeln sie nur. Aber es sind wunderschöne Kritzeleien.«

Gemälde. Ich konzentriere mich auf das Wort. Deshalb bin ich hier. Ich sollte diesen Ausflug nicht so sehr genießen. Ich muss Mrs Silverman den Code abluchsen. Alles, was sie erzählt und was mit dem Code in Verbindung steht, könnte helfen. Es ist wichtig, dass ich äußerst behutsam vorgehe.

Die Pandas schlafen unter einem goldenen Bambus, der vor dem Himmel Nevadas unnatürlich aussieht. Hier ist es nicht neblig wie in China. Den Pandas scheint das egal zu sein. Vielleicht haben sie sich von dem Wunsch, nach Hause zurückzukehren, auch verabschiedet. Vielleicht sind sie inzwischen hier zu Hause. Mrs Silverman schließt lächelnd die Augen.

»Hier waren wir, als du klein warst. Wir haben den beiden Pandas zugesehen. Aber du hattest Angst und ich habe uns Eis gekauft. Jemand rempelte mich an, das Eis fiel mir hinunter, also habe ich noch eins gekauft. Die Sonne ging gerade unter und du sagtest –«

Ich halte den Atem an. Sie ist ganz in der Erinnerung versunken. An die muss sie sich auch geklammert haben, als Erica entführt wurde. Vielleicht war der Zoobesuch sogar erst kurz vor der Entführung. Das würde erklären, warum das Erlebnis in ihr noch so lebendig ist, warum sie es als Code verwendet. Sie sieht mich an.

»Was habe ich gesagt?«, dränge ich sie.

Sie schüttelt den Kopf. »Nicht so wichtig.«

»Es muss wichtig gewesen sein. Oder lustig. Weil du dich nach so langer Zeit noch immer daran erinnerst.«

»Lass uns gehen.« Der Wind spielt mit ihren blonden Locken. »Marie erwartet uns zum Abendessen.«

Mr Silverman hat in seinem Wahn von den Pandas im Zoo gesprochen. Und Mrs Silverman will von diesem Erlebnis nichts erzählen. Es muss mit dem Code zu tun haben. Was könnte ein kleines Mädchen zu seiner Mutter sagen, nachdem der das Eis heruntergefallen ist? Etwas Kitschiges? *Ich liebe dich, ich liebe Dad, ich will, dass wir nie getrennt werden*. Wenn es so etwas wäre, hätte sie es mir erzählt. Das wäre leicht zu verstehen. Aber sie verschweigt es – also muss Erica etwas Tiefgründiges gesagt haben, etwas, das sich in Mrs Silvermans Erinnerung gefressen hat. Die Rückfahrt verläuft schweigend, aber von Zeit zu Zeit drückt Mrs Silverman meine Hand. Sie versucht, sich zu beruhigen. Will sich vergewissern, dass ich noch immer bei ihr bin.

Zu Hause gibt sie mir mein Handy zurück. Mein Hausarrest ist beendet. Ich habe eine Voicemail von Taylor.

»Hey Fake-Mädchen!« Sie hustet. »Tut mir leid, dass ich deinen Anruf verpasst habe. Mach dir keine Gedanken, okay? So was passiert. Besonders Leuten wie uns.«

Ich muss lachen. Nach einer kurzen Pause geht die Nachricht weiter.

»Aber versprich mir eines. Wo immer du auch hingehst, wenn die Sache vorbei ist – bleib mit mir in Kontakt, okay?«

»Mach ich«, antworte ich der Aufnahme. Es gibt also doch Hoffnung. Sie will auch dann noch meine Freundin sein, wenn ich die Tat begangen habe und fortgegangen bin. Die Aussicht ist krass und trifft mich unvorbereitet.

Es gibt also doch noch einen Hoffnungsschimmer.

Diesmal nehme ich Millicents Tee an. Er schmeckt nach Gras, aber die Wärme tut gut.

Ich räuspere mich. »Manchmal fühle ich mich, als wäre ich zwei Personen gleichzeitig – mein früheres und mein zukünftiges Selbst. Bestimmt bin ich nicht die Einzige, der es so geht. Aber wenn die Leute Erwartungen an dich haben, ist das etwas anderes. Sie erwarten, dass du höflich bist. Und noch viele andere Dinge. Das trifft wohl auf jeden zu. Und ist nichts Besonderes.«

Millicents Augen funkeln – wie immer, wenn ich etwas sage, das sie sezieren kann.

Ich spreche weiter. »Jeder muss lernen, dass er seine Gegensätze im Gleichgewicht hält, verstehen Sie? Darum geht es schließlich im Zusammenleben mit anderen. Manche Leute gehen viele Kompromisse ein und kommen mit vielen verschiedenen Menschen zurecht. Andere bleiben sich selbst treu und verlieren vielleicht ein paar Freunde, aber ich glaube, letztendlich sind sie zufriedener, weil sie wissen, dass sie aufrichtig waren.«

Ich schlage meine Beine übereinander. »Sie zum Beispiel sind Mitte 30 und schon Ihr ganzes Leben übergewichtig. Aber Sie haben schöne Haare. Bestimmt bekommen Sie dafür von allen Komplimente. Sie haben keinen Ehemann, aber einen Freund.«

Ihre Augenlider zucken und sie schreibt langsamer.

»Er ist nicht ehrlich zu Ihnen. Behauptet, er möge Ihre Kurven, aber Sie glauben, dass er lügt. Sie wissen, dass er lügt. Schließlich sind Sie Psychiaterin.«

Ich deute auf die verschiedenen Teesorten auf dem Tisch. »All diese Tees. Sie mögen Heilkräuter. Sie probieren sie nun schon seit einem Jahr aus und hoffen, dass einer davon Ihnen beim Abnehmen hilft. Eigentlich waren Sie immer zufrieden mit Ihrem Körper, aber er ist es nicht, und das raubt Ihnen Ihr Selbstvertrauen. Sie kreiden es ihm an, dass er der Grund für Ihre Selbstzweifel ist. Vorher hatten Sie nie welche. Sie haben sich selbst akzeptiert. Aber jetzt hassen Sie ihn manchmal.«

Sie hört mir mit einem kleinen Lächeln zu und nickt. Ich weiß nicht, ob ich recht habe. Aber ich scheine nahe an der Wahrheit zu sein.

»Es ist doch so, man weiß nie wirklich, wer man ist oder wozu man fähig ist, bis man die richtigen Menschen trifft. Solche, die diese Dinge in einem hervorbringen. Manche setzen sich vielleicht mit den Ellbogen durch, aber letztlich reagieren wir alle auf andere Menschen. Wir wissen es bloß nicht, ehe wir dem richtigen Katalysator begegnen. Das ist dann Chemie und der ganze Mist.«

Ich werfe einen Blick auf die Uhr. Die Zeiger bewegen sich im Schneckentempo. Was James wohl gerade macht? Denkt er an mich, so wie ich an ihn? Ist Taylor einsam? Wird sie langsam verbittert, wie Millicent? Was ist mit Cass und Merril? Werden sie mir je vergeben, wie Taylor mir vergeben hat? Oder werden sie mich links liegen lassen, sobald ich mein wahres Wesen zeige?

Nur die Uhr kennt die Antwort. Die Zukunft kennt die Antwort. Ich hole tief Luft.

»Zeit und der ganze Mist.«

15. DAS SPIEL SPIELEN

Ich verstehe diese Zahlen nicht.

Ich habe Mr Roth zu Teilen von ihnen befragt und er hat mir auch bereitwillig geantwortet, aber selbst mit seinen Erklärungen verstehe ich sie nicht. Nichts funktioniert. Es ist, als wären die Gleichungen unvollständig. Habe ich die dazugehörige Hälfte an den Wänden übersehen? Ich betrachte die Polaroids, bis mir die Augen brennen.

Ich mache etwas falsch und weiß nicht, was. Ich habe schon versucht, die Zahlen zu spiegeln, sie in Tabellenform angelegt, aber ich komme immer nur auf Dezimal- und Hexadezimalzahlen mit mehr als zwei Stellen. Irgendwie müssen sich die acht Gleichungen doch lösen lassen, dass es eine ganze Zahl oder einen Buchstaben ergibt. Ist das zu viel verlangt?

Ich überlege, ob ich Sal durch die Kolumne in der Zeitschrift fragen soll, aber er wüsste die Antwort nicht. Er hat mir die Mathematik schließlich nicht beigebracht. Dafür hatte er einen genialen ehemaligen Mitarbeiter des Massachusetts Institute of Technology angeworben, der in der Unterwelt von Las Vegas beim Spielen sein Glück versuchte. Sal hat keinen Highschoolabschluss, aber er wollte immer, dass ich mehr erreiche. Dass aus mir etwas Besseres wird. Wie ein richtiger Vater.

Er wollte, dass ich so gut werde, damit ich das Gemälde besorge.

Ich schreibe die acht Gleichungen auf ein Blatt und fotografiere sie mit meinem Handy. Dann schicke ich sie an die einzige Nummer, vor der ich Angst habe. Dazu die Nachricht:

Knoble an einer schwierigen Aufgabe. Kann sie nicht lösen.

Ich warte. Er ist sauer. Natürlich ist er sauer. Erst verhalte ich mich bei unserem Date wie eine Vollidiotin und dann bitte ich ihn um Hilfe. Der Touchscreen leuchtet unter meinem Kissen. Mit ihm begrabe ich die Hoffnung, die Sehnsucht und die Wut auf mich selbst. Wie komme ich dazu, ihm zu schreiben. Oder auch nur mit ihm zu reden.

Wie komme ich dazu, Normalität zu erwarten.

Um elf Uhr antwortet er:

Sorry. Abendessen mit der Familie. Musste Handy aufladen. Woher hast du diese Gleichungen?

Es fühlt sich an, als würde ich mein Herz verschlucken.

College-Buch.

Sofort antwortet er:

Ich glaube, das sind Paare. Eins und drei. Zwei und vier. Etc.

Oh mein Gott. Ich greife nach meinem Notizbuch und beginne, im schwachen Schein meines Handydisplays zu rechnen. Er hat recht. Warum ist mir das nicht aufgefallen?

Statt acht kurzen Gleichungen habe ich vier lange, die perfekt zueinanderpassen. Jetzt sind sie schon logischer. Ich muss sie immer noch mühsam lösen, wenn nötig die Hexadezimale konvertieren und die Gleichungen dann miteinander verbinden, aber das ist immerhin ein Schritt in die richtige Richtung.

Danke!

Wahrscheinlich ist das zu enthusiastisch. Ich zögere wegen des Ausrufezeichens. Vielleicht sollte ich es löschen. Ich sollte die Coole spielen. Aber ich kann nicht. Ich bin glücklich – zu glücklich. Mehr darüber, dass er zurückgeschrieben hat, als darüber, dass der Code zum Greifen nahe ist.

Denk an deine Prioritäten, Schätzchen.

Ich lasse das Ausrufezeichen stehen.

Er schreibt zurück:

Schlaf gut.

Und während diese Worte auf dem Display leuchten, schlafe ich mit dem Handy unterm Kissen ein.

Heute Nacht, für diese eine Nacht, bin ich wie jede andere Jugendliche auf der Welt.

– – –

3k2p6pm.

Die vier Gleichungen ergeben diese Zahlen und Buchstaben, in genau dieser Reihenfolge.

6pm ist natürlich 6 Uhr abends – die Zeit, zu der Mrs Silverman und Erica im Zoo waren. *2p* könnte alles heißen, aber ich vermute, es verweist auf die zwei Pandas. *3k* ist schwieriger, aber ich habe es trotzdem herausgefunden: Es steht für die drei Kugeln Eis, die Mrs Silverman gekauft hat.

Eine Ziffer fehlt noch. Eine letzte Stelle, die sich auf das Erlebnis bezieht, über das Mrs Silverman nicht sprechen wollte. Etwas, das die kleine Erica zu ihr gesagt hat. Der Gedanke quält mich ständig, eine Leerstelle in meinem Gehirn, die gefüllt und erkannt werden will. Sie ist das Einzige, was mich an der Vollendung dieses Coups – dieses *Lebens* – hindert. Erica in mir kichert schüchtern, wenn ich sie bitte, das Rätsel zu lösen. Sie ist nutzlos. Sie genießt es, mich leiden zu sehen.

Vielleicht will sie auch einfach, dass ich hierbleibe.

Mrs Silverman und ich besuchen Mr Silverman. Als wir das Gebäude betreten, verzieht die Empfangsdame schon das Gesicht. Sie kommt hinter dem Empfangstresen hervor und lächelt.

»Es tut mir leid, Mrs Silverman, aber heute können Sie Ihren Mann nicht besuchen.«

»Warum nicht?«

»Es geht ihm nicht so gut.« Die Dame macht eine Pause, als lauschte sie. Ich höre leise Schreie.

»Was ist mit ihm los?« Mrs Silverman geht zu seinem Zimmer. »Brandon? Brandon, geht es dir gut?«

»Bitte, Mrs Silverman –« Die Empfangsdame läuft uns hinterher. Vor Dads Zimmer steht eine Gruppe von Schwestern. Ein männlicher Krankenpfleger versucht, die Tür zu öffnen.

»Was ist hier los?« Mrs Silvermans Stimme ist schrill.

»Es tut mir leid, Mrs Silverman«, sagt eine der Schwestern. »Er hatte eine Art Nervenzusammenbruch. Er hat die Tür von innen mit einem Stuhl versperrt. Wir haben bereits Dr. Polteski gerufen, der gleich hier sein wird, um mit ihm zu reden.«

»Brandon!«, ruft Mrs Silverman. »Bitte, Brandon. Ich bin's! Erica ist auch hier. Wir wollten dich besuchen. Bitte komm heraus.«

»Nein!«, brüllt Mr Silverman durch die Tür. »Nein, haut ab!«

Ein Mann im weißen Kittel eilt herbei. »Mrs Silverman, warten Sie bitte am Empfang, bis wir das hier gelöst haben.«

»Nein! Ganz offensichtlich geht es ihm ja nicht gut –«

»Was noch schwieriger wird, wenn so viele Leute hier sind«, unterbricht der Arzt. »Alle bis auf Schwester Rodriguez und Schwester Gray gehen bitte. Und zwar jetzt.«

Die Schwestern bringen uns in die Lobby und überreden uns, auf dem Sofa Platz zu nehmen. Mrs Silverman vergräbt ihr Gesicht in den Händen. Ich lege den Arm um sie.

»Alles wird gut«, tröste ich sie. Bei jedem Schrei von Dad zuckt sie zusammen, als steche jemand auf sie ein. »Er hat nur einen schlechten Tag. Das hat doch jeder mal.«

Die Schreie werden lauter. Ab und zu höre ich *Erica*. Schließlich holt mich der Arzt.

»Es ist wohl am besten, wenn Sie mit ihm sprechen.«

Mrs Silverman will mitkommen, aber Dr. Polteski knurrt: »Nur Erica.«

»Ich hole ihn da raus. Mach dir keine Sorgen«, beruhige ich Mrs Silverman.

Der Krankenpfleger gibt die Tür für mich frei. Ich lehne mich dagegen, das Metall fühlt sich kühl an meiner Stirn an.

»Dad, ich bin's.«

»Ich will nicht gehen«, schluchzt er.

»Du musst nicht gehen. Du kannst hierbleiben, so lange du willst.«

»Du hast es versprochen.« Seine Wörter klingen verwaschen. »Du hast es versprochen, Erica.«

Ich balle die Fäuste. »Was habe ich versprochen?«

»Dass du zurückkommst. Du hast es gesagt. Du hast gesagt, wenn ich warte, kommst du nach Hause, egal was passiert. Nach Hause. Egal was passiert, du kommst nach Hause.«

Dann ist alles ganz still. Meine Fingernägel graben sich in meine Handballen. Die Metalltür ist feucht von meinen Tränen. Nein, nicht meinen. Erica versucht, die Tränen zu unterdrücken, beißt sich auf die Lippen. Dann stößt sie hervor: »Es tut mir leid.«

»Nach Hause!«, brüllt Mr Silverman.

»Es tut mir so leid.«

»Nach Hause! Nach Hause!«

»Ich kann nicht!«

»Du hast es versprochen! Mir und deiner Mom. Du hast es allen versprochen!«

»Ich k-kann nicht.« Ich sinke zu Boden und verberge mein Gesicht vor den Schwestern, die um mich herumstehen. Ich bin tot, Dad. Ich werde niemals nach Hause kommen. Aber das kann ich dir nicht sagen. Ich wollte es dir sagen, aber du hast nicht zugehört. Dir als Einzigem wollte ich es sagen, und du weigerst dich, es zu verstehen, mir zuzuhören. Hör zu: *Ich bin tot.* Spüre es durch diese Tür, die uns trennt: *Ich bin tot.* Lausche den Schluchzern, die meine Rippen brechen: *Ich bin tot.*

Ich bin – Sie ist *tot.*

Auf der Rückfahrt schweigen wir. Im Haus schweigen wir. Beim Abendessen schweigen wir.

Erst als ich zu Mrs Silverman ins Bett krieche, umarmt, berührt und tröstet sie mich. Diesmal hat sie mir Freiraum gelassen, statt mir ihre Liebe aufzudrängen. Jetzt bitte ich darum.

Ich schniefe. Meine Tränen trocknen am Kragen ihres Schlafanzugs. »Tut mir leid.«

»Entschuldige dich nicht«, flüstert sie. »Dazu gibt es keinen Grund. Du hast dein Bestes gegeben.«

Auf dem Weg von meinem kalten Zimmer in dieses warme Nest habe ich es plötzlich verstanden. Während Violet Tränen weint, die nicht ihre eigenen sind, begreift sie, was Mr Silverman gesagt hat: Erica hat versprochen, nach Hause zu kommen. Er könnte sich das natürlich nur ausgedacht haben, aber sein wirres Gerede basiert normalerweise auf der Wahrheit, das hat schließlich die Unterhaltung über den Zoo gezeigt. Zuerst erschien es unsinnig, später ergab es einen Sinn. Einen Versuch ist es wert.

Im Zoo hat Erica etwas Verstörendes zu Mrs Silverman gesagt – damit hängt garantiert auch die letzte fehlende Stelle im Code zusammen. Dass Erica laut Mr Silverman gesagt haben soll, sie würde gehen, käme jedoch zurück, verstört wiederum *Violet*. Wenn das Erlebnis im Zoo einige Tage vor der Entführung stattgefunden hat, dann muss Ericas Versprechen unheimlich und nach einem sehr seltsamen Zufall geklungen haben.

Aber Violet weiß, dass es keine Zufälle gibt.

»Wenn ich weggehe, komme ich wieder, versprochen.«

Die Worte schneiden durch die Nacht. Mrs Silverman erstarrt.

»Das habe ich im Zoo gesagt. Es hat dir Angst gemacht. Ich habe dir Angst gemacht, weil ich ein paar Wochen später wirklich weg war. Ich erinnere mich nicht daran, aber Dad hat mir das heute ständig zugerufen.«

Sie atmet hörbar aus. »Ich hatte dich für einen Moment aus den Augen verloren. Beim Pandagehege. Du hattest dich hinter einem Busch versteckt und mit Marienkäfern gespielt. Als ich dich fand, bin ich vollkommen ausgeflippt. Das machte dir Angst. Als du mit Weinen aufgehört hast, versprachst du, nach Hause zu kommen. Du sagtest, selbst wenn du dich verlaufen würdest, kämst du nach Hause.«

»Und ich bin zurückgekommen, wie ich es versprochen habe. Ich bin nach Hause gekommen …«

Aber Erica ist nicht zurückgekommen. Die Erica, die Mrs Silverman in den Armen hält, ist nicht die echte Erica. Deren Versprechen ist mit ihr gestorben und kann nie eingelöst werden. Ein leeres Versprechen. Ich hätte nicht gedacht, dass Erica noch Tränen übrig hat, aber sie rinnen mir immer noch die Wangen hinab. Wer weint jetzt? Violet ist es nicht. Sie betrachtet Erica und ihre Mutter, die einander umschlungen halten. Das Schlafzimmer riecht nach Rosen und Kummer.

»Du bist zu Hause«, sagt Mrs Silverman. »Du bist zu Hause und jetzt ist alles gut.«

Zu Hause.

Aber es ist nicht gut, oder? Du weinst immer noch. Etwas stimmt nicht. Bloß weißt du nicht, was es ist. Die anderen beiden Ericas haben sich nicht annähernd so richtig angefühlt. Aber aller guten Dinge sind drei, richtig? Du redest dir ein, dass es an einer posttraumatischen Belastungsstörung, am Stockholm-Syndrom oder Ähnlichem liegt. Irgendwas. Sie ist nicht dauerhaft gestört, sie hat sich nicht verändert, du hast nicht all ihre prägenden Jahre verpasst. Sie haben sie zu einem anderen Menschen gemacht. Veränderungen sind normal. Du redest dir ein, dass Veränderungen unumgänglich sind, aber du hast immer noch wahnsinnige Angst.

Du hast Angst, Angst, dass dieses kleine Gefühl, dass etwas nicht stimmt, für immer bleiben wird. Du spürst die unterdrückte Violet in mir. Du würdest alles tun, damit es mir besser geht und ich mehr wie die Erica werde, die du früher kanntest. Liebe. Essen. Kleidung. Zeit. Bisher noch keine Medikamente und Ärzte. Aber auch das würdest du alles bereitwillig bezahlen, wenn es dir dein Kind zurückbrächte. Dein richtiges Kind.

– – –

Diesmal fahre ich allein zu Mr Silverman. Er sieht gar nicht gut aus, ganz grau, und freut sich nicht so über das Damespiel wie sonst. Immerhin ist er aus seinem Zimmer gekommen. Lustlos macht er seine Spielzüge. Ich schreibe den Code auf einen Zettel, den ich ihm zeige. Er bekommt große Augen.

»Das ist der Code, oder?«, flüstere ich. »Für das Ding hinter *Robinson Crusoe*. Du hast ihn versteckt, aber ich habe ihn gefunden.«

Er starrt mich aus haselnussbraunen Augen an. Er sieht aus wie eine Ratte, die Gefahr wittert. Einen Augenblick später schüttelt er den Kopf und zeigt auf *2p* und *6pm*. »Umgekehrt.«

Ich hole einen Stift aus der Tasche und vertausche die beiden Stellen. Mr Silverman streicht über den neuen Code. Sein Finger verharrt auf dem *h*. Der letzte fehlende Buchstabe.

»Zu Hause«, sagt er wehmütig.

Lächelnd mache ich meinen Spielzug. Am liebsten würde ich die Sektkorken knallen lassen.

Er ist zwar verrückt, aber seine Bestätigung bedeutet trotzdem etwas. Sie bedeutet alles. Ich habe einen Code, und die Chancen stehen nicht schlecht, dass es der richtige ist. Ich bin jetzt richtig dicht dran. Einen Schritt weiter, damit ich hier rauskomme. Violet will tanzen. Erica will den bemitleidenswerten Mann trösten, der ihr Vater ist.

»Warum machen wir zur Abwechslung nicht einmal etwas anderes? Möchtest du vielleicht tanzen?«, frage ich ihn.

»Tanzen«, wiederholt er stumpf.

Ich stehe auf, nehme ihn an der Hand und ziehe ihn hoch. Auf meinem Handy spiele ich einen altbekannten Klassiker. So etwas würde auch James spielen. Mr Silverman ist erst argwöhnisch, aber nachdem keine schimpfenden Schwestern auftauchen, dreht er mich im Kreis und wir tanzen eine Art geschlurftes Freudentänzchen. Er tanzt irgendetwas aus einer Zeit vor meiner Zeugung, aber ich halte mich ganz gut und wedle wild mit Händen und Füßen. Ihre wahren

Gefühle auf diese Weise zu zeigen, hat Violet unheimlich gefehlt. Die anderen Besucher starren uns an. Manche Patienten stehen auf und klatschen. Eine alte Frau hat ein Kinderspielzeug in der Hand, mit dem sie im Takt der Musik quietscht. Ein junger, bedrohlich aussehender Mann mit Tattoos wackelt in seinem Stuhl und jauchzt.

Die Schwestern finden das alles gar nicht lustig.

Bis zu diesem Moment hat Violet Mr Silverman noch nie richtig lächeln sehen.

Erica versuchte, sich genau dieses Lächeln vorzustellen, versuchte, sich in der Erinnerung zu verstecken, als Gerald ihr die Pulsadern aufschnitt.

16. VERSTECKEN

Bei Sal lagen nie Schusswaffen herum.

Bis zu diesem Moment in Taylors Wohnzimmer habe ich nur eine einzige Waffe gesehen – nämlich den Revolver, den Sal für den Notfall besaß. Er hat nie damit geschossen. Es ist beunruhigend, so viele Waffen auf einem Haufen zu sehen: Sie hängen an den Wänden und liegen in Glaskästen. Ein Mann, der so viele Schusswaffen hortet, ist entweder Jäger oder fanatischer Sammler. Da hier aber weder ausgestopfte Tierköpfe noch Beweisfotos an den Wänden hängen, trifft auf Taylors Vater wohl Letzteres zu. Er sammelt Schusswaffen, benutzt sie aber nicht. Das sagt viel über seinen Charakter aus: Er ist detailverliebt und ein bisschen wichtigtuerisch. Die Waffen sind für jeden sichtbar. Er ist ein Angeber und schüchtert gern Leute ein.

Die besten Trickbetrüger wissen um die Gefahren von Hobbys und Ticks. Sie verraten etwas über die Persönlichkeit. Wer etwas über die eigene Persönlichkeit verrät, verschafft seinem Gegner einen Vorteil. Wissen ist alles. Die Aufgabe eines Trickbetrügers ist die Manipulation. Selbst will er natürlich nicht manipuliert werden. Violets einzige Schwäche ist ein guter Hamburger.

Und ein schlauer junger Mann.

Mit einem Kopfschütteln verscheuche ich den Gedanken. Taylor kommt mit zwei Dosen Wasser und einer Tüte Popcorn zurück. Sie reicht mir eine Dose.

»Danke. Auch für die Einladung.«

»Nichts zu danken. Betrachte das als einen Tut-mir-leid-dass-ich-so-ätzend-war-und-iss-mit-mir-Popcorn-Abend. Mädelsabend klingt so kindisch.«

»Ich mache dir deine Haare, wie das normale Mädchen eben so tun. Wir wär's mit einem Iro?« Ich grinse. Ihre langen Haare fallen den Rücken hinunter. »Ich bräuchte zwar sehr viel Gel, aber es würde sich lohnen.«

»Damit du mich später mit Handyfotos erpressen kannst? Auf keinen Fall«, schnaubt sie.

»Du bist so ein misstrauischer Mensch.« Ich mache einen auf schockiert.

»Genau wie du, du Fake. Du überspielst das bloß immer mit einem Lächeln.«

Taylors blaue Flecken heilen langsam, aber sicher. Noch sind schwache lilafarbene und grüne Ringe zu sehen. Inzwischen braucht sie nicht mehr solche Unmengen an Make-up, um sie zu überdecken. Sie scrollt durch ihre Watchlist auf Netflix, lauter Horrorfilme und Krimis.

»Findest du gerne heraus, wer der Mörder ist?«, frage ich sie.

»Ja. Aber das ist meistens zu vorhersehbar. Es sind immer die bekanntesten Schauspieler. Bei britischen Sendungen ist das ein bisschen schwieriger.«

Eine langbeinige Frau geht an uns vorbei. Sie ist nur in ein Handtuch gewickelt. Ich zucke zusammen, aber Taylor bleibt unbeeindruckt.

»Taylor, weißt du, ob ihr noch irgendwo Shampoo habt? Charlotte hat alles aufgebraucht.«

»Untere rechte Schublade«, sagt Taylor.

Die Frau strahlt. »Danke!«

Ich warte, bis sie weg ist. »Ich habe dich im Green Foods gesehen. Du hast viele Jobs, oder? Damit du nicht zu Hause sein musst. Weil dein Vater diese Mädchen quasi hier wohnen lässt und dich das nervt. Kommst dir vor wie in einem Käfig.«

Seufzend lehnt sie sich zurück. Ihr Haus unterscheidet sich nicht so sehr von Ericas. Es ist zwar kleiner, aber genauso schick und voll teurer Dinge: Edelstahlkühlschrank, Kunst an den Wänden, Ledersofas. Im Gegensatz zu Violet findet sie in teuren Dingen aber keinen Trost. Es ist zwar elegant, aber sie fühlt sich nicht zu Hause.

»Wo ist deine Mom?«, will ich wissen.

»New York. Ich verbringe jeden Sommer dort.«

»Kannst du nicht bei ihr wohnen?«

»Mom liebt bloß sich und ihre Kunst.« Taylor zuckt die Schultern. »Ich würde ihr nur auf die Nerven gehen und bei ihren bescheuerten Hippiepartys stören.«

Ich bekomme Magenschmerzen. Taylor holt ihre Zigaretten.

»Schon okay. In einem Jahr gehe ich sowieso aufs College. Dann können sie ihr Leben verbocken, ohne dass ich sie davon abhalte. Bestimmt freuen sie sich schon darauf.«

»Das stimmt nicht. Sie lieben dich«, widerspreche ich.

»Ja.« Sie nimmt den ersten Zug. »Klar.«

Taylor bietet mir eine Zigarette an. Ich habe in meinem ganzen Leben noch nicht geraucht. Violet findet das eklig. Erica aber will alles mindestens einmal ausprobieren, bevor sie für immer verschwinden muss. Ich nehme einen Zug, verschlucke mich prompt. Taylor klopft mir auf den Rücken.

»Ich hätte wissen müssen, dass du keine Ahnung hast,

wie das geht. Schau mal.« Sie legt eine Hand auf ihren Brustkorb. »Du musst die Zigarette in den Mund nehmen. Atme einmal ein, halte den Rauch im Mund und dann atme noch mal ein, dann geht er tiefer hinein. Und jetzt lässt du ihn raus.«

Ich atme aus. Rauch steigt zur Decke.

Sie nimmt noch einen Zug und wirft einen Blick auf ihr Handy. »Willst du etwas unternehmen?«

»Ich bin bei allem dabei.«

Sie hat keinen Führerschein, also gehen wir zur Bushaltestelle. Ich frage nicht, wohin wir gehen – aber egal, es ist einfach schön, etwas mit ihr zu unternehmen. Auf einer Bank sitzt eine ältere Dame und beobachtet Taylor misstrauisch.

»Eine schwarze Jacke und eine Lederhose machen dich automatisch zu einem bösen Mädchen«, flüstert Taylor. »Vielleicht ist es auch der Gegensatz. Der blonde Engel neben dem Grunge-Girl.«

»Wie Vanille und Schokolade«, spinne ich weiter.

»*Harold und Maude*«, kontert sie.

»Hamburger und Pommes.«

Sie lacht. »Warum redest du ständig von Essen? Hast du Hunger?« Ich reibe mir über den Bauch, in diesem Moment kommt der Bus. Taylor lässt mich auf ihrem Ticket mitfahren. Wir setzen uns einem schlafenden Penner gegenüber.

»Keine Sorge.« Sie zieht sich die Jacke aus. Das Tanktop bringt ihre Arme zur Geltung. »Wo wir hingehen, gibt es jede Menge Essen umsonst. Und zwar das gute, teure. Lachs, Pesto, Salat.«

Der Bus fährt in einen noch weiter draußen liegenden Vorort und hält vor einem riesigen Golfplatz mit einem großen weißen Gebäude. Auf dem Schild steht *Bluewell Golfclub*. Taylor hüpft aus dem Bus und atmet tief ein.

»Ah, künstlicher Rasen und Arroganz. Das rieche ich am liebsten. Oh, und eine Spur – kann das wirklich sein – Botox?« Eine Gruppe zu stark gebräunter Frauen in Golfkleidung starrt sie an. Taylor winkt. »Hallo, Ladys.«

»Was ist denn so besonders an diesem Ort? Außer, dass man hier super die Snobs beobachten kann?«

»Das sagt die Richtige. Deine Mutter ist bestimmt auch eine von denen. Und du wirst auch so werden, wenn du hierbleibst.«

»Mein Schicksal und ich reden gerade nicht miteinander.«

»Golfclubs!« Sie schlägt verzweifelt die Hände zusammen. »Das bedeutet Rolex-Uhren, hirnverbrannte Gespräche und Namedropping. Und Konzerte.« Sie hält mir die Tür auf. Die Lobby ist nicht groß, aber voller Leute. Mir rutscht das Herz in die Hose. Konzerte. Sie meint doch nicht –

»Entschuldigung, Ladys.« Ein Mann im Anzug räuspert sich. »Wie lauten Ihre Mitgliedsnummern?«

Taylor lächelt. »Wir sind wegen des Konzerts hier, Kumpel. Wir sind Freunde von James.«

»Es tut mir leid, aber Sie benötigen eine Einladung, um –«

»Calvin!«, ruft jemand. Ein Mann in einer schicken Weste kommt auf uns zu. Dieses Gesicht würde ich überall erkennen –

»Dieses Gesicht würde ich überall erkennen!« Der Mann lächelt mich an. »Erica Silverman, richtig?«

Ich nicke. Calvin vom Empfang ist nervös. »Sir, ich wollte bestimmt nicht –«

»Lass die beiden hinein, ja?« Er klopft Calvin auf den Rücken. »Es sind Freunde von James, und eine der beiden ist auch noch eine kleine Berühmtheit. Was willst du mehr?«

»Nicht viel, Sir.« Calvin winkt uns durch. Taylor salutiert im Vorbeigehen.

»Ich habe dich in den Nachrichten gesehen, Erica.« Der Mann zupft seine Weste zurecht. »Eine schreckliche Tragödie, aber jetzt bist du ja zurück, nicht wahr? Was dich nicht tötet, härtet dich ab, wie man so sagt.«

»Ja«, nicke ich. »Entschuldigung, wie war Ihr Name?«

Er schlägt sich auf die Stirn und reicht mir die Hand. »Entschuldigung. Heute war viel los. Ich bin Michael Anders, James' Vater.«

Ich wusste es. Er sieht James ziemlich ähnlich – sanft und mild. Ein Jedermannsgesicht. Er schüttelt mir energisch die Hand.

»Ich bin Taylor.« Sie streckt die Hand aus.

Er lächelt nur und zupft an seinem Kragen. »Freut mich. Schauen wir doch mal, dass wir gute Plätze für euch finden, in Ordnung?«

Mr Anders legt mir die Hand auf den Rücken und führt mich in einen Saal. Taylor stapft hinter uns her, eindeutig sauer, weil sie links liegen gelassen wurde. Alle Tische sind gut besetzt. Auf der Bühne im vorderen Teil des Saals steht ein schimmernder, dunkler Flügel. Seitlich ist das Buffet aufgebaut. Taylor lädt sich den Teller voll und überlässt mich dem übereifrigen Michael.

»Wie gefällt dir Saint Peter's?«, will er wissen, während er mir einen Stuhl an einem der vorderen Tische anbietet. Das ist nicht gut. Wenn James die Bühne betritt, wird er mich sofort sehen.

»Gut.« Ich setze mein schönstes Lächeln auf. »Alle sind

so nett zu mir. Ich hatte etwas Pompöseres erwartet, als die Polizisten mir sagten, mein wahres Zuhause sei in Las Vegas.«

Michael nickt. »Diese Stadt lebt vom Showbusiness. Wenn man sich daran gewöhnt, fließt diese Mentalität oft in den eigenen Lebensstil ein. Es ist eine fantastische Einstellung, die positive Energie überdeckt das ganze negative Zeug.«

»Ehrlich gesagt gefallen mir die weniger schillernden Dinge besser. Sie sind nicht so oberflächlich.«

»Natürlich.« Er lächelt meine Bemerkung weg und stellt mich ein paar Leuten vor: »Ann! Simon! Kommt mal kurz her. Hier ist jemand, den ihr kennenlernen solltet!«

Ich sehe mich nach Taylor um, aber sie füllt immer noch hingebungsvoll ihren Teller auf. Sollte ich überhaupt hier sein? Wird James es schlimm finden? Warum hat Taylor mich bloß hierhergebracht? Eigentlich sollten die beiden zusammen sein. Glaubt sie immer noch, dass ich in ihn verliebt bin? Bin ich so leicht durchschaubar?

»Ann, Simon, das ist Erica Silverman«, stellt Michael uns vor.

»Ich habe deinen Fall seit dem ersten Tag verfolgt«, sagt Ann und verzieht sorgenvoll ihr Pferdegesicht.

»Sie hat sogar dem Gouverneur geschrieben, dass deine Entführer härter bestraft werden sollten«, sagt Simon, der nicht mehr viele Haare hat, und lacht.

»Äh, danke«, sage ich nicht besonders überzeugend.

»Ach, keine Ursache«, wiegelt Ann ab. »Ich tue nur, was jeder gute Samariter tun würde.«

»Meine kleine Aktivistin.« Simon lacht wieder. Michael lacht mit.

Dann sieht Simon mich an. »Ich habe gehört, dass du auf dieselbe Schule gehst wie James. Kennst du ihn gut?«

»Ein bisschen«, sage ich freundlich.

»Er ist ein netter Junge. Er kommt hier schon her, seit er klein war. Aber ich glaube, sein Vater fände es besser, wenn er mehr der musikalische Superstar wäre. Oder, Mike?«

Michael zuckt die Schultern. »Irgendwann schafft er das. Ihr solltet ihn spielen sehen. Inzwischen hat er sein Lampenfieber besiegt.«

»Das habe ich schon gehört«, bestätigt Ann. »Wie hat er das geschafft?«

»Acht Stunden Üben am Wochenende und vier Stunden an Wochentagen vor kleinerem Publikum. Hauptsächlich Familie und Freunde der Familie. Wir lassen ihn mitten im Wohnzimmer spielen, wenn wir eine Party feiern. Das wirkt Wunder gegen sein Lampenfieber.«

Das klingt anstrengend. Acht Stunden jedes Wochenende? Und vier an allen anderen Tagen? Ist das noch ein Leben? Erstaunlich, dass wir überhaupt ausgehen konnten.

Michael redet weiter.

»Ich habe mit meinem alten Lehrer von der Juillard School geredet. Er sagte, dieses Semester sei es mit den Bewerbungen so schlimm, dass sie sich nur die Top drei Prozent ansehen.« Ann und Simon nicken. »Also habe ich zu James gesagt: Unter diesen drei Prozent bist du schon. Jetzt musst du nur noch besser werden als die übrigen 2,9!«

Wie auf Kommando brechen alle in Gelächter aus. Ich verstehe den Witz nicht.

»Was spielt er heute?«, will Anna wissen.

»Ach, eine sichere Nummer. Beethoven.«

»Er sollte eines von deinen Stücken spielen, Mike«, schlägt Simon vor.

Michael winkt ab. »Kommt noch. Jetzt geht es erst einmal um die alten Meister und um seine Technik.«

»Spielt er nicht auch Gitarre?«, frage ich.

Erstaunt sieht Michael mich an. »Wir konzentrieren uns seit seiner Kindheit auf das Klavierspiel. Für andere Sachen ist jetzt kein Platz, insbesondere weil die Aufnahme in die Juillard vor der Tür steht.«

»Und wenn er nicht Klavier spielen will?«, beharre ich.

Violet ist zu direkt. Ann und Simon wirken plötzlich ganz angespannt. Michael sieht mich an, als hätte ich ihm eine Ohrfeige verpasst.

»Er liebt das Klavierspiel. Schon seit –«

»Und wenn es die Musik ist, die er liebt? Jede Art von Musik? Nicht nur das Klavier?«

Michael starrt mich an. Seine blauen Augen sehen fast genauso aus wie James'. Aber James' Augen sind freundlicher. Schließlich lacht Michael nervös.

»Natürlich liebt er die Musik. Das liegt ihm im Blut.«

Simon und Ann lachen mit ihm. Ich verdrehe die Augen und sehe mich nach Taylor um. Sie setzt sich neben mich und mampft Kartoffelsalat.

»Warum hast du mich hergebracht?«, frage ich sie.

»Weil du in James verliebt bist.«

»Tay –«

»Ist dir klar, dass ich ihn seit 17 Jahren kenne«, sagt sie und spießt ein Stück Lachs auf, »und ihn noch nie so glücklich erlebt habe? So fröhlich. Verflucht positiv statt niedergeschlagen. Wenn er mit dir zusammen ist, verliert er seinen hübschen Lockenkopfverstand.«

»Ich kann jetzt keine Beziehung haben. Du weißt, warum.«

»Du kannst, wenn du willst. Belüge dich nicht selbst, Fake-Mädchen. Und du willst es. Ich habe keine Lust mehr, dich um den heißen Brei herumschleichen zu sehen. Das wird jetzt geklärt.« Sie holt eine Münze aus der Tasche und grinst mich an. »Und zwar im Stil von Las Vegas. Kopf – du gehst mit ihm aus. Zahl – du tust es nicht.«

Ich zupfe an meiner Jeans herum. Sie lächelt vielsagend.

»Das ist fair, oder nicht? Eine Münze bedeutet eine Fifty-fifty-Chance. Klare Sache. Ganz neutral. Objektiver geht es nicht.«

»Ich werde ihm nur wehtun, Taylor.«

»Kannst du dieses doofe Lächeln einfach mal lassen? Und was ist schon dabei, wenn du ihm wehtust? Er wird dir auch wehtun. Ihr werdet einander wehtun. So ist eben die Liebe. Du weißt nicht, was passieren wird, ehe du es nicht versuchst. Und rede dich bloß nicht damit heraus, dass du ihn ja nur beschützen willst.«

»Ich rede mich nicht heraus!«, zische ich. »Es muss so bleiben. Er kann nicht mit mir ausgehen. Und ich nicht mit ihm. Ich bin kein guter Mensch.«

»Jetzt liegt es also daran, dass du böse bist?« Sie lacht. »Na gut. Bitte schön. Aber wir wissen beide, dass das nicht der Grund ist. Du willst einfach keine eigenen Entscheidungen treffen.«

»Das stimmt nicht!«

»Du magst James sehr, aber du hast Angst, dich wirklich für ihn zu entscheiden, dich zu ihm zu bekennen, also versuchst du es gar nicht erst. Du kannst dich auch nicht zwischen mir und den beliebten Mädchen entscheiden. Du magst mich. Und du magst sie, obwohl sie doofe Tussis sind. Also bleibst du einfach unentschlossen in der Mitte stehen und erzählst allen irgendwelchen Mist, damit du die Entscheidung zwischen mir und ihnen aufschieben kannst, weil du nicht weißt, wie du dich entscheiden sollst. Du musstest noch nie eigene Entscheidungen treffen. Dich hat immer jemand herumkommandiert, stimmt's?«

Natürlich befolge ich Befehle. Das muss ich tun. Was weiß sie schon darüber, wenn man sein ganzes Leben auf den einen großen Betrug ausrichtet? Wenn man sich selbst aufgibt, um ganz und gar eine andere zu werden? Ich hatte nie eine Wahl. Ich wurde so erzogen und kann mich nicht dagegen wehren. Es gab immer einen Plan. Jeder Atemzug, jeder Monat, jedes Lachen, jeder Infekt und jede Barbiepuppe war Teil dieses Plans. Ich habe mein Leben damit verbracht, mir dieses Grab zu schaufeln. Ich kann mich nicht selbst ausgraben.

Das sage ich mir jeden Tag aufs Neue.

Taylor wirft die Münze. Sie landet mit einem Klacken auf dem Tisch. Taylor legt ihre Hand darüber. Im Hintergrund höre ich, dass jemand angekündigt wird und die Menge jubelt, aber mein Blick ist starr auf das zwischen Taylors Fingern hervorblitzende Silber gerichtet. Es ist nur eine Münze. Im Unterschied zu Taylor nehme ich diese bescheuerte Wette nicht ernst. Den Ausdruck in ihren braunen Augen kann ich nicht deuten, aber er macht mir Angst. Sie zieht die Hand weg. Kopf.

»Da haben wir's.« Lächelnd klopft sie mir auf den Rücken.

»Das ist kindisch, Tay.«

»Rechtlich gesehen sind wir ja auch Kinder. Immerhin noch für ein Jahr.«

Sie legt mir den Arm um die Schultern. »Sieh es doch mal so: Entweder du gehst mit Beethoven aus oder ich erzähle der ganzen Schule von deinem Geheimnis. Na, wie hört sich das an?«

»Das würdest du nicht tun.« Ich sehe sie wütend an.

»Doch, durchaus. Wenn ich euch beide damit zusammenbringen kann«, sagt sie lächelnd und schaut über meine Schulter. »Wenn man vom Teufel spricht.«

Applaus brandet auf, als James zum Flügel geht. Er trägt ein schwarzes Hemd und verbeugt sich leicht. Ein Redner erzählt etwas über James' Vater und James' Klavierlehrer, woraufhin die beiden ebenfalls aufstehen und winken. Andere Jugendliche, die nach James an der Reihe sind, warten nervös auf ihren Auftritt. James presst seine Lippen aufeinander und ballt immer wieder die Fäuste. Er hasst dieses feierliche Gehabe. Warum dreht er nicht einfach um und geht?

Unsere Blicke treffen sich. Taylor kichert, aber ich höre es kaum. Jetzt gibt es nur noch ihn und mich. Meine Augen und seine Augen. Und dieses freundliche Gesicht, das ich nie mehr vergessen werde. Ich weiß nicht, ob er sauer auf mich ist – wegen meines Verhaltens beim Pizzaessen und weil ich ihn ignoriert und meine Entscheidung aufgeschoben habe. Ich kann seinen Gesichtsausdruck nicht deuten. Obwohl ich Violet bin. Normalerweise kann ich jeden Gesichtsausdruck deuten.

Er setzt sich an den Flügel. Im Festsaal wird es still. James knackt mit seinen Fingergelenken, nickt kurz und beginnt zu spielen. Nach kaum einer Minute bewegender Musik steht Taylor auf, lächelt mir zu und geht. Sie zieht sich zurück. Im Türrahmen bleibt sie stehen und beobachtet James.

Michaels selbstgefällige Zufriedenheit weicht einem riesigen Schrecken, der immer größer wird, je länger James spielt. Michaels Freunde, die mit uns am Tisch sitzen, reden flüsternd auf ihn ein.

»Was spielt er denn da, Mike?«

»Das klingt sicher nicht nach Beethoven.«

Das Stück hat ziemlich ruhig begonnen, inzwischen ist es zu einem komplizierten, scheinbar atonalen Durcheinander geworden. Verzweiflung. Ich höre nur, wie zwei Gegensätze aufeinanderprallen: Ordnung und Chaos. Klare Erwartungen und ungezügelte Begierde. Michael ist kreidebleich.

»Prokofjews achte Sonate in B. Die haben wir nie geübt. Dafür ist er noch nicht reif.«

»Für mich hört sich das sehr reif an«, flüstere ich.

Die Musik klingt eigenartig, eigenartiger als alle Klavierstücke, die ich bisher gehört habe. Michaels Gesichtsausdruck verrät mir, dass es kein leichtes Stück ist. Beschwingte, ruhige Töne, die wie die Stimme eines kleinen Mädchens trällern, werden von einer Sekunde auf die andere zum Dröhnen eines Mannes, der in eine Schlucht hineinruft. Die nächsten Töne brechen mir das Herz: Es sind zwei Akkorde, die so schüchtern, winzig und unsicher klingen. James' Finger gleiten über die Tasten wie tanzende Spinnen.

Sein Klavierlehrer lehnt sich zu Michael. »Ich hatte keine Ahnung, dass er sich für Prokofjew entschieden hat. Haben Sie dieses Stück nicht bei Ihrer Bewerbung für die Juillard gespielt?«

»Dafür ist er noch nicht reif«, zischt Michael.

Der Lehrer klopft ihm auf die Schultern. »Was ist los, Mike? Du solltest stolz auf ihn sein. Er macht das ganz hervorragend.«

James spielt beißende, intensive Akkorde, aber sein Gesichtsausdruck bleibt ganz ruhig. In Michaels Zügen lese ich Angst. Michael hat Angst. Sein Leben lang hat er James über das Klavierspiel kontrolliert. Seine Beziehung zu ihm basiert darauf. Die beiden kommunizieren über das Klavierspiel, und für Michael ist es ein Mittel, James zu lehren und zu führen. Als Klaviergenie weiß Michael nicht, wie er mit anderen Menschen – erst recht nicht mit seinem eigenen Kind – umgehen soll. Er kennt nur das Klavierspiel. Dass James ein offensichtlich so kompliziertes Stück spielt, bedeutet, dass er Michaels Führung nicht mehr braucht. Die Zeit des Lehrer-Schüler-Verhältnisses ist vorbei, an ihre Stelle tritt die Zeit der Vater-Sohn-Beziehung. Michael muss James loslassen und dieser Gedanke macht ihm entsetzliche Angst.

Ich habe auch versucht, James loszulassen, aber Taylor hat meine Pläne durchkreuzt.

Die Musik setzt zu einem letzten Triller an. Sanft rollt James seine Finger über die Tasten und lässt die Töne ausklingen. Das Publikum applaudiert stürmisch und wird noch lauter, als James aufsteht, das Notenheft greift und sich verbeugt. Jetzt lächelt er. Irgendwie steht er gerader, als wäre eine Last von ihm abgefallen. Als der Applaus verklungen ist, sieht er seinen Vater an.

»Ich höre mit dem Klavierspiel auf, Dad.«

Diese sieben Worte lassen Michael erstarren. Sie schweben durch die Stille des Festsaals. Niemand rührt sich. Nur eine wagt es, zu sprechen – Taylor.

»Oh Mann, ihr seid vielleicht alle melodramatisch.«

Ich drehe mich genau in dem Moment nach ihr um, als sie den Feueralarm an der Wand auslöst. Die Sirene heult, die Sprinkleranlage geht an. Binnen Sekunden sind die Tischdecken durchweicht, die Blumensträuße lassen die Köpfe hängen und Hemden sind plötzlich durchsichtig. Hier und da wird überrascht aufgeschrien und die Menschen rennen panisch aus dem Saal. Die wartenden Pianisten decken den Flügel mit einer Tischdecke ab und verschwinden kreischend hinter der Bühne. Ich halte mir die Jacke über den Kopf, aber umsonst. Sie ist im Nullkommanichts durchnässt. Michael bleibt noch einen Moment reglos stehen. Dann reißt ihn das Wasser aus seiner Schockstarre. James schaut zu, wie er fortgeht, vom durchgeweichten Notenblatt in seiner Hand tropft Wasser auf den Boden. Er schüttelt seine nassen Haare – und lacht.

»He, Beethoven!«

Taylors dunkle Haare kleben auf ihrer Stirn. Sie nimmt einen Cupcake von irgendeinem Teller und wirft ihn in James' Richtung. Er duckt sich, aber die Creme streift seine Wange. Ich pruste los. In dem Moment trifft mich etwas Nasses am Kopf: noch ein Cupcake.

»Taylor! Du blöde Kuh!«

Kichernd weicht sie einem halb aufgegessenen Brötchen aus, das James nach ihr geworfen hat. Er sieht mich an.

»Was macht ein kluges Mädchen wie du denn hier?«

Ich fische den Cupcake aus meinem Haar und klatsche ihn an James' Wange. »Sich richtig blöd verhalten.«

Er grinst. »Das wirst du büßen.«

»Das fürchte ich auch.«

Er nimmt mich an der Hand. Mir wird heiß und kalt. Ich ziehe meine Hand weg.

»Du bist gar nicht sauer auf mich«, stelle ich fest.

»Nein.« Sein Lächeln wird breiter.

»Es tut mir leid. Einfach alles. Bist du wirklich nicht sauer?«

»War ich schon. Aber ich bin darüber hinweg.«

Mein Herz krampft sich zusammen. »Du darfst mich nicht gernhaben.«

»Zu spät.«

Am Anfang hat es Erica geschwächt und Violet gestärkt, sich der Familie oder Freunden gegenüber zu öffnen. Jetzt sind sich beide Seiten in mir einig. Die Waage ist perfekt ausbalanciert. Wir wollen ihn beide küssen. Er ist ganz nah, sodass wir uns fast berühren. Die Sprinkleranlage stoppt. Die Sirene schaltet sich aus. Von seiner Nasenspitze und seinen Wimpern tropft Wasser. Auf Zehenspitzen stehe ich da, als er mich umarmt. Trotz seines nassen Hemds ist er ganz warm. Er zieht mich an sich. Näher geht es nicht. Seine Lippen verunsichern mich. Violet hat keine Ahnung, was sie mit ihnen machen soll. Erica ist genauso unerfahren und kurz davor, durchzudrehen. So viel Haut, so viel Sehnsucht in seinem Blick. Grinsend leckt Violet die Creme von seiner Wange.

»Schmeckt süß.« Sie versucht, mit einem Witz davonzukommen, aber seine Umarmung wird fester. Sanft und bestimmt, zögernd und verzehrend zugleich.

In meinem Herzen explodiert eine Atombombe und löscht all meine Gedanken. Meine Lippen prickeln, wo seine mich berühren. Er unterbricht den Kuss, um Luft zu holen.

»Das wollte ich schon lange tun. Nur das. Jetzt kannst du mich wieder ignorieren.«

»Nein. Ich laufe nicht mehr weg.«

»Wovor bist du weggelaufen?«, will er wissen. »Vor mir? Ich bin zwar wirklich Furcht einflößend –«

Ich sage nur ein Wort. »Erica.«

Er wird ganz still. Ich fasse ganz fest seine Hand. Als wir aus dem Festsaal kommen, lässt Taylor einen vielsagenden Pfiff los. Sie steht an der Wand und wird vom Sicherheitspersonal befragt.

»Sie hat nichts getan, Officers«, beharrt James. Als die Männer antworten wollen, winkt Taylor ab.

»Mein Vater wird bald hier sein. Macht euch keine Sorgen. Taylor Mansfield wird nicht polizeilich belangt. Wir sehen uns am Montag. Sorry, Fake. Die Übernachtung bei mir müssen wir wohl verschieben.«

»Danke –«

»Bedanke dich nicht bei mir. Es lag an der Münze. Bedanke dich lieber bei Fortuna oder so.« Lachend reicht sie mir die Münze.

»Was hat sie gemeint?«, will James wissen.

Ich drehe die Münze um. Beide Seiten sind identisch: zweimal Kopf. Sie wusste also ganz genau, dass die Münze auf der Date-Seite landen würde. So ein hinterhältiges Miststück! Aber das bin ich ja auch.

»Keine Ahnung.« Erica schmiegt sich an James' Schulter und küsst seine mit Zuckercreme verschmierte Wange.

Das ist ihr erster Freund. Und ihr letzter. Der Freund, den es nie gab und nie geben wird. Sie prägt sich den Geschmack ein, das Gefühl seiner Haut unter ihren Lippen und hofft, dass diese Erinnerungen ihr bis in den Tod folgen.

17. VERTEIDIGEN

Sal schiebt der siebenjährigen Violet eine Schüssel Loops rüber. Das Mädchen wirft ihre Zöpfe nach hinten über die Schultern, damit sie nicht in die Milch hängen. Sal setzt sich dazu, steckt sich eine Zigarette an und sieht seiner Tochter beim Essen zu.

»Vi?«

Das Mädchen sieht ihn nicht an. Am Funkeln in ihren Augen erkennt Sal, dass sie zuhört.

»Als ich dich adoptiert habe, hast du gesagt, du wolltest sein wie ich. Warum willst du wie ich sein, Vi? Ich bin kein netter Mensch.«

»Ich will bei dir sein«, sagt Violet leise.

»Warum willst du bei mir sein?«

»Weil ich nicht allein sein will.«

Manchmal geht Sal auf »Geschäftsreise«. Dann lässt er Violet immer bei einem Mann und einer Frau, die in einer hübschen Eigentumswohnung mit netten Hunden und hübschen Kunstwerken leben. Sal nennt sie »Hehler«, aber Violet versteht das Wort nicht.

Sie mag die beiden. Sie geben ihr zu essen, aber sie schauen sie nicht an.

Violet steht vor dem Spiegel und trägt Lippenstift auf. Sie

zupft das bauchfreie schwarze T-Shirt und den Minirock zurecht, schiebt den Rock noch höher. Diese Masche haben Sal und sie schon hundertmal durchgezogen. Sal muss einen ganz normalen Bürger ausnehmen. Sie wickelt sich in ihren schwarzen Kapuzenpulli. Es ist November. Eigentlich zu kalt, um ohne Jacke am Straßenrand zu stehen und sich für eine Hure auszugeben.

Sal kommt im Jogginganzug aus dem Bad. »Fertig, Vi?«

»Immer.«

Er tätschelt ihren Kopf. »Wir sind schon viel näher dran. Das weißt du doch, oder? Jedes Jahr nähern wir uns dem ganz großen Coup. In zwei oder drei Jahren liege ich an irgendeinem Strand, und du reist mit all deiner Intelligenz und Schönheit um die Welt. Du wirst alle Herzen im Sturm erobern, Schätzchen.«

»Ja.« Ihre Lippen sind blutrote Halbmonde.

»Nur du und ich. Nur noch ein bisschen länger. Wir beide gegen den Rest der Welt.«

So ist es immer: Sie beide gegen den Rest der Welt.

Er öffnet die Tür und geht. Violet sitzt auf dem Bett und wartet auf seinen Anruf – ihr Zeichen, loszulegen. Sie hört die Sirenen der Krankenwagen, betrachtet die ewig schimmelnde braune Tapete und kratzt sich gedankenverloren. Da ist etwas – ein Mückenstich, eine wunde Stelle, etwas, das nach draußen drängt und das sie mit ihren Nägeln befreien will.

Die Wüste Nevadas ist heiß, trocken und leer. Violet betrachtet meistens den Himmel. Wenn sie im Auto liest, wird ihr schlecht. Stundenlang beobachtet sie, wie die Zeit den Himmel verändert. Tagsüber ist er blau. Der heiße Sand reflektiert das Blau. Autos und Schilder sind blau. Bei Sonnenuntergang ist der Himmel feuerrot.

Es gibt einen Moment, in dem sich die beiden Tageszeiten treffen: die Abenddämmerung. Blau und rot verschmelzen zu einem zarten Lavendelton, der immer dunkler wird, je näher die Nacht rückt. Lavendel wird zu Lavendelblau. Lavendelblau wird zu einem dunklen Lila mit einem opalweißen Mond. Und schließlich, kurz bevor die Dunkelheit die Welt verschlingt, zeigt sich das Violett.

18. ES DURCHZIEHEN

Ein- oder zweimal hat Sal mich zu einem Friseur gebracht, wenn ich für einen Coup eine schicke Frisur brauchte. Aber das waren billige Läden mit kitschiger Neonreklame, die nach billigem Parfüm rochen. Mrs Silvermans Schönheitssalon ist im 40. Stock eines Wolkenkratzers im Stadtzentrum. Die Fenster ziehen sich über die ganze Wand, überall stehen Ledersofas und es riecht nach exotischen Blumen. Man bekommt Bademäntel, Kaffee, Tee und Gebäck. Ich stopfe mir einen Kirschplunder in den Mund. Mrs Silverman seufzt.

»Erica, bitte. Kleine Bissen.«

Ich schlucke. »Entschuldigung. Sie sehen aus wie aus einer Hochglanzzeitschrift. Genau wie der ganze Salon.«

»Schön, dass es dir gefällt.« Mrs Silverman setzt sich mit dem Kaffee in der Hand auf die Couch. »Ich lasse mir die Spitzen schneiden. Aber für dich habe ich das Komplettpaket gebucht. Ich möchte, dass du auf dem Schulball strahlend aussiehst.«

»Komplettpaket?«, frage ich nervös. »Das ganze Heißwachs-Rasierklingen-Folterinstrumente-Paket?«

»Wer schön sein will, muss leiden. Aber das meiste davon ist angenehm«, säuselt sie, während sie in einer Zeitschrift blättert. Ich werde aufgerufen. Lächelnd wünscht Mrs Silverman mir »viel Glück«.

Ich folge einer unfassbar schicken Dame in einen Raum. Sie wäscht mir die Haare und schneidet die Spitzen. Die nächste Dame verpasst mir eine Maniküre und eine Pediküre. Letzteres geht gründlich schief. Ich bin dermaßen kitzlig, dass ich der Dame fast ins Gesicht trete. Eine dritte Dame führt mich in einen Raum mit einer Liege.

»Äh, wofür ist die?«

»Bikini-Waxing, wie bestellt.«

»Machen Sie Witze?« Ich springe von der Liege.

»Ms Silverman, legen Sie sich bitte hin.«

»Bekomme ich wenigstens Schmerzmittel? Morphium?«

»Bitte legen Sie sich hin.«

»Alkohol?«

Wortlos erhitzt sie das Wachs.

»Muss ich die Unterwäsche ausziehen?«

Sie lächelt zwar, verdreht aber auch leicht die Augen. »Das wäre gut. Bitte entspannen Sie sich. Dann geht es schneller.«

Ich zucke zusammen, als sie das heiße Wachs aufträgt. »Ich werde nicht mal Sex haben, wissen sie. Das ist nur der Schulball. Ich werde nur tanzen.«

»Man weiß nie. Am besten, man ist auf alles vorbereitet.« Sie lächelt noch freundlicher und schon zieht sie mit einem Ruck die erste Wachsschicht ab.

»Verdammt noch mal!«, brülle ich.

»Klingelt da Ihr Telefon?«, fragt die Frau leichthin, während sie neues Wachs aufträgt. Ich ignoriere den pochenden Schmerz, deute auf meine Tasche und sie reicht mir das Handy.

»H-hallo?«

»Was geht ab?«

Taylor.

»Was ist los? Klingt, als ob du weinst.«

»Ich bin im – fuck! – Schönheitssalon.«

»Foltern sie dich?«
»Mit Wachs«, stoße ich hervor. »Oh Mann! Könnten Sie das ein bisschen langsamer machen?«, bitte ich die Frau.
Sie nickt. »Wie Sie möchten. Aber das zieht den Schmerz nur in die Länge.«
Stöhnend sinke ich zurück auf die Liege.
Taylor lacht. »Für diesen bescheuerten Ball nimmst du echt alles in Kauf, oder?«
»Du kommst doch auch?«
»Warum denn? Damit ich mich über deine Tussi-Freundinnen lustig machen und vollstopfen kann? Das habe ich jeden Tag. Da brauche ich den Schulball nicht.«
»Was hast du denn stattdessen vor?«
»Ich will in den Riddler Club und dort so richtig abstürzen.«
Ich beiße mir auf die Lippen. Ich will nicht, dass sie ohne mich dorthin geht. Sie könnte in ernsthafte Schwierigkeiten geraten.
»Komm doch mit uns zum Schulball«, schlage ich vor. »Cass stört das nicht. Und Merril wird einverstanden sein, wenn ich mit ihr rede.«
»Und wen bringe ich mit? Jungs halten sich von bösen Mädchen wie mir normalerweise fern.«
»Du brauchst kein Date. Geh einfach mit James und mir. Zu dritt haben wir ohnehin mehr Spaß.«
Sie zögert kurz.
»Verdammt, muss ich jetzt ein Kleid kaufen?«
»Ein schwarzes«, sage ich grinsend.
»Ich hab echt keinen Bock mehr auf Schwarz.«

– – –

Als wir nach Hause kommen, wirkt Marie besorgt. »Erica, in der Küche wartet jemand auf dich. Ein Freund.«

Mein Herz macht einen Satz, aber dann fällt mir auf, dass sie James' Namen nicht genannt hat. Wer könnte das sein? Mrs Silverman sieht mich fragend an, hält sich aber taktvoll von der Küche fern. Dort sitzt ein breitschultriger, dunkelhaariger junger Mann: Kerwin.

»Was machst du hier?«, fahre ich ihn an.

»Erica. Du siehst aus wie neu«, sagt er grinsend.

»Ich komme gerade aus dem Schönheitssalon. Du hast meine Frage nicht beantwortet.«

»Ich habe gehört, dass du jetzt mit James zusammen bist. Was findest du eigentlich an ihm? Die Frage ist ganz freundlich gemeint.«

»An dir ist nichts freundlich, Kerwin. Warum bist du hier?«

»Das ist eine schwierige Frage. Hauptsächlich hat es wohl mit dem zu tun, was du zu verbergen hast.«

Ich balle meine Hände zu Fäusten. »Was habe ich denn zu verbergen? Verrate mir das mal bitte.«

»Du bist nicht Erica.« Sein Blick ist gierig. Dennoch lächelt er unablässig.

»Das haben schon drei Leute zu mir gesagt. Und Dutzende unterstellen mir das, ohne es auszusprechen. Wenn du also glaubst, dass mir das Angst macht –«

»Ich habe dir Blumen mitgebracht.«

Er holt einen Strauß hinter seinem Rücken hervor. Es sind tiefviolette Blumen mit dünnen Blütenblättern. Veilchen. Ich starre auf die Blumen, versuche, die Geste zu interpretieren. Es gibt keine Zufälle. Er weiß, dass ich in Wahrheit Violet heiße.

Kerwin steht auf und streckt sich. Dann geht er zur Tür und verlässt wortlos das Haus.

Marie steckt den Kopf durch den Türspalt. »Blumen? Hast du außer James noch einen Verehrer?«

Mrs Silverman kommt lachend in die Küche. »Noch ein Junge? Um Himmels willen. Ich wusste, dass sie viele Herzen brechen würde, aber doch nicht so schnell.« Nach einer Pause fragt sie verwundert: »Erica, stimmt etwas nicht?«

»Doch. Ich glaube nur, er ist nicht mein Typ.«

Beim Abendessen rede ich über das Wetter, Maries Enkel und Mrs Silvermans neue Frisur, aber meine Gedanken drehen sich ständig um eine Sache. Er kennt meinen Namen. Ich weiß, dass er nichts Gutes im Schilde führt. Wie hat er das herausgefunden? Hat er Kontakte? Niemand darf meinen wirklichen Namen wissen. Dafür hat Sal gesorgt. Weder Freunde noch Bekannte. Wurde ich jemandem vorgestellt, dann nur unter falschen Namen. Unterwegs hat Sal mich immer anders genannt. Meinen echten Namen hat nur Sal benutzt, und das ganz im Privaten.

Sal.

Er ist der Einzige, der weiß, dass ich in Wahrheit Violet heiße.

Man sagt, die Wahrheit ist immer am offensichtlichsten. Die einfachste Erklärung ist, dass Kerwin Sal kennt. Anders als Mr White hat Kerwin keine Beweise gegen mich gesammelt. Aber aus irgendeinem Grund ist er hergekommen und hat mir zu verstehen gegeben, dass er meinen Namen kennt. Zufälle gibt es nicht. Und wenn er wirklich mit Sal befreundet ist, dann ist er wegen mir an der Schule.

Um mich zu beobachten.

Aber warum? Das würde Sal mir nicht antun. Er vertraut

mir doch, oder etwa nicht? Ja, er hat andere Betrüger beobachten lassen, so viel habe ich mitbekommen. Aber nicht mich. Niemals. Er sagte, er vertraue mir. Wir beide gegen den Rest der Welt. Wenn ich einen Coup durchzog, hat er mich kein einziges Mal beobachten lassen. Warum jetzt?

Weil dieser Coup alles bedeutet. Deshalb. Ich unterdrücke die leise Stimme in meinem Kopf. Ich wurde großgezogen, um das hier zu tun, und Sal vertraut mir immer noch nicht genug, um mich das allein durchziehen zu lassen. Kerwin hat mich beobachtet und sogar versucht, sich mit mir zu verabreden, nur um näher an mich ranzukommen. Als das nicht klappte, ist er mit Merril ausgegangen. Merril steht mir nahe. Und er steht ihr nahe. Er benutzt sie.

Jemand hat Kerwin beauftragt, mich so eng wie möglich zu überwachen. Mich so genau wie möglich zu beobachten.

Sal.

Wenn Kerwin für Sal arbeitet, dann kam der Auftrag, mir die Blumen zu überreichen, zweifellos von Sal. Kerwin würde sie mir nicht aus eigenem Antrieb geben – warum sollte er? Offenzulegen, dass er meinen Namen weiß, hat keine Vorteile für ihn. Die Blumen sind eine Nachricht von Sal, die besagt: Ich überwache dich bei jedem Schritt. Du machst das gut, du hast es fast geschafft.

Warum arbeitet Kerwin für Sal? Wenn Sal einen Jungen angeheuert hat, sich noch vor meiner Ankunft an dieser Schule einzuschreiben, muss dieser Junge dringend Geld benötigen. Aber Kerwin ist sehr geschickt vorgegangen. Er ist kein einfacher Informant von der Straße. Ich habe nicht bemerkt, dass er mir gefolgt ist, bis er es mir selbst gesagt hat. Und ich bemerke jeden, vor allem, wenn ich verfolgt werde. Kerwin verbirgt sich besser als Mr White. Er ist auf professionelle Weise unauffällig. Das habe ich bisher nur bei Typen von Sals Kaliber gesehen – und nur nach jahrelanger Übung. Lebenslanger Übung.

Sal …? Nein. Das ist unmöglich. Sal war meine gesamte Kindheit mit mir zusammen. Die leise, nagende Stimme in meinem Kopf kann unmöglich recht haben. Kerwin ist nicht wie ich. Sal hat Kerwin nicht großgezogen, dazu hatte er überhaupt keine Zeit. Er war fast jeden Tag mit mir zusammen. Obwohl – das stimmt nicht ganz. Er ist regelmäßig auf »Geschäftsreise« gegangen und hat mich wochenlang bei seinen Freunden gelassen. Aber darüber habe ich mir nie Gedanken gemacht.

Er war bei Kerwin.

Nein, das ist unmöglich.

Hervorragend ausgebildete Trickbetrüger, die von frühester Kindheit zu perfekten Kriminellen ausgebildet werden. Das kann nicht stimmen. Aber wenn es so wäre – wie viele Kinder wie uns gibt es noch? Wie viele Marionetten, deren Fäden Sal in der Hand hält? Wie viele gab es vor uns und wie viele werden gerade ausgebildet?

Sal ist gierig. Das war er immer schon. Sich mit nur einem Kind – Violet – zufriedenzugeben, ist nicht sein Stil. Er hatte seine Finger schon immer gern überall im Spiel, selbst wenn er sie sich dabei verbrannt hat. Allein bei der Vorstellung, dass ich nicht Sals einziges Kind bin, spucke ich meinen Brokkoli fast quer über den Tisch. Ich klammere mich an der Tischkante fest und nicke lächelnd, als Mrs Silverman fragt, ob ich Nachtisch möchte.

»Natürlich.«

Ich kann den Pudding kaum bei mir behalten. Ich entschuldige mich, schiebe Hausaufgaben vor und gehe nach oben. Ich drehe meine Anlage auf. Kotze in die Toilette, bis mein Magen vor Säure brennt. Obwohl die Musik so laut ist, merkt Mrs Silverman, dass etwas nicht stimmt. Sie klopft an die Badezimmertür. Ich wische mir den Mund ab und öffne.

»Alles in Ordnung? Oder soll ich dich lieber allein lassen?«

Sie sieht mich so aufrichtig an. Viel aufrichtiger, als ich es je vortäuschen kann. »Tut mir leid. Ich bin einfach nervös. Wegen des Schulballs … und James … und überhaupt.«

Dann schweigen wir. Die laute Musik geht mir auf die Nerven. Ich schalte sie aus.

»Komm mit.« Mrs Silverman nimmt mich an der Hand. »Ich will dir etwas zeigen.«

Sie führt mich in die Bibliothek zu einem Regal. *Dem* Regal. Sie drückt auf eine bestimmte Stelle an der Wand daneben. Unter der Tapete kommt ein Knopf zum Vorschein. Sie drückt auch ihn, und das Bücherregal gleitet langsam zur Seite. Dahinter befindet sich ein in die Wand eingelassener Safe.

»Du denkst jetzt bestimmt, dass ich zu viele James-Bond-Filme gesehen habe«, scherzt sie. »Aber dein Vater wollte es so. Er wollte sogar, dass der Safe durch das Herausziehen bestimmter Bücher geöffnet werden kann, aber das war selbst mir zu lächerlich.«

»Was ist in dem Safe?«, frage ich. Ich weiß natürlich genau, was darin ist. Dass sie mir den Safe zeigt, lässt mein Herz heftig schlagen und ich bekomme einen trockenen Mund. Vertraut sie mir inzwischen? Oder will sie mich auf die Probe stellen?

»Nur ein altes Gemälde. Es ist nicht viel wert, aber das

könnte sich eines Tages ändern. Deshalb wollten dein Vater und ich es an einem sicheren Ort aufbewahren. Wir wollten, dass du es bekommst. Wenn wir einmal nicht mehr sind und du eigene Kinder hast, ist es eine gute Geldanlage.«

Ihre Finger tanzen über die Tastatur des Safes: *2p6pm3kh*. Ich hatte recht. Ich habe richtig geraten, aber mein Stolz ist getrübt. Die Tür des Safes öffnet sich. Sie holt das Bild heraus. Es hat einen alten Holzrahmen und wird durch ein Glasgehäuse geschützt.

Ich habe mir das Bild schon im Internet angeschaut und mich gewundert, dass ein einfaches Bild so viel wert sein kann. Doch jetzt begreife ich. Jetzt, wo ich das echte Bild vor mir habe und jeder Pinselstrich zu sehen ist, wird die Stimmung des Bildes erkennbar. Vielleicht habe ich mich inzwischen ja verändert und weiß solche Dinge zu schätzen. In der Dämmerung sitzen drei Menschen auf einer Bank: ein Musiker mit Rüschenkragen und Laute und ein Paar. Der Musiker sieht das Paar an. Seine Hand liegt noch auf der Laute, als hielte er inne, um die beiden zu betrachten. Fast höre ich die letzten Akkorde seiner Musik in der lauen Luft des Gartens verklingen. Das Paar küsst sich: Der Mann zieht die Frau zu sich und sie schmiegt sich an ihn. Sie vertraut darauf, dass er sie hält. Sie ignorieren den Musiker und auch alles andere ringsum; sie haben nur Augen füreinander und für ihren leidenschaftlichen Kuss. Ein kleiner Hund betrachtet wiederum den Musiker. Der Hund sieht aus, als habe er sich verlaufen. Vielleicht hat er auch nur Mitleid mit dem Musiker, dem keine Liebe zuteilwird.

»Lustig, nicht wahr? Immer, wenn ich es betrachte, bin ich unbeschreiblich glücklich.«

»Es ist traurig.«

»Aber sie küssen sich! Und sieh doch, der lustige Hund!«, protestiert sie.

»Ja. Aber sie vergessen die Welt um sich herum.«

»Das ist doch romantisch.«

»Ich finde es traurig. Ist die Liebe das einzig Gute in ihrem Leben? Werfen sie sich einander deshalb so verzweifelt in die Arme? Vielleicht wissen sie, dass sie nicht viel Zeit zusammen haben. Und dem Musiker sieht man an, dass er sich fragt, warum er nie eine solche Liebe hatte. Aber da ist noch mehr, er weiß, dass er sie nie haben wird. Deshalb hat er sich seinem Schicksal ergeben und spielt für alle Paare dieser Welt romantische Lieder, doch niemals für sich selbst.«

Mrs Silverman betrachtet mich. Dann wandert ihr Blick zu dem Bild. Schließlich lächelt sie.

»Ich freue mich, dass das Bild dich so bewegt.« Sie legt es wieder in den Safe, verschließt ihn, drückt den Knopf an der Wand und das Regal gleitet an seinen Platz.

Nachts ist das Haus in samtiges Dunkelblau gekleidet. Als ich die Zähne putze, steht plötzlich Marie im Türrahmen.

»Diesen Kerwin scheinst du ja gut zu kennen.«

Ich erstarre regelrecht, zwinge mich aber, weiterzuputzen und den Schaum auszuspucken.

»Wieso?«

»Ich habe sehr gute Ohren.« Mit dem Finger wischt sie etwas Staub von den Kacheln. »Und ein Gespür für Leute, die Ärger bedeuten. Der Junge bedeutet Ärger. Und was immer er zu dir gesagt hat, bedeutet Ärger.«

Ich gurgle, um Zeit zu gewinnen, aber sie redet einfach weiter. »Du bist nicht Erica.«

Mir rutscht das Herz in die Hose.

In Maries dunklen Augen ist ein Lächeln, das ihren Mund nicht erreicht. »Aber das weiß ich nur in meinem Herzen. Vor vielen Jahren habe ich Gott um Antworten gebeten. Gott hat mir gesagt, dass sie tot ist. Du hast nicht ihr Blut, aber du machst Mrs Silverman auf eine Art glücklich, wie es die anderen Mädchen nicht konnten.«

Ich spähe in den Flur, aber von Mrs Silverman keine Spur. Marie lacht.

»Sie schläft. Mach dir keine Sorgen.«

»Marie, bitte –«

»Ich werde das alles für mich behalten. Du trägst Ericas Geist in dir. Vielleicht ist er auf dich übergegangen, als sie starb. Ich weiß nur, dass du Mrs Silverman nicht wehtun wirst.«

Ich werde ihr das Herz herausreißen.

Und sie wird mich dafür hassen, wie die anderen vor mir.

Ich schließe die Augen. Alles dreht sich; ich stolpere und fühle mich plötzlich ganz kraftlos. Marie bringt mich ins Bett und deckt mich zu. Die Puppen starren mich an, aber heute kommen mir ihre Blicke traurig vor. Das schwache Licht aus dem Flur spiegelt sich in ihren Augen wie gläserne Tränen. Sie wissen Bescheid. Sie haben es immer gewusst und das Wissen hat sie immer zum Weinen gebracht.

Sal,

Code ist bestätigt. Es kann rausgeholt werden. Schulball am Samstag, 23. Das ist die perfekte

Tarnung: Ich gehe früher, kehre zum Haus zurück und nehme die Überraschung mit. Du holst mich ab. In 30 Minuten ist alles erledigt.

Ich habe durchgehalten. Es war schwer. Aber ich habe es geschafft.

Violet,

werde in der Nacht ein paar Straßen weiter vom Haus warten. Fernsehwagen.

Ohne dich hätte ich das nicht geschafft. Du wirst die beste Trickbetrügerin sein, die Vegas je kannte. Bring deinen Pass mit – London ist weit. Näher ging nicht. Die Reisschüssel will die Übergabe dort.

Nimm dir Zeit, dich zu verabschieden. Ich weiß, dass dir diese Leute ans Herz gewachsen sind.

Weil du ein großes Herz hast.

19. SINGEN

»Worüber sollen wir heute sprechen, Erica?« Millicent lächelt mich an. Ich nippe an meinem Tee. So schlecht schmeckt er gar nicht mehr. »Über Ehrlichkeit.«

Sal,

ich will Mrs Silverman einen Abschiedsbrief schreiben. Um mit der Sache abzuschließen. Wo ist Erica begraben?

Vi,

vom Meilenstein 12 auf der Kalstead Road zweihundert Schritte bis zur verbrannten Scheune, von dort 100 nach Westen. Unter einer Akazie. Lila Blumen.

Violet schreit viel.

Was tust du was tust du was verdammt noch mal glaubst du, dass du da tust

Erica singt leise.

Nach Hause nach Hause nach Hause, endlich nach Hause

Ich treffe eine Entscheidung.

20. ENTSCHEIDEN

Mrs Silverman schminkt mich. Mit den Fingern streicht sie hellblauen Lidschatten auf meine Augenlider. Über meinen matten Lippenstift tupft sie rosafarbenen Lipgloss und zum Abschluss verteilt sie einen Hauch Rouge auf meinen Wangen. Sie kennt sich mit Schminken aus und kann es gut. Als sie fertig ist, bin ich ein anderes Mädchen: eine hübsche, ehrliche junge Frau mit betonten Augen und einem gesunden Strahlen. Sie bürstet mir mit hundert Bürstenstrichen die Haare, verteilt etwas Festiger darin und lässt sie offen über meine Schultern fallen.

»Ich fühle mich wie ein Püppchen.«

»Du bist hübscher als ein Püppchen. Und jetzt ziehen wir dir das Kleid an, bevor James kommt, ja?«

Ich zwänge mich in das Kleid. Sie zieht den Reißverschluss hoch. Als ich die hochhackigen Schuhe anziehe, wird sie ganz stolz. »Du siehst atemberaubend aus.«

»Da komme ich wohl eher nach dir, keine Bartstoppeln wie Dad.«

Sie lacht. »Warte hier. Ich bin gleich wieder da.«

Ich setze mich aufs Bett. James. Der Gedanke an ihn macht mich plötzlich nervös. Bestimmt hat er sich auch schick gemacht. Mag er Blau? Mag er Mädchen, die ihre Haare offen tragen? Ich habe ihn nie danach gefragt. Sollte ich als seine Freundin so etwas überhaupt fragen? Ich habe wirklich keine Ahnung von diesen Dingen.

Aber das wird sich bald ändern. Schon bald tue ich wieder das, wovon ich Ahnung habe, und lasse ihn zurück. Sein trauriger Dackelblick wird mir das Herz brechen, mich nicht loslassen und mir seine weichen Lippen und seine freundlichen Augen in Erinnerung rufen.

Mrs Silverman kehrt mit einer blauen Clutch zurück, die mit zarten goldenen Stickereien verziert ist.

»Die ist wundervoll«, staune ich.

»Schau mal rein.«

In der Tasche befinden sich mein Geldbeutel, ein Kugelschreiber, Schminkzeug und ein Kondom.

»Mom!« Ich werde knallrot.

»Nur für alle Fälle«, beharrt sie streng. »Aber schau mal genauer.«

Ich wühle in der Tasche. Es ist mir peinlich, die Verpackung des Kondoms zu berühren. Plötzlich sehe ich unter den Sachen ein goldenes Glitzern und ziehe eine Kette mit einem tiefblauen Saphiranhänger heraus.

»Aber –«

»Sie gehörte deiner Großmutter.«

»Die kann ich nicht tragen.«

»Du kannst und du wirst sie tragen. Sie war nie für mich bestimmt. Deine Großmutter hat sie dir in ihrem Testament hinterlassen. Pass auf, dass du sie heute Abend nicht verlierst.«

»Ich weiß nicht, was ich sagen soll.«

»Sag nichts. Genieße einfach ihre Schönheit.« Sie tätschelt mir den Rücken. »Und jetzt lass uns nach unten gehen. Die Limousine kommt bestimmt jeden Moment. Marie? Hast du meine Kamera gesehen?«

Warum bin ich so nervös? Es ist doch nur der Schulball.

Aber Erica war noch nie dort und Violet kann sich einen Schulball nicht ansatzweise vorstellen. Wahrscheinlich tanzt und isst und knutscht man dort, aber das kann nicht alles sein. So, wie die Leute darüber sprechen, muss es um mehr gehen. Der Saphir liegt kühl auf meiner Haut. Er ist schwer. Ich bin keine Edelsteinexpertin, aber er ist garantiert über 50 000 wert. Nur gehört er nicht wirklich mir, sondern Erica. Dieser ganze Abend gehört ihr.

Es ist der letzte Abend.

Marie zeigt Mrs Silverman, wie man die Digitalkamera einstellt. Sie merkt, dass ich die beiden beobachte, und winkt mir lächelnd zu.

»Du siehst sehr sexy aus.«

»Danke.«

»Erica!«, ruft Mrs Silverman von der Tür. »Sie sind hier!«

»Sag ihnen, dass ich gleich komme.« Ich nehme zwei Stufen auf einmal, was mit hohen Absätzen gar nicht so einfach ist. Schnell hole ich noch meine Zahnbürste aus dem Bad und meinen falschen Pass aus der Schreibtischschublade. Jetzt bin ich fertig.

Ich bin Violet Sanders, Sal Sanders' Protegé.

Ich bin die beste Teenager-Trickbetrügerin diesseits des Mississippi.

Draußen leuchten zwei Autoscheinwerfer in der Dämmerung. Die Türen der weißen Limousine gehen auf. Taylor trägt ein knalllila Kleid. Ihr glatter Pferdeschwanz lässt sie noch größer aussehen. Cass hat eine sanft gelockte Hochsteckfrisur. Ihr goldenes Kleid ist so kurz, dass ich schon wieder rot werde. Merril trägt etwas Rotes mit Rüschen; die Haare sind zu einem Knoten frisiert. Cass' Freund Alex sieht in seinem dunklen Smoking noch älter aus, als er ist.

Kerwin steht hinter Merril und sieht mich an. Ein Lächeln umspielt seine Augen. Ich habe mir fest vorgenommen, ihn heute Abend zu ignorieren.

Dann steigt James aus.

Anscheinend fühlt er sich inmitten so vieler Menschen immer noch unwohl, aber er gibt sich Mühe. Als Mom aus dem Haus kommt und Fotos macht, stellt er sich zu der Gruppe. In dem Smoking wirkt er sehr respektabel. Seine Haare hat er zu einem kurzen Pferdeschwanz gebunden. Als Mrs Silverman ihn anspricht, lächelt er nervös.

Marie tritt neben mich und nickt mir freundlich zu. »Sie warten auf dich. Das wird einer der schönsten Abende deines Lebens.«

Es wird die letzte Nacht von Ericas Leben.

Ich nehme Maries Hand. »Bitte kümmere dich um sie.«

»Gehst du etwa weg?«, fragt sie.

»Nein. Natürlich nicht«, sage ich und laufe zu den anderen. Cass ist von meinem Kleid und dem Collier begeistert. Merril kann gar nicht mehr aufhören, die Kette anzustarren. Taylor lässt einen bewundernden Schrei los und haut James auf den Rücken. James scheint es die Sprache zu verschlagen: Er öffnet und schließt den Mund, öffnet und schließt ihn.

»Schau nicht wie ein Karpfen«, sagt Taylor lachend. »Sag ihr einfach, dass sie hübsch aussieht.«

»Du siehst schön aus«, stößt er endlich hervor.

Cass und Merril seufzen im Einklang.

Ich streiche über seinen Pferdeschwanz: »Deine Frisur gefällt mir.«

»Eigentlich wollte ich mir die Haare schneiden, aber der Zopf schien mir ein guter Kompromiss.«

»Damit siehst du aus wie ein Dandy aus dem 18. Jahrhundert.«

»Danke.« Er deutet auf seine Hose. »Gefällt Ihnen mein Beinkleid, gnädige Frau? Und was ist mit meinem Schönheitsfleck?« Er deutet auf seine Wange, auf der sich natürlich kein Fleck befindet. Lachend küsse ich die Stelle.

Mrs Silverman grinst breit. »Alle zusammenrücken, bitte. Ich will ein schönes Foto von euch mit dem Sonnenuntergang.«

Danach fotografiert sie uns alle einzeln. Schließlich umarmt sie mich zum Abschied.

»Viel Spaß.«

»Werde ich haben.«

»Komm bitte heil wieder nach Hause.«

»Mache ich.« Ich lächle. Ich lüge.

Sie umarmt mich noch einmal lang und fest, diesmal sagt sie nichts. Ich atme ihren Duft ein, sehe die Tränen in ihren Augen, spüre ihr Herz langsam und schwer gegen meine Brust klopfen. Mit jedem Herzschlag dringen all ihre Gefühle durch meine Haut.

Sie will mich nicht loslassen. Zugleich ist sie so glücklich, so rundherum und ahnungslos glücklich, dass ich am Leben bin und diesen Abend genießen darf. Sie spürt, dass ich für immer fortgehen werde, wenn sie loslässt. Diese Angst hatte sie bei jeder unserer Umarmungen. Jedes Mal, wenn sie eine der falschen Ericas umarmte.

»Ich liebe dich«, flüstere ich. *Das* ist keine Lüge.

»Und ich liebe dich, Erica Jane Silverman.« Mit diesen Worten schiebt sie mich Richtung Limousine. Meine Freunde und ich verteilen uns auf die Ledersitze. Marie und Mrs Silverman winken, bis die Limousine um die Ecke biegt.

»Schickes Auto.« Der Innenraum ist mit sanftem LED-Licht ausgeleuchtet, das langsam in Regenbogenfarben changiert.

»Sogar mit Minibar«, erklärt Alex. »Was möchtest du trinken?«

»Äh, einen Shirley Temple?«

»Ach, scheiß drauf, gib mir eine von diesen kleinen Miniflaschen«, fordert Taylor. Alex reicht ihr das Gewünschte. Sie leert das Fläschchen in einem Zug. »Was schaut ihr alle so?«

»Wenn du besoffen ankommst, machen die dort bestimmt einen Alkoholtest«, mahnt Cass.

»Ist doch nur eine Flasche. Entspann dich.« Taylor winkt ab. »Sonst schleiche ich mich eben durch die Hintertür rein. Das habe ich im Golfclub ja schon öfter gemacht.«

Kerwin wirkt irritiert.

»Keine Sorge, sie ist einfach ein Bad Girl«, beruhigt ihn Merril.

»War das ein Kompliment, du Mimose?«

»Ja, aber das bleibt eine einmalige Sache und gilt nur heute«, gibt Merril zurück.

»Einen Orangensaft mit Wodka«, bestellt Cass bei Alex. »Was willst du?«, fragt sie James.

»Danke, nichts. Ich trinke eigentlich nicht so viel.«

»Aber heute ist Schulball!«, beharrt sie. »Der einzige Tag, an dem man tatsächlich etwas trinken sollte!«

»Jemand muss doch nüchtern bleiben, wenn ihr euch alle besauft.«

Ich lehne meinen Kopf an seine Schulter. »Ich trinke auch nichts. Es wird ein langer Abend und ich möchte mich an jeden einzelnen Moment erinnern können.«

»Oh!« Cass verschüttet beinahe ihren Drink, als sie ihn in den Getränkehalter stellt. »Hast du ihr schon das Anstecksträußchen gegeben, James?«

»Noch nicht.« Er zieht ein hellrosa, mit Spitzen und Schleifchen dekoriertes Sträußchen aus der Brusttasche.

»Wow. Ist das für mich?«

Statt einer Antwort fasst er meine Hand. Seine Finger sind warm. Als er mir die Schleife ums Handgelenk bindet, wird er ein bisschen rot.

»Wie viele Sparschweine mussten dafür dran glauben?«, frage ich grinsend.

Seine Nervosität verschwindet. »Nur vier.«

»Nur vier.« Ich versuche, möglichst beeindruckt zu klingen. »Danke. Es ist wunderschön.«

»Für dich habe ich auch eines, Taylor.« Er bindet ihr ein rotes Sträußchen ums Handgelenk. Taylors Gesichtsfarbe gleicht mit einem Mal der der Blumen.

»Wirst du etwa rot?«, neckt Merril sie.

»Nein! Halt die Klappe!« Sie entreißt James ihre Hand und bindet den Strauß selbst fest. »Danke, Mann. Echt hübsch.«

»Warum darf er zwei Mädchen auf den Schulball mitnehmen und ich nur eines?«, beschwert sich Alex. Cass stößt ihm den Ellbogen in die Seite. Er räuspert sich. »Ich meine, du bist natürlich die Allertollste, Schatz. Du bist wie zwei völlig verschiedene Mädchen auf einmal.«

Da muss sogar Taylor lachen.

Wir rasen über die Autobahn, an unserem Fenster fliegt im Scheinwerferlicht das Ausfahrtsschild vorbei. Dahinter leuchten die Lichter des Strip. Hunderte Neonfarben fließen ineinander. Das Schimmern ist atemberaubend. Golden und lila ragen die Hotels auf, glitzernde Wasserfontänen schießen davor in den Himmel. Dort ganz in der Nähe verkleidet Sal sich in irgendeiner heruntergekommenen Wohnung gerade zum millionsten Mal. Für die millionste Reise. Die millionste Flucht.

»Jetzt siehst du sogar noch besser aus.« James' Flüstern reißt mich in die Gegenwart zurück. »Dieses kleine Lächeln steht dir ziemlich gut.«

»Langsam habe ich das Gefühl, dass du mir Honig um den Mund schmierst, weil du später etwas von mir willst«, necke ich ihn.

Er wird schon wieder rot. »N-nein. Das nicht. Noch nicht. Das ist zu früh.«

»Jungfrau«, zischt Taylor zwischen zwei Schlucken aus ihrer zweiten Miniflasche Wodka.

James ist das Ganze unglaublich peinlich. »Gewisse Unterhaltungen sind privat!«

»Mann, sei doch nicht so stur. Komm, ich gebe dir ein paar Tipps!« Sie versucht, ihn zu sich heranzuziehen.

»Ich will deine Tipps nicht!«

Während Taylor und James rangeln, küsst Cass mich auf die Wange.

»Ich bin so froh, dass du hier bist, Erica. Ich hätte nie gedacht … du weißt schon. Dass du hier bist, ist eine Riesenüberraschung. Wärst du auch nur einen Monat länger bei deinen früheren Eltern geblieben, hättest du den Schulball verpasst. Was für ein Zufall.«

»Zufälle sind für Idioten.«

Lachend nippt sie an ihrem Drink. »Sind wir nicht alle Idioten?«

Unsere Limousine lässt den Strip hinter sich und fährt weiter Richtung Golfclub. Jetzt begreife ich, warum Sal immer wieder hierher zurückkehrt, warum er Sehnsucht nach Vegas hat, wenn wir fort sind. Er ist eine Motte. Eine große, graue Motte, Herrscherin der Nacht. Die Dunkelheit ist seine Welt, aber die Lichter des Strip faszinieren ihn; sie sind sein Ideal, seine Hoffnung auf die Zukunft. Sie verkörpern alles Strahlende, Reiche und alle guten Dinge, die in den Werbeprospekten versprochen werden.

»Hey«, flüstert James ganz dicht an meinem Ohr. Überrascht lächle ich ihn an.

»Hi.«

»Du warst kurz weg«, flüstert er atemlos.

Ach ja? War ich überhaupt jemals wirklich hier? Ich zwinge mich, noch mehr zu lächeln, und drücke ihm einen Kuss auf die Lippen. Er ist so nervös, dass seine Unterlippe zittert. Um ihn zu beruhigen, beiße ich vorsichtig hinein. Er flicht seine Finger in meine Haare. Im Hintergrund höre ich Sticheleien, aber das ist mir egal. Sie bedeuten nichts. Nur diese Sekunde bedeutet etwas. Nur seine Lippen, sein Duft, sein Geschmack.

Es wird nur diesen Kuss, diesen Moment geben. Aber keine Zukunft. Ich werde mich so gut von ihm verabschieden, wie es geht. Ich muss aus seinem Leben verschwinden, einen klaren Schnitt machen. Er muss hierbleiben, seinen Abschluss machen, eine Band ins Leben rufen und ein Album veröffentlichen, auf Tour gehen, aufs College gehen und ein nettes Mädchen treffen. Ein ehrliches, wirklich nettes Mädchen.

Er soll nicht ausgerechnet das Mädchen lieben, das es nie gab.

»Ich werde immer bei dir sein«, flüstere ich nach dem Kuss. Meine Lippen schmerzen, seine sind rot von meinen

Bissen. Seine blauen Augen sind dunkel. Er wird mit einem Mal ganz angespannt, will etwas sagen.

»Sag es«, flüstere ich. »Sag, was du sagen willst.«

Doch er zieht mich nur wortlos zu sich heran und küsst mich noch einmal.

Aus dem Bluewell Golfclub dringen warmes Licht und dröhnende Musik. Ein Banner über dem Eingang begrüßt uns mit *Willkommen zum Schulball von St. Peter!*. Die Aufsichtslehrer tragen schwarze Anzüge, nehmen die Einladungskarten entgegen und haken unsere Namen auf der Gästeliste ab. Unsere Mitschüler verschwimmen zu einer Masse aus schicker Kleidung. Es riecht nach Eau de Cologne und Parfüm. Lavendel, Jasmin, Vanille, Gewürze. Und Schweiß, obwohl die schweren Parfüms ja gerade darüber hinwegtäuschen wollen. Paare halten Händchen, die Mädchen stehen in Gruppen beisammen, die Jungen fühlen sich in ihren Anzügen sichtlich unwohl und machen sich übereinander lustig.

Kerwin sieht in seinem Smoking umwerfend aus. Jedes Mädchen begrüßt ihn, ganz gleich, ob es nun mit oder ohne Partner hier ist. Merril zieht ihn eifersüchtig an sich. Er sieht mich direkt an; dann wendet er den Blick ab. Heiter. Vergnügt. Als wäre nichts vorgefallen. Als hätte er mir die Blumen nie gegeben, mir nie gezeigt, dass er mir auf der Spur ist.

»Warum interessiert ihn das überhaupt?«, zischt Taylor.

Aber er kann mir nicht mehr wehtun. Heute Abend bin ich unbesiegbar, weil ich morgen schon fort sein werde.

Die Tische biegen sich unter einem Büfett aus Salaten,

Suppen, Schweinefleisch süßsauer, Roastbeef und Nudeln mit Pilzsoße. Taylor nimmt als Vorspeise einen ganzen Teller Knoblauchbrot, woraufhin Merril irgendetwas von »Mundgeruch« und »auch schon egal« murmelt. Taylor winkt ab und sprenkelt Tabasco auf eine der Brotscheiben. Wir sitzen an einem Tisch in der Nähe des DJ und schauen zu, wie er Laptops und Kopfhörer anschließt. Ich schmiege mich an James.

»Hast du je darüber nachgedacht, DJ zu werden?«

»Dafür muss man wissen, wie man sein Publikum begeistert.«

»Und was, glaubst du, hast du bei deinem Auftritt getan? Mit dem dramatischen Abgang und so?«, fragt Cass. »Freunde meiner Mutter waren dort und haben eine Woche lang von nichts anderem geredet.«

»Da ging es um die Sprinkleranlage, Cass«, korrigiert Merril. »Jemand hat den Feueralarm ausgelöst. Das blöde Klaviervorspiel musste deshalb abgebrochen werden.« Sie sieht James an. »Nicht persönlich gemeint.«

»Kein Problem«, sagt er lachend.

Beim Dessert hat Taylor immer noch dieses listige Grinsen im Gesicht. Sie packt eine ordentliche Ladung Käsekuchen auf zwei Gabeln und hält sie uns hin.

»Mund auf, ihr zwei.«

»Warum?« James weicht einer Gabel aus.

»Ihr seid beide richtige Klappergestelle. Ich helfe euch, ein bisschen Fleisch auf die Rippen zu bekommen.«

Lachend esse ich gleich beide Happen von den Gabeln. Ich genieße den Geschmack, obwohl ich bereits so viel von dem Roastbeef und den üppigen Nachspeisen gegessen habe, wie ich konnte. Violet ist euphorisch, während Erica sich darüber Sorgen macht, dass all die Kalorien ihre Taille ruinieren werden. Doch beide Stimmen sind leise – leiser als zu Beginn meiner Zeit hier. Liegt das an dem ruhigen Beat, der aus den Lautsprechern dringt? Liegt es daran, dass James unter dem Tisch meine Hand hält und seine Wärme durch meinen ganzen Körper kriecht? Oder liegt es an der Eiseskälte in meinem Magen, an dem schwarzen Loch, das sich nach Glück sehnt? An der Angst, die mich wie ein Aasgeier umkreist und darauf wartet, dass mein Körper endlich stirbt?

Das ist mein letzter Abend in einem normalen Leben.

Als die Tanzmusik einsetzt, ziehe ich James von seinem Stuhl. Ein paar Leute stehen schon neben den Tischen und warten, dass jemand sich traut.

James zögert. »Ich tanze ganz fürchterlich.«

»Geht uns doch allen so.« Ich lege ihm die Arme um den Hals. »Aber es gibt einen Trick.«

»Und der wäre?«

Ich schmiege mich an seine Brust. Der Beat ist viel zu schnell für einen langsamen Tanz, aber ich mache, was ich will. Dieser Abend gehört mir. »Tu einfach so, als wärst du jemand anders. Ein Profitänzer. Jemand, der ständig in Clubs geht. Du musst denken, wie er denkt.«

»Und dann?«, fragt er.

»Dann wird dein Körper deinem Geist folgen.«

»Und mein Herz?«

»Herzen sind egal«, sage ich lächelnd. Mehr und mehr Leute strömen auf die Tanzfläche. Unser langsamer Tanz wirkt völlig deplatziert. Seufzend lehnt James seine Stirn gegen meine.

»Herzen sind sehr wichtig. Und das weißt du.«

Ich lächle breit, gehe auf Abstand, drehe mich aus und wieder ein und tanze wie die hübschen Mädchen in den Clubs – ich hebe die Arme und bewege mich langsam und sinnlich im Takt. Er steht da und schaut zu, irgendwann legt er seine Hände auf meine Hüften, dreht mich, führt mich, und dann bewegt er sich nur noch mit mir und vergräbt sein Gesicht an meinem Hals.

»Ich wusste es«, murmelt er, was ich nur verstehe, weil er mir direkt ins Ohr flüstert. »Gleich nach unserem Gespräch im Einkaufszentrum wusste ich es.«

»Was wusstest du?«

»Dass du das erste Mädchen sein würdest, das mir das Herz bricht.«

Jetzt ist mein Lächeln gezwungen. »Noch habe ich nichts gebrochen, oder?«

»Wirst du aber. Eines Tages. Irgendwann machen alle Menschen immer alles kaputt. Momentan verstehen wir uns wunderbar. Aber je besser wir uns verstehen, umso tiefer wird der Fall.«

Du hast mir schon das Herz gebrochen, James. Oder ich habe es mir wegen dir gebrochen. Damit das hier nicht noch mehr wehtut. Damit dieser Abend und dieser Abschied nicht noch schlimmer werden. Taylors Münze war mein Glück und Unglück zugleich. Sie besiegelte mein Schicksal wie ein Zementblock über einem offenen Sarg. Ich wusste, ich würde dich lieben. Ich habe gegen diese Liebe angekämpft, doch am Ende hat sie gesiegt. Sie ist das Einzige, das ich nicht spielen kann.

Wen er wohl lieber hat?, frage ich mich. *Violet oder Erica?*

Nach heute Abend spielt das keine Rolle mehr, denkt Violet.

Aber die Frage wird dich bis in den Tod verfolgen, flüstert Erica.

Keine von beiden weiß, dass ich bereits eine Entscheidung getroffen habe. Ich behalte sie für mich und küsse James auf die Wange.

»Ich brauche etwas zu trinken.«

»Ohne dich tanze ich nicht weiter.«

»Ich sage Taylor, dass sie dir Gesellschaft leisten soll.« Ehe er protestieren kann, bahne ich mir einen Weg durch die tanzende Menge. Taylor ist leicht zu finden, denn ihr pechschwarzer Pferdeschwanz hebt sie aus der Masse der Blondinen und Brünetten ab.

»Hi.«

Sie dreht sich um und reicht mir einen ihrer zwei mit Punsch gefüllten Becher.

»Austrinken, Fake. Wir haben noch eine lange Nacht vor uns.«

Dankbar stürze ich den Schülerpunsch hinunter. Den bitteren Nachgeschmack bemerke ich zu spät. »Hast du die aufgepeppt?«

Kichernd steckt sie eine leere Miniflasche Wodka zurück in ihre Handtasche. Aber ich muss doch einen klaren Kopf behalten! Und jetzt habe ich Alkohol getrunken – ausgerechnet an dem einzigen Abend, an dem ich klar denken muss. Ich überlege kurz, ob ich auf die Toilette gehen und alles ausspucken soll, verwerfe den Gedanken aber, weil Alkohol sehr schnell ins Blut übergeht.

»James tanzt da drüben. Allein.«

»Und was soll ich dagegen tun?«

»Lenk ihn ab. Spiel die, die man nur schwer rumkriegen kann – das kannst du doch so gut.«

»Ich kann nicht tanzen.«

»Ich auch nicht.«

»Ich bin nicht die Fröhlichkeit in Person, die einfach mal so tut, als ob.«

»Bitte versuche es«, wiederhole ich leise. »Bitte tanz mit ihm oder rede einfach eine Weile mit ihm. Ich muss etwas erledigen.«

Seufzend klopft sie mir auf die Schulter. »Na gut. Aber nur dieses eine Mal. Und nur, weil du es bist.«

Auf dem Weg zu James schubst sie andere Tänzer aus dem Weg. Während ich ihr hinterherschaue, spüre ich eine vertraute, schraubstockartige Umklammerung am Arm. Merril.

»Meine Füße bringen mich jetzt schon um!«

»Meine auch«, jammere ich. »Aber du siehst super aus!«

»Machst du Witze? James und du habt uns die Show gestohlen!«, kichert sie.

»Ich muss auf die Toilette.«

»Oh! Ich komme mit!«

»Mit ›Toilette‹ meine ich, dass ich kurz frische Luft schnappen will.«

Wir gehen nach draußen. Einmal noch drehe ich mich um und sehe, wie Taylor James zum Tisch bringt. Die beiden führen mal wieder irgendein halb ernstes Streitgespräch. Ich muss lächeln.

Alles ist wieder im Normalzustand. Zurück auf Anfang.

Draußen genießen noch andere Schüler die kühle Luft. Ein wenig abseits stehen die älteren und rauchen. Merril führt mich zu einer Bank beim Golfplatz. Ich hole tief Luft. Merril zupft ihr Kleid zurecht.

»Wie macht sich Kerwin als Tänzer?«, will ich wissen.

Sie verzieht das Gesicht. »Okay. Nichts Besonderes.«

»Vor einem Monat hättest du noch behauptet, er tanze wie ein junger Gott. Und dann hättest du den roten Teppich für ihn ausgerollt.«

»Ich werde eben auch erwachsen. Aus dieser Phase bin ich total raus. Wir schweben nicht mehr auf Wolke sieben.«

Wenn mein Gefühl mich nicht trügt, wird er verschwinden, sobald ich es tue. Also heute Abend.

»Glaubst du, das mit James und dir hält für immer?«

»Nichts hält für immer, Mer.«

Seufzend lehnt sie ihren Kopf an meine Schulter. »Ich weiß. Aber wenn du es aussprichst, wird es so real.«

Wir genießen noch einen Moment die Stille. Plötzlich hören wir kreischendes Lachen aus einem Gebüsch. Im schwachen Schein der Straßenlaterne sehe ich die Beine eines Jungen und eines Mädchens aus dem Gebüsch ragen. Ich räuspere mich. Jemand kickst, dann verschwinden die Beine und das Pärchen steckt die Köpfe zwischen den Blättern hervor.

Merril bekommt ganz große Augen. »Cass?«

Cass hat Blätter in den Haaren. Sie lächelt. Alex setzt sich schnell auf.

»Was macht ihr denn hier draußen?«, fragt Cass. Sie kommt aus dem Gebüsch und zupft ihren Rock zurecht. »Willst du da etwa drinbleiben, Alex?«

»Ja«, tönt seine Stimme aus dem Busch. »Komm einfach wieder, wenn du fertig bist.«

Merril und ich schauen uns kurz an.

»Und? Was macht ihr beiden nun hier draußen?«

»Da drin ist es zu stickig«, seufzt Merril. »Außerdem haben sie Lil Jon gespielt. Iih.«

Cass setzt sich lachend neben mich und lehnt sich an. Jetzt bin ich von zwei müden Schulball-Mädels eingerahmt.

»Mir ist ein bisschen schlecht«, stöhne ich. »Und ich habe vergessen, die Pille zu nehmen.«

Das ist gelogen, aber die Aufmerksamkeit der beiden ist mir damit sicher.

»Ernsthaft?« Cass starrt mich an. »Ich wusste gar nicht, dass James und du schon so weit seid.«

»Da drüben ist ein Taxistand«, meint Merril. »Die Lehrer lassen uns zwar nicht vom Gelände, aber das sind nur ein paar Meter. Wir könnten heimlich zur Drogerie fahren und etwas kaufen.«

»Zur Drogerie? In unseren Ballkleidern?« Cass lacht. »Da würden wir ja gar nicht auffallen. Wir können das Zeug auch im Hotel bekommen. Außerdem kann Erica noch nicht weg. Nachher wird die Ballkönigin gewählt.«

»Das ist nicht dein Ernst, oder? Ich werde auf keinen Fall Ballkönigin.«

»Erica, sei mal realistisch. Du bist die lange verlorene, endlich wiedergefundene Tochter. Wir sind mit deinem Verschwinden groß geworden. Und jetzt bist du wieder hier. Dass du Ballkönigin wirst, ist eine ganz klare Sache.«

»Aber ich habe das nicht verdient. Du viel eher, Cass. Oder du, Merril.«

»Wenn ich Ballkönigin werde, bekomme ich einen Herzinfarkt und sterbe vor Freude.« Merril trägt Lippenbalsam auf. »Und ich will noch nicht so jung sterben.«

Cass hilft mir auf. »Geht rein, ihr zwei. Werdet gekrönt, tanzt, dreht durch. Die Nacht ist noch jung.«

»Und du?«

»Ich habe noch etwas zu tun.« Zwinkernd nickt sie Richtung Gebüsch. »Aber ich werde rechtzeitig zu deiner Krönung zurück sein.«

Merril verdreht die Augen.

Ich? Ballkönigin? Ich schüttele den Kopf. Das ist nicht richtig. Alles muss zurück auf Anfang, als wäre ich nie hier gewesen. Ich krame Zettel und Stift aus der Tasche und schreibe:

Hiermit gebe ich die Krone der Ballkönigin von St. Peter offiziell an Merril Breton weiter.

Erica Silverman

Merril liest den Zettel und sieht mich an. Ihre riesigen Augen werden noch größer. »Rica, was soll das?«

Ich setze mein schönstes Lächeln auf. »Ich muss wirklich gehen. Ich fühle mich nicht wohl.«

»Ich komme mit! Du musst doch nicht gehen! Wir holen die Medizin und sind rechtzeitig zurück, um –«

»Die Krone steht mir nicht zu, Merril. Meine Zeit ist vorbei. Jahrelang hat sich diese Stadt auf mich konzentriert. Jetzt trete ich ab. Du bist an der Reihe. Dieser Moment gehört dir.«

»Rica, was ist los? Warum redest du so?«

»Willst du etwa keine Ballkönigin werden?«

»Doch!«, antwortet sie schnell – zu schnell. Ihre Sehnsucht nach dem Titel ist richtig spürbar, in ihren Worten schwingt süßes Verlangen. »Aber wenn du es zuerst wirst –«

Ich greife nach meinem Saphircollier. »Das hat Mom mir

vorhin gegeben. Es gehörte meiner Großmutter, die es mir in ihrem Testament vermacht hat. Also hat es nie wirklich meiner Mom gehört. Mit dieser Krone ist es das Gleiche. Das verstehst du doch, oder?«

Sie will mir widersprechen, aber ich rede weiter:

»Ich komme gleich wieder. Ich hole mir nur ein Schmerzmittel und bin ganz schnell zurück.«

Zögernd nickt sie. Ich schiebe sie Richtung Eingangstür.

»Los. Du musst mindestens noch einmal mit Kerwin tanzen.«

Und ihn ablenken, während ich abhaue.

Jetzt lächelt sie wirklich. Sie geht in Richtung der Musik und der Lichter. Ich selbst wende mich der Dunkelheit zu. Vielleicht wird mein Zettel nicht akzeptiert, aber wenn man merkt, dass ich verschwunden bin, wird man keine Wahl haben und Merril krönen müssen, wie ich es wünsche. Ich bin schließlich das entführte Mädchen; für mich werden sie es tun.

Momentan beobachten die Lehrer mich. Ich warte ab. Mrs Anderson ist zu alt, um lange an einer Stelle zu stehen, und Mr Gregory sieht sehr hungrig aus, wie er so auf seinem Zahnstocher herumkaut. Bald werden die beiden zum Schichtwechsel hineingehen.

Fünf Minuten später verschwinden sie zusammen im Club. Manchmal liebe ich mein Bauchgefühl.

Ich stehe auf und gehe in Richtung der Dunkelheit und des Lärms der Hauptstraße.

»Rica!« Ich drehe mich um. Cass schaut aus dem Gebüsch. An ihrem Hals prangt ein knallroter Knutschfleck.

»Es war schön, dass ich dich kennenlernen konnte.«

Ihre Worte klingen so endgültig. Sie hat feuchte Augen.

Sie weiß, dass ich für immer fortgehe – sie ist klüger, als sie durchblicken lässt. Wir sind beide nicht gut, was Abschiede angeht. Ich lächle sie an.

»Und umgekehrt.«

Sie kriecht ins Gebüsch zurück. Ich gehe weiter. Vor dem Einkaufszentrum um die Ecke wartet ein Taxi auf nächtliche Fahrgäste. Ich steige ein.

»Zum Baumarkt, bitte.«

Der Taxifahrer drückt seine Zigarette aus und fragt schmunzelnd: »Und was will eine so schick angezogene junge Dame wie du dort kaufen?«

»Ich brauche Handschuhe, eine Spitzhacke, eine Taschenlampe und zwanzig Leuchtstäbe. Na los, die Nacht dauert nicht ewig.«

Auf dem Parkplatz eines Baumarkts gibt es einfach weniger Publikum als bei einem Schulball.

Als ich 13 war, brachte Sal mir bei, wie man mit einer Nagelfeile, einem Schuhabsatz und Kaugummi jedes vor 2006 gebaute Auto knacken und starten kann.

Die Straße zieht sich endlos hin.

Aber ich weiß, dass das nicht stimmt. Irgendwo endet sie – am Rand einer Klippe, in einer Sackgasse inmitten eines friedlichen Wohngebiets oder im Abgrund einer tiefen Schlucht. Ich trommle mit den Fingern aufs Lenkrad des gestohlenen Range Rover und biege in die Kalstead Road. Auf dem Armaturenbrett schwingt eine hawaiianische Wackelfigur die Hüften.

Beim Meilenstein Nr. 12 halte ich. Die Straße ist wie ausgestorben. Ich nehme die Tasche mit der Spitzhacke und den Leuchtstäben über die Schulter, die Schaufel in die rechte und die Taschenlampe in die linke Hand.

Jemand folgt mir.

Ich warte 14 Sekunden. Die Scheinwerfer kommen aus der Richtung, aus der auch ich kam. Als das Auto die Hügelkuppe erreicht, werden sie ausgeschaltet.

»Du hättest die Scheinwerfer früher ausmachen müssen, Kerwin«, singe ich vor mich hin und entferne mich von der Straße.

Der Vollmond leuchtet wie eine kalte Sonne auf die kahlen Bäume und trockenen Büsche. Alle paar Meter zerknicke ich einen Leuchtstab und lasse ihn fallen. Ich lege eine Spur. Ein moderner Hänsel verwendet Leuchtstäbe statt Brotkrumen. Und jetzt zieht Hänsel los, um Gretel auszugraben.

Die Schaufel macht mich langsamer. Genau wie das verdammte Kleid. Die hochhackigen Schuhe habe ich im Baumarkt durch Gartenschuhe ersetzt, aber das Plastik reibt unangenehm. Nur noch etwas mehr als eine Meile. Überwinde den Schmerz. Überwinde ihn, wie du die Zeit, das Leben und die Menschen überwunden hast. Du hast ihnen Wunden gerissen, sie an andere weitergereicht, ihre Versuche, sich mit dir anzufreunden, abgewehrt –

Ich stolpere. Dann entdecke ich einen zerbrochenen Zaun, an dessen Pfosten rostiger Stacheldraht hängt. Dahinter steht die niedergebrannte Scheune, von der Sal gesprochen hat. Sie ist pechschwarz. Das Dach ragt wie ein Reißzahn in den Himmel und bohrt sich in den Mond. Orientier dich am Mond. Eigentlich sollte ich Angst haben. Wer sich durch die Dunkelheit schleicht, bekommt Angst.

Aber richtig dunkel ist es hier nicht. Am Horizont sieht man die Lichter des Strip als schwaches Schimmern. Ich bin nicht wirklich allein.

Teile eines Kuhschädels deuten auf das Lager eines Kojoten hin. Ein Moorhuhn lotst seine Küken gackernd über den harten, staubigen Boden. Als die Tiere mich hören, fliehen sie. Ich betrachte aufmerksam den Boden, halte Ausschau nach Skorpionen und Schlangen.

Endlich sehe ich in der Dunkelheit mein Ziel – die dürren Äste eines Baumes. Die Akazie blüht nicht mehr. Zwischen den knorrigen Wurzeln breitet sich ein Blütenteppich aus. Durch das Braun und Grün des trockenen Laubs blitzt hier und da etwas Lila auf. Der Baum ist sehr alt und dreimal so groß wie ich. Auf den kahlen Ästen sitzen alte Rabennester; der Stamm ist voller Baumhöhlen, vielleicht beherbergt er ein paar Eulen, und Käfergänge. Dieser Baum wurde von allen ausgenutzt. Ich lege Tasche und Schaufel hin und ziehe mein Kleid hoch.

Vor 13 Jahren hat Gerald die Leiche eines kleinen Mädchens hierhergebracht.

Widerwillig versuche ich, mich in ihn hineinzuversetzen. Wo hätte ich die Leiche vergraben, wenn ich er wäre? Auf der Westseite des Baums? Nein, dort ist der Sand zu fest. Ganz bestimmt nicht im Süden, wo eine riesige Wurzel alles blockiert. Ich suche nach der weichsten Stelle mit den wenigsten Wurzeln. Nordosten.

Ich schüttele Gerald ab und greife nach der Spitzhacke. Der erste Schlag dringt in die Erde ein. Das Aufschlagen der Axt auf Sand und Wurzeln ist das einzige Geräusch weit und breit. Der Wind rauscht sanft, windet sich um Kakteen und durchs Unterholz. Das ist das Land der Toten. Ich bin allein. Vegas ist nur ein paar Meilen entfernt und dennoch bin ich hier allein – und zugleich von Menschen umgeben.

Mein Telefon klingelt. Es ist der Orchesterklingelton, den ich für James ausgesucht hatte. Nein. Nicht jetzt. Nie wieder. Ich wische mir Schmutz aus dem Gesicht und nehme die Schaufel. Schon wieder das Orchester. Hör auf, James, ich bin nicht mehr sie. Sie liegt unter mir, genau unter mir, in Sand und Schmutz …

Nach dem fünften Klingeln breitet sich eine erschöpfte Stille aus. Ich schaufle und werfe die Erde über meine Schulter. Ich bin ungefähr acht Zentimeter tief. Sie muss tiefer liegen, sonst hätten die Kojoten sie erwischt. Vielleicht bei 1,20 Meter? Oder doch die üblichen 1,80? Ich weiß nicht, ob ich so tief graben kann, aber ich muss es versuchen.

Ich muss sie finden.

Jemand muss sie nach Hause bringen.

Der Sand verdreckt mein Kleid und kratzt auf meiner Haut. Schweiß rinnt mir übers Gesicht. Mein Make-up verläuft. Jetzt bin ich 30 Zentimeter tief. Jetzt 60. Die Schaufel zertrennt Skorpione, die grünlichen Innereien und Stachel kleben am Schaufelblatt. Es tut mir leid. Es tut mir leid, aber ich muss da runter.

Taylors Klingelton zerschneidet die Stille. Hardrock. Es klingelt einmal. Zweimal. Hau ab, Taylor. Es ist vorbei. Ich kann auch nicht mehr Violet sein.

Wasser. Ich hole die Flasche aus meiner Tasche und trinke gierig. Es läuft mir den Brustkorb hinunter, spült den Sand fort und färbt die blaue Seide dunkler. Das ist nicht mein Kleid. Ich zerre daran, aber die Seide hält. Das ist nicht mein Kleid, sondern ihres –

Ich ramme die Schaufel in den Sand, werfe ihn in die Luft.

Merrils Klingelton, ein Glockengeläut. Ich kneife die Augen zu und schaufele weiter. Mehr Sand. Mehr Dreck. Irgendwo in diesem Dreck ist das Mädchen, nach dem alle gesucht haben. Irgendwo in diesem Dreck ist etwas, das uns hilft, damit abzuschließen, Marie.

Das Saphircollier rutscht an meinem verschwitzten Hals herum. Ich werfe es in die Tasche. Ich bin zu langsam, muss mich beeilen. Mehr Dreck. Meine Arme brennen, die Schaufel fliegt nur so an mir vorbei, ich strenge mich noch mehr an. Ich muss sie sehen, nur ein einziges Mal. Ich muss sie finden und zu den Menschen bringen, die sie zurückhaben wollen und Löcher in der Form ihrer Tochter im Herzen tragen.

James' Orchesterklingelton.

»Hör auf! Lass mich in Ruhe!«

90 Zentimeter. Zu tief, um vom Rand aus weiterzugraben. Ich werfe die größten Steine, die ich finden kann, in die Grube und nutze sie als Stufen, um hinein- und hinauszusteigen. Ich grabe nicht breit und nicht tief genug. Ich werde sie nie finden.

Der luftige Klingelton, den ich für Mrs Silverman ausgesucht habe, schmerzt in meinen Ohren.

»Ich will nicht reden!«, schreie ich und stoße die Schaufel mit noch mehr Wucht in den Dreck. »Ich habe euch nie gemocht! Und dich am allerwenigsten!«

Das ist eine Lüge. Lüge häuft sich auf Lüge, Schmutz auf Schmutz.

»Es war nur ein großer Betrug!« Ich lache, aber das Atmen fällt mir schwer. Auch die Schaufel wird immer schwerer. »Alles war nur eine große verdammte Lüge und ihr seid alle darauf hereingefallen!«

Stimmt das wirklich?

»Ihr habt euch alle blenden lassen von dem hübschen Gesicht, den hübschen Kleidern und den hübschen Erinnerungen. Nur das Äußere zählt, wie immer. Poliere dein Äußeres auf und alle werden dich lieben!«

Merril ruft an.

»Du hast mich nie gemocht!«

Mrs Silverman ruft an.

»Du liebst eine Tote!«

James.

»Du hast mich verdammt noch mal nie geliebt! Ich bin nicht echt. Nichts von alledem ist echt, es ist alles nur eine bescheuerte Lüge!«

Die Schaufel ist zu schwer, zu langsam. Finger kratzen am Boden des Lochs, ein Maulwurf, eine Ratte im Labyrinth, Geier, etwas Ekelhaftes.

Etwas Hartes, Glattes. Ich wische den Sand weg. Der Mond scheint in die Grube. Ein sanfter Wind weht hinunter und trocknet meine Tränen. Zwei Augen sehen mich an. Zwei dunkle Löcher. Die Gesichtshaut ist braun, ledrig, trocken und trotz der tiefen Falten glatt. Der Mund steht auf, einige Milchzähne sitzen locker darin. Dünne, helle, engelsblonde, staubige Haare, durchwoben von Wurzeln, fallen auf ihre verschrumpelten Schultern. Die Knochen stechen scharf hervor. Die kleinen Arme sind verschränkt, die Hände gefaltet. An den ledrigen Handgelenken klafft die Haut. Hinter den beiden Schnittstellen Dunkelheit.

Sie sieht einfach durch meine herausgebrüllten Lügen hindurch.

»Erica.«

Der Wüstensand hat sie konserviert. Sie ist eine perfekte Mumie. Sie lächelt ihr Milchzahnlächeln, genau wie auf den Bildern im Fotoalbum: Freunde, Swimmingpools, Lachen, Träume, eine Ballerina, ein Mädchen, das alles tun kann, ein Mädchen, das niemals stirbt.

Ich klettere aus der Grube und betrachte mein inzwischen schweigendes Handy. 17 verpasste Anrufe. In meinen Kontakten suche ich nach einer Telefonnummer, die ich aus Mrs Silvermans Adressbuch geklaut habe.

Nach zweimal Klingeln meldet sich eine mürrische Stimme.

»Hallo?«

»Mr White.« Ich wische mir die Tränen ab. »Ich habe sie gefunden.«

»Gefunden? Wen? Wer ist da?«

»Ich habe das Mädchen gefunden, nach dem Sie die ganze Zeit gesucht haben.«

Ich höre, wie er die Bettdecke zurückschlägt. »Erica? Bist du es?«

»Klar.« Ich lache. »Wir sind beide hier.«

»Wovon redest du? Wo ist hier?«

»Kalstead Road, Meilenstein 12. Ich habe eine Spur aus Leuchtstäben gelegt.«

»Erica –«

Ich weine so sehr, dass ich nichts mehr sehen kann. »K-kommen Sie her und bringen Sie sie nach Hause, M-Mr White.«

Ich lege auf, schaue in den Himmel und versuche, die Tränen zurückzudrängen. Ich brauche einen klaren Blick, einen klaren Verstand. Tief atmen. So wie wir es geübt haben.

Ich räume mein Werkzeug weg und streiche den Sand von Ericas Gesicht, um sie richtig anzusehen. Obwohl ich leise spreche, klingt meine Stimme unheimlich laut.

»Komm raus, Kerwin. Ich weiß, dass du hier bist.«

Hinter mir im Gebüsch knackt es. Ich drehe mich nicht um.

»Ich war wohl nicht diskret genug«, seufzt er.

Ich starre in Ericas leere Augenhöhlen. »Sag mir ein für alle Mal, wer du bist.«

»Sal hat gesagt, dass du lieber nach der Leiche suchen wirst. Ich sagte jedes Mal: Auf keinen Fall, Violet tut so etwas nicht. Sie ist deine beste Schülerin. Sie wird auf jeden Fall das Gemälde holen und nicht das Mädchen. Sieht aus, als hätte ich die Wette verloren.«

»Du hast ihn also angerufen.«

»Ja.« Kerwin gähnt. »Er müsste gleich hier sein. Und selbst wenn du deine Meinung änderst und das Bild doch noch holst, wird er sauer sein.«

Ich stehe auf und klopfe den Sand von meinem Kleid. »Dein echter Name?«

»Darren Morris. Schön, dich kennenzulernen.«

»Der Akzent war falsch?«

»Ja. Akzente sind meine Spezialität, so wie Mathe deine ist«, antwortet er akzentfrei.

»Kein Wunder, dass ich nichts über dich herausfinden konnte. Wo hat er dich großgezogen?«

»In Boulder, Colorado.«

»Hat er dir zuerst den Grover-Trick beigebracht?«

»Ja, die Variante mit dem Brotkorb.«

»Die ist ziemlich schwierig.«

»Er wusste, dass ich es schaffe.«

Ich sehe ihn an und lache enttäuscht. »Wie viele von uns gibt es noch?«

»Ich weiß nicht. Außer von dir hat er von niemandem erzählt.«

»Auf eine ziemlich kranke Weise bist du also so etwas wie ein Bruder.«

»Und du so etwas wie meine kleine Schwester.«

Der Wüstenwind ist kalt und beißend. Ich zittere.

»Hat es dir Spaß gemacht, den Normalen zu spielen?«, frage ich.

Sein Blick verfinstert sich. »Ja. Zu sehr«, sagt er leise.

»Hör mal, ich will einfach nur gehen. Ich will mit dieser Scheiße nichts mehr zu tun haben. Lass mich einfach gehen.«

»Das kann ich nicht, Violet. Das weißt du.«

Jemand kommt. Das Rascheln im Unterholz kündigt Sal an. Er liebt den großen Auftritt, und wie er da im weißen Mondlicht auftaucht, macht er heute keine Ausnahme. Er trägt die gestohlene Uniform des Fernsehtechnikers und seine breiten Ringe. Sein Haar ist mit Gel nach hinten gekämmt. Allmählich bekommt er Geheimratsecken. Er ist breitschultrig und die Falten um seine blauen Augen trägt er mit Würde.

Niemand von uns rührt sich.

Niemand kann sich rühren. Sal hat uns eingebläut, in seiner Anwesenheit aufrecht und stolz dazustehen, ihm in die Augen zu schauen und in klaren, zusammenhängenden Sätzen zu antworten. Vor allem während eines Jobs.

Unglaublich, aber er lächelt.

»Es kommt mir vor, als hätte ich dich ewig nicht gesehen, Vi.«

»Drei Monate«, antworte ich.

»Das ist ein Vierteljahr, oder? So lange soll ich von meiner besten Schülerin getrennt gewesen sein? Das ist grausam. Unmenschlich.«

Er kommt näher, umkreist mich und das Grab. Im Vorbeigehen nickt er Kerwin zu.

»Darf ich fragen, was du hier draußen machst, Vi?«

»Wenn ich danach auch eine Frage stellen darf.«

»Natürlich.« Sal lächelt. »Das ist nur gerecht.«

»Ich wollte der Familie die Leiche zurückgeben. Sie haben es verdient, mit der Sache abschließen zu können. Erica hat es verdient, nach Hause zu gehen.«

Sal nickt und bedeutet mir, nun meine Frage zu stellen.

»Warum hast du mir nicht von Kerwin erzählt? Warum hast du mir nicht vertraut?«

»Sieht aus, als hätte ich dir aus gutem Grund nicht vertraut.« Er zeigt auf Ericas Leiche. »Ich verstehe ja, dass dieser Betrug deine Psyche und deine Prioritäten beeinflusst hat. Aber ich habe dir etwas anderes beigebracht, oder nicht? Zuerst kommt der Job. Dann alles andere.«

»Wie viele Kinder gab es vor uns?« Angesichts meines scharfen Tonfalls zuckt Kerwin zusammen. Ich zucke auch zusammen. So spreche ich normalerweise nie mit Sal. Der legt den Finger an die Lippen, als denke er nach. Dann zuckt er die Schultern.

»Lass uns nicht über sie reden. Keines von ihnen ist so gut wie du, Vi. Keines von ihnen hat dein Talent, dieses märchenhafte Potenzial, mit dem Menschen nur ganz selten geboren werden. Du bist ein Edelstein und sie nur billige Schmucksteine.«

Kerwins Miene wird eisig.

»Wir sind hier, weil du nicht dort bist, wo du sein solltest.« Wieder lächelt Sal mich an.

»Ich werde das Bild nicht stehlen. Ich will es nicht. Es gehört Mrs Silverman, nicht uns.«

»Sie ist sehr wohlhabend und wird es nicht vermissen.«

»Versuch nicht, mich zu überreden, Sal. Ich habe mich entschieden. Ich werde dieses Gemälde nicht stehlen. Ich werde überhaupt nichts mehr für dich tun.«

Sals Gesichtsausdruck bleibt unverändert. Er ist ein Meister der Selbstkontrolle. Kerwin ballt die Fäuste.

»Dann wirst du mir eben den Code verraten«, fordert Sal.

»Ich kenne ihn nicht.«

»Du hast aber gesagt, dass du ihn kennst.«

»Ich habe mich getäuscht.« Ich gebe mir größte Mühe bei dieser Lüge, aber Sal durchschaut mich trotzdem mühelos. Er lächelt noch, bleckt aber die Zähne.

»Ist das deine endgültige Entscheidung?«

Kein Betrug mehr, keine Lügen, kein Nichts.

»Ja.«

Stille. Sal geht hin und her. Fasst in seine Tasche. Murmelt etwas in sich hinein. Ich suche nach einem Ausweg, aber Sal ist zu nahe an mir dran. Genau wie Kerwin. Ich kann den beiden nicht entkommen.

Als Sal die Pistole aus der Tasche zieht – ganz ruhig, fast gedankenlos, so als würde er einen Stift rausholen –, wird mir klar:

Diesmal komme ich nicht davon.

Sal kommt näher. Er befiehlt Kerwin, mich festzuhalten. Wenn ich ehrlich bin, wusste ich schon beim Verlassen des Schulballs, dass ich nach dem Öffnen dieses Grabs nicht zurückkehren würde. Die Erkenntnis wird zu einer eiskalten

Gewissheit. Ich akzeptiere, dass ich Sal und die Welt der Betrüger nie verlassen werde. Denn sie werden es nicht zulassen, nicht solange ich lebe. Ich habe hundertmal gesehen, wie Sal so etwas regelt: Er ruft seine »Leute« an und befiehlt ihnen, »aufzuräumen«. Wer zu viel weiß, verschwindet binnen Stunden und wird nie wieder gefunden.

Und ich werde eine von ihnen sein, vergraben in dieser Wüste. Vielleicht gleich neben Erica.

Ich versetze Kerwin einen Tritt, aber er ist viel größer und stärker als ich. Er dreht mir die Arme auf den Rücken und zwingt mich mit einem Tritt in die Kniekehlen zu Boden.

»Kerwin, bitte. Du musst nicht auf ihn hören. Du musst das nicht tun.«

Er kniet neben mir nieder und flüstert: »Ich bin nicht so mutig wie du.«

Sal stellt sich vor mich hin und lädt den Revolver, Patrone um Patrone.

»Im Wilden Westen hat man Dieben in die Hände geschossen. Direkt durch die Handfläche. Mördern schoss man genau einmal mitten in die Stirn. Wie bei einer Exekution.«

Ich kann mein Wimmern nicht unterdrücken. Sal lächelt.

»Vi, ich werde dich nicht töten. Du weißt, dass ich dich nie töten würde. Ich bin einfach kein Killertyp. Ich werde dich allerdings« – der kalte Lauf des Revolvers berührt meine Kniescheibe – »ganz höflich zum letzten Mal nach dem Code fragen.«

Ich winde mich, suche im sandigen Boden Halt, aber Kerwin kniet auf meinen Beinen. Er zittert auch. Als Sal den Revolver fester gegen mein Knie drückt, höre ich ihn schlucken.

»Ich wurde schon ein paar Mal angeschossen.« Sal seufzt. »Glaub mir, ein Schuss in die Kniescheibe schmerzt am meisten. Du wirst niemals wieder richtig laufen können. Woher, glaubst du, kommt mein leichtes Hinken?«

Jetzt fließen meine Tränen. »S-Sal, bitte –«

»Nein.« Er legt mir den Finger auf die Lippen. »Hör auf zu betteln. Das habe ich dir nie beigebracht. Das kannst du besser.«

»I–ich will nicht, dass du auf mich schießt.«

»Sag mir den Code, und das hier hört auf.« Wieder lächelt er. »Es ist nur ein Code, Vi. Nur ein Gemälde, das der Frau nicht fehlen wird. Willst du dich wegen ihr anschießen lassen? Glaubst du, sie würde wollen, dass du angeschossen wirst, weil du irgendein blödes Bild schützt?«

Das Graben hat mich so erschöpft, dass ich kaum noch Kraft habe. Ich lasse die Arme hängen. Mein Kopf fühlt sich unendlich schwer an. Ich kann mich nicht bewegen.

»Sag mir den Code, Violet.« Sal wird etwas lauter – nicht sehr, aber so laut habe ich ihn noch nie werden hören. »Du willst dich also aus dem Leben als Trickbetrüger verabschieden? Gut. Tu das. Aber zuerst sagst du mir den Code. Das ist deine letzte Chance.«

Ehrlichkeit.

»Es ist doch nur Geld«, flüstert Kerwin. »Sag es ihm einfach. Der Code ist es nicht wert, dass dir wehgetan wird.«

Aber mir wurde schon wehgetan.

Sal drückt in Zeitlupe ab. Jeder Millimeter dauert Jahre. Es wird wehtun, aber nicht so sehr, wie James wehgetan hat. Nicht so sehr, wie Taylor wehgetan hat. Und wie Cass und Merril und Mrs Silverman wehgetan haben. Sie zu verlassen war viel schmerzhafter.

Sie anzulügen auch.

»Keine Bewegung!«

Ganz deutlich dringen diese Worte zu uns, dann höre ich noch »Polizei!« und »Hände hoch!«.

Sal wirbelt herum und richtet die Waffe auf einen Mann im Trenchcoat: Mr White.

Sal schießt dreimal. Mr White duckt sich. Irgendwo werden mehrere Pistolen gleichzeitig abgefeuert.

Sal fällt stöhnend zu Boden. Ich schreie. Ich schreie wegen ihm. Auch Kerwin brüllt seinen Namen. Die Kinder weinen um ihren sterbenden Vater.

Die darauffolgende Stille hallt in meiner Brust.

Hinter Mr White nähern sich zwei Männer in Uniform. Polizei. Kerwin rennt davon, die Polizisten hinterher. Mr White nimmt mich in die Arme.

»Hat er dich getroffen?«

Ich betrachte den reglosen Körper im Sand. Mein Herz verkrampft. »Ist er …?«

»Ich weiß nicht.« Mr White schüttelt den Kopf. »Aber du bist jetzt in Sicherheit.«

Ich lache bitter auf, dann macht sich meine Erschöpfung bemerkbar und mir wird schwindelig.

»Erica ist da drüben«, stoße ich noch hervor.

Er nickt. »Gute Arbeit.«

Gleich werde ich ohnmächtig. »Violet.«

Mr White sieht mich an. »Was?«

»Das ist mein richtiger Name.«

Die Rufe der Polizisten werden leiser. Mr Whites Gesicht verschwimmt. Der reglose Körper des Mannes, der mich großgezogen hat, verschwimmt. Herrliche Stille.

21. FINDEN

Meine neue Mitbewohnerin sieht mir beim Auspacken zu. Die rostigen Schubladen lassen sich schwer öffnen. Ich quetsche meine Kleidung hinein und werfe den Koffer auf das quietschende Bett.

»Also.« Sie lässt ihre Kaugummiblase platzen. »Weshalb sitzt du ein?«

»Streng genommen für schweren Autodiebstahl. Ich habe ein Jahr bekommen.«

Sie wirkt ein bisschen beeindruckt und zieht ihre Jogginghose zurecht. »Rate mal, weshalb ich drin bin.«

Ich betrachte sie. Bernsteinfarbener Teint, dünne Lippen. Birnenförmiger Körperbau, aber muskulös. Ihre Haare verraten viel: Sie hat ihren Pferdeschwanz tief gebunden, ist also nicht eitel.

»Sicher nicht wegen Ladendiebstahls«, sage ich.

»Schwere Körperverletzung.«

»Dein Stiefvater?«

»Ja.« Sie ist irritiert. »Woher weißt du das?«

Lächelnd schlage ich die Bettdecke zurück. Sie ist dünn, abgenutzt und riecht stark nach Bleichmittel.

»Ich kann Menschen einfach gut einschätzen.«

Die Jugendstrafanstalt Los Amos liegt mitten im Nirgendwo. Südlich davon befindet sich eine Kleinstadt mit einer winzigen Hauptstraße. Als ich hierhergebracht wurde, zeigte der Polizist auf die örtliche Bank und mahnte lachend, sie nicht auszurauben. Als würde ich mir so eine winzige Bank aussuchen. Als würde ich nach allem, was ich durchgemacht habe, überhaupt noch einmal kriminell.

Die Mädchen hier sitzen wegen Ladendiebstahl, Drogenmissbrauch oder Einbruch ein. Das sind die Top 3. Zu essen gibt es meistens irgendeine Pampe, der Hof ist ein 20 mal 20 Meter großes Schlammloch und die Wachen machen einem gern die Trommelfelle mit Trillerpfeifen kaputt. Aber es könnte schlimmer sein.

Ich habe Schlimmeres erlebt.

Wir tragen alle den gleichen grauen Jogginganzug. Es gilt dieselbe Hierarchie wie überall: Es gibt die Tyrannen und die, die sich tyrannisieren lassen. Die wirklich Furcht einflößenden, gewalttätigen Mädchen sind in einem separaten Trakt untergebracht.

Ich stochere in meinem Eintopf herum. Meine Zellengenossin Angela windet sich.

»Das ist der vierte Tag in Folge, an dem es Eintopf gibt.«

Ich zucke die Schultern und nippe an der Brühe. Angela lässt den Löffel fallen.

»Scheiße, Bren kommt.«

Die große, sehnige Bren mit dem Tattoo auf dem Arm tritt, flankiert von zwei nahezu gleich großen Mädchen, an unseren Tisch. Bren ist in einer Gang, hat zahllose Kontakte nach draußen und kontrolliert die Einfuhr von Zigaretten, Pillen, Schminke, vernünftigen Tampons und allem, was ein Mädchen so braucht. Im Austausch dafür muss man ihr entsprechende Gefallen tun.

Sie mustert mich. »Die Neue.«

»Hallo, Bren. Ich bin Violet. Schön, dich kennenzulernen.«

»Ich habe gehört, dass du Trickbetrügerin bist und dich für dieses vermisste Mädchen ausgegeben hast.«

»Da hast du richtig gehört.«

Angela macht sich klein, als wollte sie nicht wahrgenommen werden. Bren spießt mit meiner Gabel ein Stück Fleisch von meinem Teller auf und schiebt es sich in den Mund. Sie kaut langsam und nachdenklich.

»Kannst du Schlösser knacken?«

Ich nicke. »Alles, was vor 2012 hergestellt wurde.«

»Kannst du Computer hacken?«

»Mit Computern kenne ich mich nicht so gut aus, aber ich kann sie immerhin einschalten.«

»Kannst du kämpfen?«

»Überhaupt nicht. Tut mir leid.«

»Menschen einschätzen?«

Ich lächle sie an. »Menschen sind meine Spezialität. Soll ich es dir vormachen?«

Bren bleibt misstrauisch, aber sie winkt eine ihrer Begleiterinnen heran. Das Mädchen ist ein gutes Opfer. Sie ist breiter gebaut als die meisten Mädchen. Ihre Oberschenkel sind extrem kräftig, der Brustkorb übergroß. Sie atmet langsam und gleichmäßig. Früher war sie definitiv im Schwimmsport aktiv. Meinen Blick hält sie nicht aus; ihr Mund zuckt. Sie hat etwas zu verbergen, aber nicht vor mir, sondern vor Bren. Die Haare sind kurz und ungekämmt, die Fingernägel sauber, aber abgekaut.

»Tabletten«, sage ich schließlich. »Du bist früher geschwommen und es hat dir auch Spaß gemacht. Aber du warst nicht gut genug, oder? Deshalb hast du eines Tages etwas genommen, um deine Chancen zu verbessern. Und am nächsten Tag. Und am übernächsten.«

Der Blick des Mädchens verfinstert sich.

»Ist das alles?«, fragt Bren.

»Sie nimmt immer noch Tabletten.« Ich deute auf ihre Hände. »Aufputschmittel. Keine Ahnung, wo sie die herbekommt, aber sie hat erst vor Kurzem welche genommen. Stimmt's?«

»Halt's Maul, du Schlampe!«, zischt das Mädchen.

Bren schlägt ihr gegen den Brustkorb. »Ich habe dir doch gesagt, du sollst aufhören, diese Scheiße zu nehmen.«

»Habe ich doch! Ich schwöre es, Bren, ich habe aufgehört! Die kleine Schlampe denkt sich das aus!«

»Wo hast du sie versteckt?«, frage ich ganz ruhig. »In deinem Kissen?« Keine Antwort. »In deinen Schubladen? In der Toilette?« Keine Antwort. »Vielleicht in einem Loch in der Wand?«

Ein Zucken im Gesicht.

Ich lächle. »In einem Loch in der Wand.«

Das Mädchen wird knallrot. »Verdammte Fotze! Ich bringe dich um!«

»Das lässt du schön bleiben«, befiehlt Bren.

»Haben wir einen Deal, Bren?«, frage ich höflich.

Ein paar Sekunden lang funkelt sie mich an. »Du kommst, wenn ich dich rufe, ziehst dein Ding durch, wenn ich dich brauche, und bekommst dafür hier keinen Ärger. Verstanden?«

»Verstanden.« Ich nehme mein Tablett. »Einen wunderschönen Tag noch, Ladys.«

Toll ist es hier nicht, aber für den Augenblick ist es mein Zuhause.

Wir müssen hier Kunstprojekte und Hauswirtschaftslehre machen. Es gibt auch Psychologen, aber keiner von ihnen ist so gut wie Millicent. Keiner hat dieses Lächeln, diese ermutigende Ausstrahlung, die dich dazu bringt, alles und nichts zu erzählen. Tee gibt es hier auch nicht. Nur wässrigen Kaffee.

Aber es gibt auch keine Stimmen mehr.

Keinen Betrug.

Keine Erica.

Hier, hinter den Gittern im Jugendgefängnis, bin ich freier als je zuvor.

Am Wochenende dürfen wir zwei Stunden lang den Computer benutzen. Natürlich dürfen wir nicht chatten oder ins Internet gehen. Aber E-Mails und ein Textverarbeitungsprogramm sind erlaubt. Taylors Vater schreibt mir regelmäßig – er ist mein Anwalt. Er sagte, ich täte ihm leid und seine »Freunde« von der Mafia hätten Sal immer gemocht. Dass er mich vertrete, zeuge von seinem Respekt für einen der einflussreichsten Trickbetrüger von Las Vegas.

Die Polizei hat mir erlaubt, einen von Sals Ringen zu behalten.

Ich betrachtete ihn vier Tage lang und warf ihn dann über den Zaun aus dem Innenhof. Eine Krähe hat ihn sich geschnappt und ist damit davongeflogen.

Cass und Taylor mailen mir am häufigsten. Ich glaube nicht, dass Merril mir verziehen hat oder je verzeihen wird. Vielleicht wenn Cass mit ihr redet.

Aber all das braucht Zeit und den ganzen Mist.

Cass ist verständnisvoller. Je mehr ich ihr per E-Mail von meinem Leben mit Sal erzähle, umso zugänglicher wird sie. Je mehr sie über mein wahres Ich erfährt, umso freundlicher klingen ihre Worte. Taylor hält mich über alles auf dem Laufenden, was an der Schule passiert, wer mit wem zusammen ist. Sie weiß, dass ich diese Alltagsdinge vermisse. Sie hasst es zwar zu tratschen, aber mir zuliebe tut sie es trotzdem.

James hat mir kein einziges Mal gemailt.

Obwohl ich damit gerechnet hatte.

Mrs Silverman hat ein paarmal angerufen, aber unsere Gespräche waren immer kurz und sie fing jedes Mal an zu weinen. Ihr dritter Anruf war der letzte. Sie vor Gericht zu sehen war irgendwie surreal. Sie hat nicht zu mir geschaut. Später habe ich erfahren, dass sie mich nicht angezeigt hat. So konnte die Polizei mich nur für den Autodiebstahl verantwortlich machen. Taylors Dad stellte mich als Opfer dar. Er erzählte von Sal und davon, wie er mich großgezogen hat. Ich setzte ein weinerliches Gesicht auf, das nicht vollkommen gespielt war. Die Jury hat es geschluckt.

Am sechsten Tag im Jugendgefängnis kam ein Paket für mich an. Darin waren teure Plätzchen und edles Shampoo. Auf dem beigefügten Kärtchen stand in eleganter Handschrift:

Danke

Zwei Wochen nach meiner Verurteilung wurde Erica beerdigt. Mr Silverman war auch dort. In der Zeitung stand, er habe nicht geweint, sondern gelacht.

An den Besuchstagen kommt normalerweise Taylor vorbei, aber heute ist sie in New York und besucht ihre Mom. Heute bin ich also allein.

»Violet?« Eine Wache klopft an meine Tür. »Du hast Besuch. Ich bringe dich hin.«

Vielleicht Cass? Oder Mrs Silverman? Nein, sie würde nicht kommen. Sie braucht noch einen langen Heilungsprozess, ehe sie mir wieder in die Augen blicken kann. Aber eines Tages wird sie es können. Wenigstens hoffe ich das.

Ich betrete den kleinen weißen Raum. Die Tür schließt sich hinter mir. Auf der anderen Seite der Glaswand sitzt ein Junge. Er trägt eine Windjacke und hat lange blonde Haare. Aber nicht mehr ganz so lang wie früher. Sein Gesicht ist schmaler. Die Hände hat er vor sich auf dem Tisch gefaltet. Regungslos starre ich ihn an. Ich sollte mich hinsetzen, habe aber das Gefühl, jede Bewegung könnte ihn verscheuchen. Oder zerbrechen.

Ich bewege mich also ganz langsam, ziehe den Stuhl zu mir heran und fluche innerlich, weil die Stuhlbeine laut über den Boden kratzen. Ich setze mich, streiche meine Hose glatt. So sitzen wir uns eine Weile gegenüber und keiner sieht den anderen an und keiner will zuerst zum Hörer greifen. Die Zeit verstreicht langsam und zäh. Irgendwann streckt er langsam die Hand zum Hörer aus und ich nehme meinen auch.

Er sieht mich an. Er will etwas sagen.

»Ich habe gelogen«, stoße ich hervor, als spuckte ich etwas Fauliges aus.

»Ich weiß«, antwortet er leise.

Wieder schweigen wir. Aber es ist ein gutes Schweigen. Ich kann hören, wie er seufzt, sich räuspert. Mehr brauche ich nicht. Mehr kann ich momentan nicht haben.

»Ein Jahr hier drin«, sage ich. Er nickt. Der schalldichte Raum ist sauber und weiß. Wie ein Verband. Ein Punkt, an dem meine beiden Welten zusammengehalten werden – James und das Gefängnis.

»Ich bereue es nicht. Du, Taylor – die Zeit mich euch und den anderen war die schönste Zeit meines Lebens.«

»Meine auch«, sagt er. Und lächelt zurückhaltend. Ich will nicht vor ihm weinen, aber ich kann meine Trauer nicht länger unterdrücken. Ich weine nicht nur aus Reue über meine Taten oder wegen meiner jetzigen Situation. Ich weine auch um Kerwin, der auf der Flucht ist. Um Sal, der tot ist. Um Mr und Mrs Silverman, die wieder lernen müssen, frei zu atmen.

Und um Erica, die jetzt bei ihrer Familie ist.

Die in *Frieden* ruht.

James kann mich durch das Glas nicht berühren, aber er würde es gerne tun. Das sehe ich an seinem Blick, seiner Anspannung. Er will etwas sagen. Stattdessen bückt er sich und holt eine Gitarre hervor. Er legt den Hörer auf den Tisch und beginnt zu spielen. Das Lied füllt den winzigen Raum aus.

Und ich weine.

DANK

In lange Danksagungen kommt man meistens nur schwer hinein, wenn man nicht dabei war.

Zum Glück war ich dabei. Und zum Glück auch viele andere Menschen.

Ich danke dem Team von Viking Children's, das so liebevoll an meinem Buch herumgetüftelt hat. Dank an Sharyn November, meine unbesiegbare, kämpferische Lektorin, die auf mein kleines Büchlein deutete und sagte: »Das da. Genau das.« Dank an Jessica Faust für ihre unerschöpfliche Unterstützung, Geduld, Freundlichkeit und ihre Bereitschaft, sich um Violet zu kümmern.

Dank an Melanie Santiago, Jamie Blair, Dana Alison Levy, Kate Boorman, Jennifer Wood, Jennifer Walkup und all die wundervollen Schriftstellerinnen aus der LitBitches-Internethöhle. Ihr habt mich inspiriert und aufgebaut. Ein besonderes Dankeschön an Laura Tims, Sarah Harian Raynor und Leah Clement für ihre Freundschaft.

Ich danke Kate Fujimoto, Hannah Shimabukuro, Katie Aymar, Amanda Aymar und Kristin Remington. Ihr seid die besten Freundinnen, die ein Mädchen sich wünschen kann, während es gerade lernt, wie man seine Periode übersteht. Ich danke Niccole Medea Long, die interessiert »Und jetzt?« fragte, als ich ihr den Anfang einer Geschichte zeigte.

Ich danke meiner Familie. Ich danke Michael Painchaud

für seinen unbeirrbaren Stolz auf mich. Ich danke Deborah Painchaud für ihre Liebe und Unterstützung bei allen Herausforderungen. Ich danke Cheri Painchaud für ihre beispielhafte Stärke und ihr Durchhaltevermögen.

Dank an Griffin Weston, der genau dann ein geduldiger, verständiger Leser war, als mein Schreiben – und ich – ihn am meisten brauchten.

Und schließlich danke ich Violet. Ich habe deinen Ruf vernommen. Ich hoffe, ich bin ihm gerecht geworden.

Jetzt geht es dir gut.